LA CHANSON DU RAYON DE LUNE

De la même autrice

Romans
Si tu m'oublies, Charleston, 2019
La Sieste (c'est ce qu'elle fait de mieux), Jean-Claude Lattès, 2015 (format ebook)
Grands boulevards, Jean-Claude Lattès, 2013
En scène, les audacieuses ! Michel Lafon, 2011
Coups bas et talons hauts, Jean-Claude Lattès, 2008

Nouvelles
Noël Actually, avec la #TeamRomCom, Charleston, 2020
Noël et préjugés, avec la #TeamRomCom, Charleston, 2019
Y aura-t-il trop de neige à Noël ?, avec la #TeamRomCom, Charleston, 2017

Document
Le rap est la musique préférée des Français, avec Laurent Bouneau et Fif Tobossi, DonQuichotte, 2014

10, place des Cinq-Martyrs-du-Lycée-Buffon
75015 Paris – France
www.editionscharleston.fr

ISBN : 978-2-36812-612-7
Maquette : Patrick Leleux PAO

Charleston s'engage pour une fabrication écoresponsable ! Amoureux des livres, nous sommes soucieux de l'impact de notre passion et choisissons nos imprimeurs avec la plus grande attention pour que nos ouvrages soient imprimés sur du papier issu de forêts gérées durablement.

Pour suivre notre actualité, rejoignez-nous sur Facebook (Éditions.Charleston), sur Twitter (@LillyCharleston) et sur Instagram (@LillyCharleston) !

LES LECTRICES ONT AIMÉ !

« Ce roman se lit très vite grâce à l'écriture fluide et agréable de Tonie Behar. Il vous fera voyager dans le Paris et le Deauville du XIXe siècle, et vous dévoilera le destin de ces femmes qui souhaitent vivre leur vie comme elles l'entendent. »

Alexandra, de @mes_evasions_litteraires

« Une histoire surprenante et prenante. Les pages défilent toutes seules tant Tonie Behar réussit à merveille à surprendre son lecteur. Les deux histoires, aux deux temporalités différentes, ont un écho très intéressant. »

Marine, de @toiledemots

« Un roman qui m'a captivée avec ses personnages forts, son Rayon de lune, sa double temporalité. Beaucoup d'amour, de sentiments, de surprises… Les pages se sont enchaînées ! »

Tiphaine, de @je.lis.mes.envies

« Une lecture riche en surprises ! En effet, je découvre avec enthousiasme la plume de Tonie Behar qui alterne avec brio deux périodes historiques bien différentes où l'on retrouve pourtant, pour chacune d'entre elles, deux héroïnes similaires, aussi attachantes et audacieuses l'une que l'autre. »

Marta, de @leslecturesdemissm

« L'autrice a une plume agréable à lire, fluide et simple. Les femmes qu'elle dépeint sont attachantes et donnent envie de les accompagner dans leurs vies, d'en apprendre plus sur elles. »

Carol-Anne, de @bbtiz

Tonie Behar

LA CHANSON DU RAYON DE LUNE

Roman

CHARLESTON

À mes trois rayons de soleil, Charlotte, Ilana et Benjamin

Sais-tu qui je suis ? Le Rayon de lune.
Sais-tu d'où je viens ? Regarde là-haut.
Ma mère est brillante, et la nuit est brune.
(…)

La chanson du rayon de lune
Guy de Maupassant

NOVEMBRE

1.

Il était au-delà des mots. Un charisme. Un mystère. Un amant.

Mardi 12 novembre 2019

LA BAGUE REPOSAIT AU CREUX DE SA MAIN. Une médaille de nacre cerclée d'une ligne d'or rose. La nacre offrait ses miroitements pâles sous la lumière de la lampe. *Il lui manque quelque chose*… songeait Amanda en la faisant tourner entre ses doigts. Ce prototype la turlupinait depuis des jours. Elle voulait quelque chose de simple, presque minimaliste, mais là il ne se passait rien. Le bijou était triste. L'image d'une opale aux iridescences lunaires s'imposa à son esprit avec une précision troublante. Depuis quelque temps, elle rêvait de pierres précieuses, de brillants, de compositions sophistiquées, mais la joaillerie n'était pas à l'ordre du jour. Son associée Bettina s'y opposait farouchement.

Avec une pince, Amanda piocha dans un casier une minuscule topaze, ronde et polie comme une goutte de soleil et la posa doucement, en haut à droite du cercle de nacre. Celui-ci sembla prendre vie, tel une étoilc qui s'allume dans la nuit. Amanda sourit, satisfaite. Elle posa le précieux prototype dans une boîte puis leva les yeux. Le bureau était déserté depuis une bonne heure. L'agitation de la journée avait fait place à une quiétude inspirante. C'était dans ces moments calmes en fin de journée qu'elle se sentait le plus créative. Dehors, la nuit était tombée et seule la lumière chaude de sa lampe éclairant sa table en bois trouait la pénombre. Elle prit le temps de ranger son bureau, classa ses carnets en une pile bien droite, remit les crayons dans les gobelets d'argent et les matériaux pour la collection en cours dans leurs vieux casiers de bois. Son regard traversa la porte-fenêtre de son espace personnel et parcourut le showroom spectaculaire et bohème qu'elles avaient conçu avec Bettina pour les bijoux *Bettine et Amandine*, dans un appartement très haut de plafond du boulevard Bonne-Nouvelle. Avec ses grandes pièces en enfilade aux murs couverts de moulures à l'or terni, ses larges miroirs baroques posés sur les cheminées de marbre noir et son parquet luisant, l'endroit évoquait quelque salle de bal sulfureuse du Second Empire. Son cœur se gonfla de satisfaction. Que de travail accompli en sept ans !

Elle avait un jour proposé à Bettina Diamant, qui n'était alors qu'une vague copine, de partager un stand au salon Première Classe loué sur un coup de tête pour présenter sa première collection de bijoux, soit dix modèles qui se battaient en duel. Bettina, qui végétait dans une carrière de comédienne en galère, avait dit banco. En déployant une énergie de vendeuses de foire, elles avaient écoulé tout leur (maigre) stock. Et la grande aventure avait commencé. À force d'imagination et de travail, elles avaient bâti une marque romantique et rock and roll de bijoux contemporains inspirés de ceux du passé, qui avaient conquis une génération de filles et de femmes fans de leur univers onirique.

Aujourd'hui *Bettine et Amandine* présentait deux collections par an et contrôlait sa distribution grâce à son e-shop très performant. La maison était présente dans une vingtaine de pays sur des points de ventes sélectionnés avec soin et employait quinze personnes à plein temps sans compter les prestataires en free-lance.

Peu à peu, les deux associées s'étaient partagé les rôles. À Bettina, le côté business, la gestion et la distribution. À Amanda la partie création et communication. Ses études à l'école Camondo avaient développé sa culture artistique, son talent et son addiction au travail avaient fait le reste. Amanda était une obsédée de l'image. Elle avait une vision précise de l'histoire de la marque et savait d'instinct comment la raconter sur les réseaux sociaux. *Bettine et Amandine* était une entreprise 100 % féminine, typique de l'ère 2.0, qui s'était construite grâce à Instagram et réunissait une communauté de près de 50 000 membres. Rien n'était publié en ligne sans son aval et elle était capable de piquer une crise si quelqu'un utilisait une photo qu'elle n'avait pas validée. Parce qu'elle ne lâchait jamais rien, certains l'appelaient « la pitbull », d'autres « la tornade blonde ».

Amanda lissa tendrement le bois brut de sa table de travail et consulta sa montre : 20 h 30. Il était temps de partir. Elle éteignit la lumière de son bureau et traversa la salle d'exposition dont les trois hautes fenêtres donnaient sur l'agitation électrique des Grands Boulevards. La collection d'été luisait derrière les verres des tables vitrines. Elle arrangea en passant une branche du bouquet de fleurs sauvages qui s'épanouissait sur une table basse et quitta les lieux à regret.

Le froid la surprit sur le boulevard Bonne-Nouvelle, elle enfonça son bonnet sur ses oreilles et les mains dans les poches de son manteau. Un mois avant les fêtes, les Grands Boulevards affichaient déjà leurs illuminations de Noël et la foule se pressait, encore plus dense qu'à l'accoutumée. Amanda allongea le pas, soulagée de penser que, en dix minutes à peine, elle serait chez elle. Elle poussa la lourde porte cochère du 19 bis, boulevard Montmartre et sonna au quatrième étage où elle était attendue pour dîner.

L'appartement de son voisin, Max Dahan, avait tout du cabinet de curiosités. Le salon était encombré d'objets d'art qui mêlaient les continents et les époques. Ainsi, un siège éthiopien en bois sculpté côtoyait un sabre ottoman accroché au-dessus d'une commode des années 1960. Pour ajouter à cette atmosphère chaleureuse, un feu crépitait dans la cheminée sur laquelle trônait une paire de défenses d'éléphant. D'après la légende, Max les avait gagnées au poker quelque cinquante ans plus tôt. Amanda embrassa son hôte qui revenait de la cuisine avec un plateau chargé de pistaches et de tarama. Il la rabroua quand elle proposa de l'aider.

— Installe-toi ! Mets-toi à l'aise. Quelle idée de travailler aussi tard !

De temps en temps, il aimait recevoir sa fille Doria et ses deux meilleures amies, Bettina et Amanda qu'il appelait le Club des A. Il leur préparait de bons petits plats, les forçait à mettre les pieds sous la table et s'occupait de tout. Max trouvait que cette génération travaillait beaucoup trop et ne savait plus s'amuser comme au bon vieux temps du rock and roll. Le temps d'un dîner, elles oubliaient leurs jobs chronophages, leurs enfants, leurs amoureux et se laissaient chouchouter par Max.

Bettina sirotait un whisky ambré, installée au fond d'un des confortables fauteuils qui entouraient le foyer. Les flammes dansantes faisaient miroiter ses cheveux roux comme du cuivre. Elle sourit à Amanda.

— Il ne s'est rien passé d'important au bureau pendant que je vivais ma vie de maman ?

— J'ai trouvé une idée pour la bague en nacre.

Max lui fourra un verre de whisky on the rocks dans les mains.

— Arrêtez de parler boulot ou je vous renvoie chez vous ! Discutons d'un sujet beaucoup plus amusant : vos amours !

— Il n'y a que celles d'Amanda qui présentent un intérêt un peu croustillant, lança Doria. Bettina est casée depuis des millénaires et moi j'aborde les sept ans de réflexion avec Léo. Scoop ! On a décidé de continuer !

— Sept ans et toujours pas foutu de jouer correctement au poker !

C'était la grande déception de Max : un gendre incapable de faire la différence entre une *full house* et un brelan. Il se tourna vers Amanda, tout sourire.

— Alors ? Tu en es où avec Alexandre ?

Amanda prit le temps d'avaler une gorgée de whisky avant de répondre. Elle ne savait jamais quoi dire sur Alexandre. Il était au-delà des mots. Un charisme. Un mystère. Un amant. Elle l'avait rencontré à la soirée déguisée organisée par Bettina pour le réveillon. Il était une relation de travail de Julien, le mari de cette dernière. Elle portait une longue robe de fée au bustier brodé de perles, lui, un monocle et une cape de gentleman cambrioleur. Son assurance d'avocat d'affaires, ses traits réguliers et son regard intense l'avaient séduite. Ils s'étaient revus, souvent, mais leur relation n'avait jamais dépassé le stade 1 : ils se voyaient régulièrement, partaient parfois en week-end ensemble, mais ni l'un ni l'autre n'avait jamais évoqué la possibilité d'aller plus loin. Elle était même surprise de réaliser qu'elle le fréquentait depuis bientôt un an.

— Je ne sais pas ! Toujours pareil.

— Est-ce que c'est toujours le feu au lit ? Est-ce que vous allez passer à l'étape « emménageons ensemble » ? demanda Doria, incapable de refréner sa curiosité.

Elle avait dû être espionne dans une vie antérieure.

— Vaudrait mieux pas. Pour moi, il est à ranger dans la catégorie des séducteurs toxiques, décréta Bettina en pinçant les lèvres.

Amanda leva les yeux au ciel. La méfiance de son associée concernant Alexandre l'agaçait au plus haut point. Voyant Max ajouter une bûche dans la cheminée et activer le soufflet pour ranimer le feu, elle sauta sur l'occasion pour changer de sujet.

— J'ai une cheminée moi aussi dans mon salon. Vous pensez que je peux y faire du feu ? J'adorerais !

— Ça doit être faisable, mais chez toi la cheminée est condamnée depuis perpette. Il faudrait faire venir un ramoneur.

Max avait une connaissance encyclopédique du 19 bis, boulevard Montmartre. Il en était le plus ancien résident et dirigeait l'association des locataires. C'était l'âme et la mémoire de l'immeuble.

— Vous en avez un à me recommander ?

— Bien sûr ! Je t'envoie ses coordonnées demain matin. Elles sont quelque part dans mon téléphone.

Mais Doria la curieuse ne comptait pas en rester là.

— Revenons-en à Alexandre ! Pour ma part, toxique ou pas, je le classe dans la catégorie des authentiques beaux gosses, insista-t-elle.

Son père sourit avec amusement et choisit d'orienter la conversation dans une autre direction.

— J'ai connu une Alexandra. Une rockeuse. Une fille terrible qui m'a enroulé autour de ses baguettes de batteuse ! Vous voulez que je vous raconte ? demanda Max.

Les trois filles adoraient les souvenirs de Max. Un caléidoscope d'histoires en technicolor où chantaient les guitares des blousons noirs, tintaient les glaçons du Palace rue du Faubourg-Montmartre et cliquetaient les jetons de poker. Elles voyageaient dans son passé les yeux grands ouverts, portées par sa voix profonde et ses mots évocateurs.

— Oui !

Max savoura une gorgée de whisky et fixa son auditoire. Il s'enfonça dans son fauteuil.

— C'était un soir d'avril 1966, au Golf-Drouot...

2.

Des lettres enflammées dans la cheminée

Mercredi 13 novembre 2019

Il avait plu toute la nuit, les gouttes chantaient leur chanson d'hiver contre la vitre. Une aube bleu gris tentait de s'infiltrer entre les rideaux. Amanda s'emmitoufla plus étroitement sous sa couette et ferma les yeux. Depuis l'enfance, elle adorait être au chaud, en sécurité dans son lit alors que la pluie tambourinait au-dehors. Un bras puissant s'abattit autour de sa taille. Alexandre la ramena contre lui.

— Ce n'est pas encore l'heure de se lever, chuchota-t-il.

La main chaude d'Alexandre se promena sur son corps, elle soupira d'aise quand il la retourna vers lui. Il avait une manière de guider le jeu qui l'énervait parfois, mais son savoir-faire compensait ses manières dirigistes. C'était un amant technique qui connaissait bien les rouages du corps féminin.

— Tu es tellement belle ! Tu as été conçue pour détourner les avocats vertueux du droit chemin.

— Vertueux ? Toi ?

— Tu en doutes ? demanda-t-il en lui immobilisant les bras au-dessus de la tête.

Elle tenta de se débattre mais sa poigne était de fer.

— Je ne parlerai qu'en présence de mon avocat !

— Il a les moyens de te faire parler... murmura-t-il en lui mordant la lèvre.

Amanda aurait bien continué à jouer mais son corps réclamait de passer aux choses sérieuses. Elle se laissa emporter par ses baisers. Scott le chat miaula pour marquer son désaccord et quitta la pièce, scandalisé d'avoir été dérangé.

Plus tard, en sortant de la douche, ses longs cheveux blonds enroulés dans une serviette-éponge, elle le trouva encore au lit, lunettes en écaille sur le nez, textotant sur son smartphone.

— Un café sympathique dans le coin ? demanda-t-il.

— Le Broadway Boulevard, en bas.

— Non. Il y aura tout ton immeuble. J'ai rendez-vous avec un client. Pas envie que mes conversations professionnelles soient épiées, commentées et déformées par tes voisins.

— T'es vraiment parano !

— Je n'en serais pas là où j'en suis si je n'étais pas paranoïaque.

Elle leva les yeux au ciel. Alexandre mettait un point d'honneur à prononcer les mots dans leur totalité. Il ne disait jamais « à toute », « sympa », « cata », « ordi » ou « restau »... Ça donnait à son phrasé une élégance un peu désuète qui contribuait à sa force de persuasion. Considéré comme un des meilleurs avocats d'affaires de Paris, il avait la réputation de gagner la confiance des personnalités les plus complexes par la puissance de son bagout. Pour Amanda, il représentait un défi et une distraction. Arrogant, flambeur et insaisissable, elle ne savait jamais à quoi s'attendre avec lui. Il pouvait ne pas donner de nouvelles pendant plusieurs jours, puis réapparaître pour une soirée de grand luxe et une nuit passionnée.

Il soufflait le chaud, le froid, le chaud… elle s'enflammait comme une torche. Une flambée de sensations fortes rapidement éteinte, mais captivante à vivre. Amanda aimait ce jeu intense sans promesse de lendemain.

— Mon client est un créateur de jeux vidéo qui habite dans le coin. Il vend son entreprise. Le genre geek de génie. Ça le mettra plus à l'aise si je le rencontre sur son territoire.

— Essaie le Madeleine-Bastille, il est très bien.

Quand il réfléchissait, Alexandre jouait avec son briquet, un vieux S.T. Dupont en or qu'il allumait et éteignait compulsivement. Les yeux perdus, il semblait hypnotisé par la haute flamme qui grésillait à l'ancienne dans un parfum de pétrole. L'engin vintage flirtait dangereusement avec ses draps blancs. Il leva les yeux vers elle et rabattit le capot du briquet d'un mouvement souple du poignet. Elle lui sourit.

— J'ai rêvé de ton briquet cette nuit. Il ne fonctionnait plus, c'était merveilleux.

— Moi j'ai rêvé de toi. Tu ne parlais plus, c'était reposant.

Légèrement vexée, elle tourna les talons pour aller prendre son petit déjeuner. Il avait le chic pour balancer de petites piques bien aiguisées qui faisaient mouche. « Toxique » avait dit Bettina. Et si c'était vrai ? Amanda respira profondément, décidée à ne pas se laisser polluer. Elle mit de l'eau à chauffer dans la bouilloire, prépara son thé, beurra ses toasts. Le décor monacal de la cuisine, blanche du sol au plafond, lui apporta un apaisement immédiat. Cet appartement avait des ondes puissamment bienfaisantes. Elle s'y était toujours sentie bien, même quand il était occupé par sa sœur aînée Violette et qu'elle n'y venait qu'en invitée.

Amanda but une gorgée de thé en se demandant ce que faisait Violette en ce moment même. Il était minuit à San Francisco. Sirotait-elle un verre de vin californien bio dans un bar face à la Baie ? Dormait-elle dans les bras de l'homme qu'elle aimait ? Sa sœur lui manquait douloureusement. L'été précédent, lors d'un déjeuner en tête à tête à la terrasse du Broadway Boulevard, Violette lui avait annoncé qu'elle quittait la France pour aller vivre en Californie. C'était une journée ensoleillée et très chaude. Elles buvaient du rosé bien frais. Le tintement des verres et des couverts accompagnait le murmure des conversations. Le soleil tapait sur la tenture blanche du café, même les palmiers en pot semblaient suffoquer de chaleur, quand Amanda s'était sentie enveloppée d'un brouillard glacé. Elle avait beau être heureuse pour sa sœur – Violette rêvait de la Californie depuis l'adolescence –, le choc était rude. Amanda s'était vue seule, abandonnée, sans famille, car Violette et ses jumeaux, Cheyenne et Ulysse, étaient le centre affectif de son existence. Elle avait caché son angoisse sous un grand sourire et levé son verre au bonheur de Violette.

Mais sa sœur savait sa douleur. Elles étaient si proches malgré leurs neuf ans d'écart. Liées par un passé commun, fait de déchirures et de secrets partagés, elles avaient pris l'habitude de prendre soin l'une de l'autre. Alors, pour consoler un peu sa petite sœur, Violette lui avait proposé de reprendre le bail de son appartement. L'aînée connaissait la fascination de la cadette pour le 19 bis, boulevard Montmartre et son grand cinq-pièces haussmannien. Pour Amanda, c'était garder un peu de sa sœur avec elle, et aussi s'autoriser à voir plus haut, plus grand pour elle-même. Elles étaient allées trouver Félix Baltimore, le propriétaire de l'immeuble, qui avait accepté après avoir jeté un bref coup d'œil à la feuille d'imposition cossue d'Amanda. Il aimait l'idée que l'immeuble reste « en famille ».

Perdue dans ses pensées, les yeux fixés sur le ciel de novembre aussi blanc que les murs, elle sursauta au bruit du mixeur. Alexandre s'installa en face d'elle avec son smoothie céleri-pomme verte-kiwi-gingembre-menthe destiné à lui apporter son plein de vitamines matinales. À quarante-quatre ans, il n'affichait pas une once de graisse.

— À quoi rêvais-tu, belle créatrice ?

— Hier, j'ai finalisé une bague en nacre et topaze, on dirait un éclat de lune.

— Tu es la créatrice de bijoux la plus douée que je connaisse. Je suis sûr que cette bague deviendra un best-seller.

— Je réfléchis encore à ce que je pourrais faire pour lui apporter une patine, comme si c'était un bijou ancien.

— Trouvé dans le coffre d'une sublime courtisane !

— Oui !! C'est exactement ça !

Un SMS arriva sur le smartphone d'Amanda. Elle posa sa tartine pour répondre.

— Qui est-ce ? demanda Alexandre.

— Bettina. Elle sera en retard, elle doit emmener Capucine chez le médecin. La petite a été malade toute la nuit.

— Bettina t'exploite. Elle te laisse être sur le pont du matin au soir pour s'occuper tranquillement de ses enfants.

— Tu ne sais pas de quoi tu parles ! Notre binôme fonctionne parfaitement.

— Tu pourrais gagner tellement plus d'argent sans elle. Il y aurait beaucoup de choses à revoir pour réduire les coûts et optimiser ta gestion.

Il but une gorgée de sa mixture et sembla réfléchir aux perspectives fabuleuses qu'il venait d'évoquer.

— Malheureusement, j'ai bien peur que tu sois incapable de te débrouiller seule à la tête d'une boîte.

Agacée, Amanda fit claquer son portable en le reposant brutalement sur la table.

— Occupe-toi de ton cabinet, je m'occupe de mon entreprise.

— Depuis que je me suis débarrassé de mon associé, j'ai les mains libres pour gérer le cabinet comme je l'entends.

Elle mordit dans sa tartine pour éviter d'entrer dans son jeu. Amanda pouvait s'amuser des diverses lubies d'Alexandre mais ne supportait pas qu'il intervienne dans son business. C'était sa limite. Sa chasse gardée. Bettina et elle n'étaient pas intéressées par une expansion à tout prix, elles souhaitaient développer la boîte à leur rythme, avec des projets choisis, qui leur donnaient envie de se lever le matin. Mais Alexandre ne pouvait pas comprendre leur mode de fonctionnement. Amanda était si énervée par leur conversation que la sonnette de la porte lui fit froncer les sourcils. Elle consulta sa montre.

— J'espère que ce n'est pas la femme de ménage. Je lui ai expressément dit de ne pas venir avant mon départ pour le bureau ! Le matin, je ne veux voir personne.

Alexandre alluma et éteignit plusieurs fois son fameux briquet Dupont.

— Ta femme de ménage n'est pas censée deviner à quelle heure la voie est libre ! Tu sais combien sa vie est dure alors que tu te la coules douce dans ton grand appartement bourgeois ? Elle doit être levée depuis l'aurore, avoir nettoyé et rangé son F2 pourri et pris les transports en commun pour venir balayer ta poussière et récurer tes chiottes. Alors si elle a dix minutes d'avance, ce n'est pas la fin du monde !

Amanda se mordit les lèvres, mortifiée d'avoir été prise en flagrant délit de mépris social.

— Je ne savais pas que tu étais aussi l'avocat des femmes de ménage ! lança-t-elle assez mesquinement.

— Quand j'étais petit, ma mère était toujours débordée. Entre sa carrière et sa vie sociale, je ne la voyais jamais. Notre femme de ménage s'occupait de moi. Une sorte de deuxième maman, bien plus gentille que ma bêcheuse de mère. Chaque jour, quand je rentrais de l'école, elle me donnait le goûter dans la cuisine, tout en préparant le repas du soir. On discutait de tout et de rien. Elle me posait des questions sur ma journée. J'étais bien avec elle, c'était paisible. Ensuite, j'allais dans ma chambre faire mes devoirs. Tout était nickel, bien rangé. Je me sentais en sécurité… À 18 h 30 pétantes, elle boutonnait son manteau et rentrait chez elle pour recommencer le même foutu boulot : ménage et popote.

Elle alla ouvrir, attendrie par ce souvenir d'enfance partagé avec elle. Alexandre se livrait rarement. Devant la porte se tenait le ramoneur envoyé par Max. Elle l'avait oublié ! Il pénétra à sa suite dans le salon, chargé de ses hérissons et de son panel de longues tiges. Quand elle lui montra la cheminée du salon, majestueuse dans son manteau de marbre clair, il souleva le volet de métal sombre qui fermait le foyer et se gratta la tête, circonspect. Il avait un visage tout rond, noirci de suie et une moustache noire en broussaille. Amanda lui trouva un air de ressemblance avec ses hérissons.

— Elle est murée !

On pouvait apercevoir un morceau de ciment grisâtre qui bloquait le foyer.

— Ah bon ?

— On peut pas la ramoner. Ou alors il faut casser... Mais il y a un risque que ce soit aussi bouché derrière...

Alexandre arriva de la cuisine, son smoothie à la main. Il mettait toujours des heures à le boire. Amanda le soupçonnait de ne pas aimer ça et de se forcer pour être à la fois stylé et en bonne santé.

— Laisse tomber. Ça va faire des dégâts pas possibles et te coûter une fortune.

— Du dégât, c'est sûr ! confirma le ramoneur.

Mais Amanda ne l'entendait pas de cette oreille. Les bûches étaient déjà prêtes dans leur nouveau panier en prévision d'une bonne flambée, ainsi que le soufflet, les chenets, la pince et le tisonnier tout neufs. Elle avait trop rêvé de cette cheminée. Elle se voyait les dimanches d'hiver, allongée face au feu, en train de dessiner des bijoux ou de regarder une série, accompagnée par le crépitement des flammes, Scott le chat roulé en boule à ses pieds. Elle s'imaginait déguster des huîtres et boire du champagne avec Alexandre... Elle avait même acheté une couverture en fausse fourrure en prévision de ces délicieux moments. Hors de question d'abandonner avant même d'avoir essayé.

— Je tente ma chance ! S'il vous plaît, monsieur, cassez le muret. Peut-être que le conduit est intact derrière.

— Faut que j'aille chercher le matériel dans le camion. J'espère que ça ira avec une pioche et un marteau parce que je vous préviens, je n'ai pas de marteau-piqueur !

Alexandre leva les yeux au ciel, atterré.

— De mieux en mieux ! Je vais prendre ma douche. Appelle-moi si vous êtes engloutis sous les gravats ! lança-t-il en se dirigeant vers la salle de bains.

Amanda téléphona à son assistante pour la prévenir de son retard et lui donner les directives de la matinée. Heureusement, elle n'avait pas de rendez-vous, mais à quelques semaines de la *fashion week*, pendant laquelle elles présenteraient leur future collection d'hiver, les journées étaient toujours très chargées. Le ramoneur revint bientôt avec une masse, une pioche et divers instruments qui la firent frémir. Il ne manquerait plus que l'immeuble s'écroule à cause d'elle ! Il commença par extraire le volet, faisant apparaître le mur qui obstruait la totalité du foyer puis leva la masse et frappa un grand coup. Un peu de plâtre se détacha du plafond, mais le mur ne bougea pas d'un pouce.

— Continuez !

Amanda s'était installée sur le canapé, son ordinateur ouvert posé sur la table basse, mais elle n'avait d'yeux que pour la cheminée. Le succès de l'entreprise avait soudain pris une importance capitale. Une petite voix légère comme une brise lui murmurait qu'il fallait casser ce mur et faire renaître le feu. Le ciment céda rapidement sous les coups de massue, dévoilant une seconde couche brunâtre et friable.

— Ah ! C'est de la brique creuse ! Ça va être plus facile que prévu !

— Allez-y, cognez !

— On y va !

Les briques furent cassées dans un fracas quasi jubilatoire. Le ramoneur ramassa les débris dans un gros sac-poubelle puis introduisit sa tête dans la cheminée pour vérifier si le conduit n'était pas muré.

— Mauvaise nouvelle. Il y a une trappe.

Décidément cette cheminée ne voulait pas se laisser approcher. Comme si un sortilège s'acharnait à la maintenir scellée. Amanda frissonna. Passer outre n'allait-il pas lui porter malheur ? Elle savait d'expérience qu'il ne fallait pas insister quand les éléments résistaient, mais une pulsion un peu folle la poussait à aller au bout de son idée. Elle aurait sa flambée. Si Max pouvait faire du feu, pourquoi pas elle ?

— Cassez-la aussi !

— C'est pas si simple. À mon avis, cette cheminée est condamnée depuis plus de cent ans. On va avoir un paquet de saleté qui va dégringoler une fois la trappe dégagée.

— Je m'en fous !

— Vous l'aurez voulu !

Il installa une grande bâche pour recevoir les débris et introduisit le bras à l'intérieur de la cheminée. Elle l'entendit ahaner, taper, pousser. Soudain il se retira vivement, alors que le conduit déversait sur la bâche un dégueulis de suie, de gravats et de matières diverses qui s'étaient accumulées là depuis des dizaines d'années. Alexandre, qui sortait de la salle de bains, la chemise sans un pli et la chevelure soyeuse domptée par le peigne, découvrit l'éboulement et se mit à applaudir, un sourire ironique aux lèvres.

— Magnifique ! Je crois que je vais décaler mon rendez-vous. Je veux voir jusqu'où on va aller dans la catastrophe.

Il s'installa sur le canapé à côté d'Amanda pour profiter du spectacle.

— Quelle est la prochaine étape ? demanda-t-il au ramoneur.

— Le plus dur est fait ! Je vais ramasser tout ça et commencer à ramoner.

Ils le regardèrent glisser un hérisson à l'intérieur du conduit et pousser vers le haut, faisant tomber un peu de suie au passage.

— Ah merde, il y a encore un truc qui bloque !

— Rebondissement dans l'affaire ! Il faut encore casser quelque chose ! Qu'est-ce que ce sera cette fois ? L'immeuble ? s'exclama Alexandre.

Cette fois, c'était sûr, elle contrariait le sort. Amanda se demanda pourquoi elle tenait tant à continuer. Et si les coups de masse provoquaient une fissure dans le conduit ? Si, en voulant jouer avec le feu, elle fragilisait l'équilibre du bâtiment ?

— Oh noooon ! C'est grave ? demanda-t-elle.

— Faut que j'aille voir… fit le ramoneur armé d'une lampe torche.

En bon maniaque, Alexandre passa son mouchoir blanc sur la table basse et montra silencieusement le résultat à Amanda : il était noir de particules de suie vieille d'un siècle. Elle haussa les épaules. Elle nettoierait plus tard. Il secoua la tête en souriant et envoya un message à son client pour le prévenir de son retard. Le geek pouvait attendre.

— Heureusement qu'on n'habite pas ensemble ! J'aurais renvoyé ce dingue chez lui illico.

La voix du ramoneur résonna des profondeurs du conduit :

— Il y a quelque chose qui dépasse. On dirait une brique qui s'est déplacée.

— Ne la touchez pas, tout pourrait s'écrouler. Et tu serais considérée comme responsable, ajouta Alexandre à l'attention d'Amanda.

— Non attendez… c'est une boîte !

— Quoi ?!

Amanda avait bondi sur ses pieds, dans un état de fébrilité extrême. Son cœur battait à rompre. Elle avait bien senti que la cheminée protégeait un secret ! Allait-elle enfin le découvrir ?

— Vous arrivez à l'attraper ? C'est peut-être un trésor ! murmura-t-elle.

— Ou un gamin de 1812 qui s'est amusé à planquer ses chevaux de bois.

— Je l'ai ! cria le ramoneur.

Il avait quasiment fait entrer le haut de son corps dans l'âtre et était couvert de suie jusqu'aux épaules. Le blanc de ses yeux brillait dans son visage noirci quand il tendit un coffret de bois sombre à Amanda qui s'en empara, les mains tremblantes. Elle était à ce moment-là comme une enfant découvrant une malle mystérieuse au fond d'un grenier, une petite fille éblouie devant un secret merveilleux, une adulte tout près de croire qu'un trésor lui était destiné.

— Bon ben, j'espère que je vais enfin pouvoir ramoner maintenant.

Amanda n'écoutait plus. Elle tenait la boîte couverte de poussière noire contre son cœur en se demandant qui avait bien pu la placer là, et pourquoi. Que contenait-elle de si précieux ? Avait-elle commis un sacrilège en la sortant de sa cachette ?

— Alors tu l'ouvres ? s'impatienta Alexandre.

Elle se laissa tomber dans un fauteuil et posa le coffret sur ses genoux, puis, le cœur battant, souleva délicatement le capot. Posé sur une soie claire qui avait dû être blanche, dormait un petit écrin de velours gris, au dos rond comme celui d'une souris. Alexandre s'en empara immédiatement. Furieuse, elle posa le coffre sur la table basse et bondit sur ses pieds pour le récupérer.

— Non mais attends ! Je veux le voir !

— C'est une bague, annonça-t-il.

— Montre ! C'est à moi ! s'énerva-t-elle en lui arrachant l'écrin des mains.

Elle releva doucement le petit capuchon et découvrit effectivement une bague très ancienne, composée d'une pierre ternie ronde taillée en cabochon, entourée de cristaux grisâtres. Elle évoquait une fleur séchée, un astre éteint, un miracle poussiéreux qui reposait dans le creux de sa main. Amanda la passa à son annulaire et sentit un frisson trembler sur sa peau. Incroyable : la bague lui allait parfaitement ! Ce bijou avait traversé le temps sans que personne ne se doute de sa présence et c'était elle qui le trouvait ! Bouleversée, elle ne put s'empêcher d'y voir un signe du ciel, un cadeau du destin.

— À ton avis, ce sont des diamants autour, ou simplement du verre facetté ? demanda Alexandre. Elle est trop poussiéreuse pour le déterminer.

— Taillés ainsi, ce seraient des brillants. C'est possible. Je me demande si le centre est une perle ou s'il s'agit juste d'une bille de nacre. Je vais aller la laver.

Amanda se dirigea vers la cuisine et passa la bague sous l'eau tiède, la manipulant avec infiniment de délicatesse. Avec un coin de torchon, elle frotta ensuite doucement la pierre ronde taillée en cabochon, faisant apparaître une surface laiteuse et irisée. Quand elle enfila la bague à son doigt, la pierre polie se mit à irradier un feu timide et pâle comme la lune.

— Alexandre ! Je crois que c'est une opale ! C'est complètement fou ! Elle est magnifique.

Une opale. Sa pierre préférée. Débarrassée de sa peau de poussière grise, elle révélait ses iridescences roses et or. Amanda savait que les opales, composées majoritairement de silice et d'eau, pouvaient souffrir de dessèchement. Elle passa une nouvelle fois la gemme sous l'eau froide, comme on abreuve une plante assoiffée, bien consciente de ce que son geste pouvait avoir de dérisoire. Et pourtant, il lui semblait la voir renaître sur sa main et se réveiller dans la matière lunaire, des éclats d'arc-en-ciel de plus en plus ardents.

— Fais voir ! Tu sais que les opales ont la réputation de porter malheur ? demanda Alexandre en examinant le bijou.

— Pas du tout ! Les Grecs considéraient qu'elles étaient porteuses d'espoir. Elles avaient le pouvoir d'accroître la clairvoyance et d'améliorer l'intuition.

— J'ai terminé ! Qu'est-ce que je fais du coffret ? cria le ramoneur.

Amanda laissa la bague à Alexandre pour aller voir dans le salon.

— Vous voulez le jeter ou le garder ?

— Mais non, je le garde !

Elle saisit le coffret et s'assit sur le canapé. C'était une petite cassette de bois brut sans aucun ornement, émouvante dans sa simplicité. Quelqu'un avait pris la peine de murer la cheminée pour la préserver. Pourquoi ? Quels secrets cachait-elle ? Elle ouvrit la petite malle au trésor pour l'examiner à son aise. Ce qu'elle avait d'abord pris pour le fond de la boîte était en fait un coussinet rectangulaire qu'elle retira doucement.

Une nouvelle surprise l'attendait, encore plus troublante. Relié par un ruban de satin gris, un paquet de lettres reposait là, remarquablement intact. Émerveillée, Amanda dénoua le ruban. Les feuillets s'éparpillèrent sur ses genoux. Il y avait aussi des cartons d'invitation, un billet de chemin de fer, des petits bouts de vie d'un temps passé. Elle plissa les yeux pour déchiffrer les messages. Les lettres s'adressaient à une Joséphine et à un Antoine. Il y avait des mots d'amour, des « chéri », des « je t'aime ». Elle avait trouvé des lettres enflammées dans la cheminée ! Bouleversée, Amanda regarda la date de la première : 12 novembre 1860. Cent soixante ans plus tôt, un Antoine et une Joséphine s'étaient aimés, peut-être même dans ce salon. Qui étaient-ils ?

— Je pense que vous pouvez la faire fonctionner maintenant. J'ai tout nettoyé, faudra quand même passer un coup pour la poussière.

La voix du ramoneur la ramena à la réalité. Elle détacha ses yeux des lettres comme d'un rêve, les reposa soigneusement à leur place.

— Il vaut mieux essayer d'allumer le premier feu pendant que vous êtes encore là, c'est peut-être plus prudent, intervint Alexandre.

— Si vous voulez, mais dépêchez-vous, j'ai plein d'autres maisons à voir.

Ah oui, le feu ! Revenue à elle, Amanda prépara rapidement quelques boulettes de papier journal, ajouta du petit bois et deux belles bûches disposées en tipi. Alexandre approcha son briquet, le papier flamba. Amanda activa le soufflet avec l'impression d'accomplir les mêmes gestes que les auteurs des lettres. Un feu timide se mit joyeusement à crépiter.

— Elle tire bien, c'est parfait.

Le ramoneur observa les flammes, l'air satisfait, pendant qu'elle préparait le chèque à son attention. Il lui remit la facture avant de reprendre tout son barda et se diriger vers la sortie. Elle lui avait donné du fil à retordre, cette foutue cheminée, mais il en était venu à bout, comme toujours. Il se tenait sur le pas de la porte, le visage encore plus noir qu'à son arrivée. Il s'était lavé les mains, mais la suie était comme incrustée dans les plis de sa peau. Dans un élan de reconnaissance, elle glissa un billet supplémentaire dans sa main.

— Merci infiniment, monsieur. C'est vraiment gentil d'avoir pris tout ce temps.

Elle attendit qu'il soit dans l'ascenseur pour refermer la porte et retourner voir son feu. Les flammes blondes dansaient leur ronde joyeuse autour des bûches. Elle s'installa sur le canapé et attrapa le paquet de lettres.

— Je vais y aller aussi, annonça Alexandre en se penchant vers elle pour l'embrasser.

Elle lui tendit distraitement les lèvres, pressée de se plonger dans la mystérieuse correspondance.

— Salut Alex !

— Ne m'appelle pas Alex ! Je déteste les diminutifs ! Tu penses vraiment qu'Alexandre le Grand aurait toléré qu'on l'appelle Alex ?

— Peut-être même qu'on l'appelait Al !

— Mais bien sûr ! Tu es OK pour que j'embarque la bague ? Il faut la faire examiner. Un de mes clients est un grand expert. Je l'ai beaucoup aidé dans la vente d'une collection de bijoux anciens absolument dantesque. Il acceptera de me rendre ce service et tu sauras si tu as découvert un joyau ou une simple babiole fantaisie, comme celles que tu fabriques !

Amanda eut un instant d'hésitation. Elle n'avait pas envie de se séparer de ce bijou tombé du ciel et se sentait une envie enfantine de le porter immédiatement. Puis elle se raisonna. Peut-être qu'il s'agissait d'un bijou de valeur, alors autant en avoir le cœur net.

— D'accord, mais je ne fabrique pas de *babioles*, Alex ! Respecte mon travail, s'il te plaît !

Évidemment, elle ne reçut pas de réponse. La porte claqua. Alexandre sortit sur le boulevard et marcha les mains dans les poches, d'un pas tranquille et assuré, jusqu'au Madeleine-Bastille où l'attendait son destin.

LES LETTRES DU COFFRET

Lundi 12 novembre 1860

Monsieur,
C'est vous qui avez déposé ce grelot devant ma porte ce matin dans une enveloppe du Cabinet Beaulieu et Jouve ? Je comprends pas bien.
Joséphine Gallais
(J'ai glissé ma lettre sous la porte de service : je sais pas si vous la trouverez)

Paris, le mardi 13 novembre 1860

Mademoiselle,
Oui c'est bien moi, vous avez deviné ! Ce grelot est destiné à votre chatte fugueuse qui est venue nous rendre visite hier. C'est une astuce de ma grand-mère quand j'étais enfant et que je vivais dans notre domaine de Beaulieu en Saône-et-Loire. Un jour mon chat, un gros rouquin qui s'appelait Gus, avait disparu. J'avais pleuré à chaudes larmes trois jours et trois nuits. Il était glorieusement revenu le quatrième jour, un morceau d'oreille en moins et une souris dans

la gueule. Grand-mère Adélaïde détestait me voir pleurer. Elle lui avait alors fabriqué un collier orné d'une clochette, comme on en voit parfois autour du cou des vaches. De ce jour, j'ai toujours su où se trouvait mon gros Gugusse que j'aimais fort. Je me suis dit que vous vous sentiriez peut-être tout aussi rassurée si votre chatte portait le même. Je lui ai choisi un ruban gris assorti à son pelage. J'espère qu'elle se porte bien et apprécie son nouveau collier.
Antoine Beaulieu

Mercredi 14 novembre 1860

Monsieur Beaulieu,
Dame ! En voilà une gentille attention. J'ai eu si peur quand elle s'est échappée, j'ai bien cru que je la reverrais plus. Sûr, si je l'avais perdue, j'en serais morte. Maintenant qu'elle a ce fameux grelot au cou me voilà rassurée.
Dieu vous bénisse
Joséphine

Jeudi 15 novembre 1860

Mademoiselle Joséphine,
Je suis heureux d'avoir été si bien inspiré. Ce jour-là, je m'ennuyais à périr, en faisant le point sur l'état de nos fournitures avec mon commis. C'est étonnant comme il manque toujours du papier, de l'encre, des buvards ou des plumes dans un cabinet dès lors qu'on y réunit une équipe de malheureux gratte-papier. Nous avions ouvert la porte de service pour faire entrer un peu d'air. Votre chat en a profité pour s'engouffrer dans notre fourbi. Quelques instants plus tard, je vous ai découverte devant la porte de l'office, toute pâle, le regard grave et cette petite mèche folle qui s'était échappée de votre chignon. Le sourire ne vous est revenu qu'au moment où vous avez tenu votre petite bête dans les bras. Oh le gentil tableau matinal qu'un peintre de talent

aurait pu nommer *La Grisette et son chat.* Mais dites-moi d'où vient cet attachement si puissant ? C'est étonnant.
Antoine Beaulieu

Vendredi 16 novembre 1860

Monsieur Beaulieu,
Ah ça ! Vous pouvez pas savoir comme je l'aime mon enfant-chat. J'l'ai eue le jour de mon départ de Blonville, j'étais à la gare de Caen, encombrée comme un baudet, quand ma mère a ajouté un panier d'osier à mon chargement. Une fois installée dans le wagon de troisième classe, écrasée comme une purée sur la banquette de bois, j'ai ouvert le panier. C't'adorable petite pelote de poils gris me regardait de ses yeux d'or. « Elle chassera les souris dans ta mansarde », a crié ma mère en agitant la main alors que la locomotive crachait toutes les fumées de l'enfer. Et ce boucan !! On a eu tellement peur la petite bête et moi, qu'on s'est agrippées l'une à l'autre. J'ai vu ma mère rester sur le quai pendant que je partais au loin et j'ai pleuré comme un veau, le nez caché dans sa fourrure toute douce. C'était la première fois qu'elle me servait de mouchoir, mais pas la dernière !
Joséphine Gallais

Samedi 17 novembre 1860

Ciel, une Normande ! Ça alors, je ne l'aurais jamais cru. Quand je vous ai découverte dans l'office du cabinet, à la poursuite de votre chat fugueur, avec votre corsage blanc, votre taille fine et votre parler mutin des faubourgs, je me suis dit que j'avais devant moi la plus authentique (et la plus adorable) des grisettes de Paris. Mon commis lui-même ne s'est pas remis du spectacle.
PS : une grisette avec une chatte nommée Grisette, c'est presque trop joli pour être vrai.

Dimanche 18 novembre 1860

Ah ça monsieur Beaulieu, j'les ai gagnés mes galons de Parisienne ! Mlle Adèle m'avait d'abord engagée comme trotteuse. Je venais d'avoir dix-sept ans et je m'enfuyais de chez moi sans savoir ce qui m'attendait !
Pendant un an, j'en ai mangé du pavé, pour aller livrer mes chapeaux d'un bout à l'autre de la ville ! Pas une rue m'est inconnue. On attrape vite l'accent de Paris à envoyer promener tous les messieurs qui veulent nous causer. Au début, j'y allais même avec mes sabots de bois, qui me faisaient des ampoules affreuses. Jusqu'au jour où j'ai enfin pu m'offrir des bottines ! Encore heureux qu'c'était l'ancienne version de Paris*. Aujourd'hui les trotteuses peuvent cavaler de Belleville à Passy dans la même journée. C'est pas humain ! L'année dernière, je suis passée apprêteuse à l'atelier, mais mon rêve c'est devenir demoiselle des ventes.
Je sais bien que le cabinet est fermé aujourd'hui mais je vous laisse quand même ce mot que vous trouverez peut-être demain.

Lundi 19 novembre 1860

Mademoiselle Joséphine,
Oui nous étions fermés hier et lors du déjeuner chez mes parents, entre les hors-d'œuvre et les rôtis, je me suis surpris à me demander si je trouverais quand même un petit billet de votre main ce matin. J'ai été bien heureux de le découvrir plié en quatre sous la porte de l'office. Je me suis dit que la semaine commençait bien.
Vous vous êtes enfuie, dites-vous ? Mais pourquoi ? Mais comment ? Mais de qui ? Contez-moi cela

* Le 1er janvier 1860, Paris est passée de douze à vingt arrondissements. Onze communes ont été annexées à Paris (Belleville Ménilmontant, Passy, La Muette, La Villette…), portant la superficie de la capitale à 7 802 hectares et sa population à 1 600 000 personnes.

Joséphine ! Si j'avais su qu'il se cachait sous les mansardes du 19 bis, boulevard Montmartre une héroïne de roman.

Mardi 20 novembre 1860

Monsieur Beaulieu !

J'ai ri ! Un roman, ma petite vie !

Depuis que je suis enfant, mon père a dans l'idée de me faire épouser Alvin, le fermier dont la parcelle est voisine à la nôtre.

Or moi, c't'Alvin j'ai jamais pu l'souffrir. Un gars qu'a du plaisir à égorger les cochons, j'aime pas ça. Il prend tant son temps à les taillader qu'on entend les pauvres bêtes se débattre et brailler à une lieue à la ronde. Déjà tout mioche, il s'amusait à casser les ailes des poules et à brûler la queue du chat. J'ai toujours dit à mon père que jamais je le marierais.

Quand j'ai eu mes seize ans, mon vilain papa s'est entêté dans sa folie et m'a promise à Alvin. Il a tout organisé, la dot et la noce. Je préfère mourir que marier cette brute. Y sont violents comme pas permis dans c'te famille. La mère, ils ont dit qu'elle était tombée dans la cave, mais ma main à couper qu'elle est morte sous les coups.

De ce jour, c'était la guerre des femmes pour me sauver de la brute. Ma mère a demandé à retarder la noce à mes dix-huit ans, ma grand-mère s'est souvenue d'une cousine éloignée qui vit à Paris. Elle lui a écrit et c'est comme ça que j'ai eu ma place chez Mlle Adèle. J'ai grimpé dans un train et j'ai détalé.

Pour le calmer, ma mère a dit à mon père que j'étais partie travailler à Paris me gagner une dot. Mon père lâche pas son idée. Dès que je retourne à Blonville, il me demande quand je vais devenir raisonnable et marier Alvin. Moi celui que je voulais épouser c'est Désiré, qu'est doux et gentil. Mais la ferme des Guérin est la plus grosse de la région alors son père lui cherche une femme aussi riche que lui.

V'là donc mon roman, ou plutôt mon feuilleton à un sou !
Joséphine

Mercredi 21 novembre 1860

Mademoiselle Joséphine,
Diantre, quelle histoire ! On pourrait l'appeler le roman de la grisette du 19 bis, boulevard Montmartre. Pour ma part, je suis bien content que vous vous trouviez aujourd'hui à des lieues d'Alvin l'égorgeur de cochon et de Désiré le mal nommé. Vous remercierez bien Grisette de ma part de s'être échappée pour me donner le plaisir de vous rencontrer. J'espère qu'elle se porte bien. Dites-lui que la porte lui sera toujours ouverte s'il lui prenait l'envie de venir chasser les souris du cabinet. On dirait que ces petites bêtes raffolent des actes et autres productions juridiques. Nos expéditionnaires ne leur disent pas merci.
Antoine Beaulieu

Jeudi 22 novembre 1860

Monsieur Beaulieu,
Je passerai le message à Mlle Chat. Ma Grisette se porte bien. Quand elle s'en va promener entre les cheminées et les gouttières, je tends toujours l'oreille pour savoir si elle ne s'enfuit pas trop loin. Dès que j'entends plus son grelot, je crie « Grisette à la soupe ! » et elle rapplique en se léchant les babines. La nuit, mademoiselle me sert aussi de bouillotte, de manchon ou de cache-col, ce qui est bien commode avec le froid du diable qu'il fait en ce moment dans ma mansarde. Et j'ose plus faire de feu car ma cheminée tire si mal qu'une fumée noire se met dans la pièce dès que j'allume une brindille. Je préfère encore mourir de froid que mourir étouffée.
Joséphine

Vendredi 23 novembre 1860

Diable ! Quand vous m'appelez monsieur Beaulieu, j'ai l'impression d'avoir cinquante ans, la Légion d'honneur et des favoris gris. Pire encore ! J'ai l'impression d'être mon père ! Or, j'ai vingt-trois ans, une médaille de baptême pour seule décoration et j'espère garder mes cheveux châtains pour quelque temps encore.
Appelez-moi Antoine ou je me jette sous un fiacre ! Et ne mourez pas pour si peu. Je vous envoie ce soir mon ramoneur.
Antoine

Samedi 24 novembre 1860

Monsieur Antoine,
Votre petit Savoyard est bien passé, je vous remercie. Il a trouvé un nid desséché dans le conduit. La cheminée tire désormais un feu d'enfer. Antonin, le commis du Bougnat qu'a la mansarde à côté de la mienne, m'a monté du bois et la nuit dernière, Grisette et moi on a eu bien chaud.
Soyez béni.

Lundi 26 novembre 1860

Chère Joséphine,
Justement je pensais à votre cheminée hier. Vous me voyez ravi de vous savoir au chaud. À propos de feu, je connais une guinguette à Nogent, près de la Marne, avec une cheminée haute comme une fournaise, qui fait rôtir des viandes délicieuses. Cela vous dirait d'y aller dimanche ?
PS : si vous me donnez encore du « monsieur », je me fâche.

Mardi 27 novembre 1860

Monsieur Antoine,
Pour aller à la campagne, avec un beau jeune homme bien mis comme vous, il me faut un bonnet neuf. Je suis en train de le fabriquer. S'il est prêt à temps, je viendrai.

Vendredi 30 novembre 1860

Alors ? Dimanche ?

Samedi 1er décembre 1860

Mon chapeau n'est pas prêt.

Lundi 3 décembre 1860

Joséphine,
Vous avez manqué hier une fameuse partie de campagne. Si votre bonnet n'est pas terminé dimanche prochain, je vous en offrirai un.
Antoine

Vendredi 7 décembre 1860

Joséphine,
Vous voulez donc me faire mourir à ne pas répondre ?

Samedi 8 décembre 1860

Mon bonnet est terminé.

Lundi 10 décembre 1860

Antoine,
Merci pour cette belle journée au bord de l'eau. Ah c'que c'est bon de sortir du boulevard ! J'avais oublié comme le ciel est grand et l'air est froid à la campagne ! Je suis désolée de pas avoir été bien bavarde dans la voiture, mais je claquais tant des dents dans mon paletot de laine que j'pouvais pas dire un mot. Heureusement que la cheminée était bien immense comme vous aviez dit, j'avais envie de m'y faire rôtir ! Après ça, j'ai tant causé, tant ri et tant mangé que j'ai fait des rêves tout drôles. Ma grand-mère aurait dit qu'c'est à cause de la pleine lune.
Joséphine

Jeudi 13 décembre 1860

Mademoiselle Joséphine,
Comment allez-vous depuis dimanche dernier ? Vous êtes-vous réchauffée ? Ce matin, je suis descendu dans la cour pour surveiller une livraison de papier. Les chevaux du livreur ont pondu leur crottin tout frais sous mon nez. Devant la loge, les ordures s'amoncelaient en un tas répugnant que le concierge ne se décide pas à ramasser malgré mes plaintes répétées. Ce n'est quand même pas un monde de les porter sur le boulevard où elles auront peut-être la chance d'être collectées un de ces soirs. Berthomier, le bougnat de la Petite Pinte, avait jeté sous la gouttière un monticule de charbon usé qui prenait l'eau devant sa cuisine et dégoulinait en un filet noirâtre qui s'est noyé dans la crotte de cheval. Tout était sale, triste et puant.
Quand soudain, j'ai levé le nez et je vous ai aperçue par la fenêtre de l'entresol. Vous étiez assise auprès de vos compagnes de travail, le visage penché sur une large capeline de soie vert pâle que vous garnissiez d'un ruché de dentelles claires. Une bougie éclairait votre joue ronde de sa flamme douce. Je vous ai vue, et toute la laideur

alentour a disparu. Soudain vous avez froncé le nez et porté le doigt à votre bouche ! J'ai maudit la vilaine aiguille qui vous avait encore blessée. Il m'a pris une envie de baiser le bout de vos petits doigts tout piquetés de rouge.

Que diriez-vous de dîner chez moi ce soir ? Je ferai monter un rôti de veau de la Petite Pinte. La mère Berthomier le cuisine fort bien. Avec quelques pommes de terre sautées et une bonne bouteille de vin, cela ferait un repas fameux. J'ai un appartement très gentil, aménagé au fond du cabinet. La table sera mise et la cheminée ronflera. Vous n'aurez qu'un étage à descendre. Toquez à la porte de service.

Antoine

Samedi 15 décembre 1860

Pas de réponse ?

Mardi 18 décembre 1860 (sur une élégante carte de visite)

Maître Antoine Beaulieu
avocat à la cour
Prie Mlle Joséphine Gallais
De lui faire l'honneur de venir souper le samedi
29 décembre 1860
À partir de 22 heures
À son cabinet
19 bis, boulevard Montmartre
RSVP

TROIS MOIS PLUS TARD

FÉVRIER 2020

3.

Un carré de lumière se reflétait sur le trottoir

Vendredi 14 février 2020

AMANDA SE RÉVEILLA EN SURSAUT, le cœur battant à tout rompre. Il faisait encore nuit noire dans sa chambre. Sa main chercha à tâtons son smartphone sur sa table de chevet pour regarder l'heure. 5 heures. Il restait encore du temps avant que sonne le réveil. Elle s'emmitoufla dans sa couette et ferma les yeux, mais son esprit restait aux aguets. Pour calmer les battements de son cœur, elle inspira et souffla profondément, comme au yoga, sans autre résultat que de se sentir encore plus essoufflée.

Elle avait rêvé de son ex, Alexandre Maréchal. Ça lui revenait maintenant. Comme à chaque fois qu'elle pensait à lui, sa colère monta et la rage lui chauffa les sangs. Furieuse, elle tourna et retourna entre les draps. Ses membres s'emmêlaient au tissu froissé, elle se débattit rageusement. Impossible de retrouver le sommeil. Pourtant il fallait absolument qu'elle dorme, sinon elle aurait les cernes et le teint gris des nuits froissées au réveil.

Une longue journée l'attendait. Son bras se tendit malgré elle en direction du coffret de lettres qui se trouvait toujours sur sa table de nuit. La correspondance d'Antoine et Joséphine était devenue son livre de chevet, son feel-good book, sa drogue. Un roman passionnant qu'elle adorait lire et relire, y découvrant à chaque fois de nouvelles sources d'émotion ou d'admiration. Elle attrapa un feuillet au hasard. Joséphine la fascinait et la bouleversait. La grisette était devenue pour elle comme une adorable amie du passé qui l'accompagnait en silence. Parfois, quand elle se trouvait dans l'appartement, elle s'imaginait sentir une sorte de présence, un souffle doux et tendre comme un battement d'ailes ou un frou-frou de soie. Cette fois encore, les mots de Joséphine apportèrent l'apaisement espéré. Elle reposa le coffret et ferma les yeux. Scott le chat pelotonné près d'elle, Amanda se sentit repartir au pays des rêves.

Soudain, un cri déchira le silence ouaté du petit matin. Amanda sortit du lit d'un bond et se précipita à la fenêtre mais ne vit rien de spécial à part les branches noires et dénudées des platanes. Le boulevard Montmartre était désert. Le jour commençait tout doucement à poindre. Quelques rares voitures circulaient déjà. Le Broadway Boulevard, café-restaurant-bar à chicha, qui occupait le rez-de-chaussée de l'immeuble, avait déjà allumé sa guirlande d'ampoules. Un carré de lumière se reflétait sur le trottoir sombre. Il était trop tard pour se recoucher, elle n'arriverait plus à dormir. Amanda se dirigea vers la cuisine pour se préparer un thé. De la cour lui parvint un brouhaha inhabituel, des cris, des éclats de voix. Un coup d'œil à la fenêtre lui permit de découvrir un attroupement. Elle aperçut la chevelure argentée de Max, les boucles brunes de Mira la gardienne, la crinière sombre de Manuela, la patronne du sex-shop du fond de la cour. Ils entouraient quelque chose sur le sol mais elle ne parvenait pas à distinguer ce que c'était. Elle vit Karim, le patron du Broadway Boulevard, sortir de la cuisine du restaurant qui donnait sur la cour et se mettre les mains sur le visage, puis Doria arriver à la hâte et pousser un cri strident. Amanda posa sa tasse de thé et se rua vers l'ascenseur.

Arrivée sous le porche, elle ressentit un grand vide. Quelque chose d'atroce était arrivé et elle n'était pas sûre d'avoir envie de le découvrir. Elle marcha à pas lents vers le petit groupe de voisins. Doria l'aperçut, se dirigea vers elle, le visage grave. Elle lui prit la main et la serra fort. Mira et Max, tous deux pâles comme la mort, s'écartèrent à son approche. Amanda découvrit un corps étendu sur le sol, les bras en croix, le cou étrangement tordu et le crâne baignant dans une mare de sang noir. À environ un mètre de sa main droite, ouverte paume vers le sol, luisait un briquet Dupont en or. Horrifiée, elle reconnut le visage qui était venu la hanter dans son cauchemar matinal. Alexandre.

4.

Mais enfin, c'est la Saint-Valentin !

MIRA AVAIT APPELÉ LA POLICE et l'inspecteur de la brigade de roulement du commissariat leur avait ordonné de ne toucher à rien. Amanda s'était effondrée en pleurs sur le corps de son ancien amoureux. Elle n'osait regarder son visage. Ce visage qu'elle avait trouvé si beau, qu'elle avait embrassé, caressé. Elle avait glissé sa main dans celle d'Alexandre, brisée, déjà froide. Que faisait-il dans la cour de son immeuble ? Était-il venu la voir ? Voulait-il lui parler ? La gardienne lui caressa les cheveux.

— Amanda, la police arrive. Ils vont faire ce qu'il faut pour lui. Il ne faut pas le toucher. Tu comprends ? lui demanda-t-elle doucement.

Max s'approcha pour l'aider à se relever. Elle tremblait de tous ses membres, choquée par l'horreur de la scène. Elle ne pouvait admettre que le charismatique, l'arrogant, le magnifique Alexandre Maréchal était vraiment mort, disparu à jamais de la surface de la terre, et qu'il gisait, le crâne éclaté sur les pavés la cour. C'était absurde. Inimaginable. Doria s'approcha d'elle, le visage décomposé, et la prit dans ses bras.

— Ma belle, viens avec moi, ne restons pas là. Tu veux monter prendre un café ?

Elle secoua négativement la tête.

— Je veux attendre la police pour comprendre ce qui s'est passé. Peut-être qu'il n'est pas vraiment mort, ajouta-t-elle avec espoir.

— Je peux t'affirmer qu'il l'est, prononça Mira l'air navré, je lui ai fermé les yeux.

— Voilà les pompiers ! annonça Max.

En effet, une brigade de quatre hommes, vêtus de l'uniforme marine barré d'une bande rouge des pompiers de Paris, venait de pénétrer dans l'immeuble.

— Mesdames, messieurs, bonjour, veuillez libérer le passage, lança le capitaine avant de se pencher vers le corps étendu.

Il souleva la paupière d'Alexandre, tâta son pouls, posa un stéthoscope pour vérifier les battements de son cœur.

— L'individu est décédé, la mort paraît réelle et constante. Il faut prévenir la police, déclara-t-il.

Amanda serra très fort la main de Doria. Elle avait follement espéré qu'il serait vivant.

— C'est déjà fait, j'ai prévenu le commissariat de la rue du Croissant, intervint Mira.

— Parfait, on va les attendre.

— J'aperçois un véhicule qui est en train de se garer devant l'immeuble, annonça un des pompiers.

Un duo de policiers, qu'on pouvait définir en trois points – le vieux et le jeune, le grand et le petit, le noir et le blanc – avançait sous le porche. Ils serrèrent la main des pompiers et examinèrent le constat de décès.

— Qui a découvert le corps ?

— Moi, déclara Mira.

— À quelle heure ?

— Vers 6 heures.

— Avez-vous remarqué des bruits suspects ? Une dispute ? Une bagarre ?

— Non. Mais j'ai un sommeil très lourd. Comme tous les jours je me suis levée vers 6 heures, j'ai ouvert la porte et je me suis rendue dans la cour. C'est là que je l'ai découvert. Il était déjà mort.

— Vous n'avez touché à rien ? Ni déplacé le défunt ?

— Non.

Pendant qu'il parlait, les autres policiers avaient installé un ruban de sécurité dans l'entrée et commencé à rassembler tous les éléments disponibles sur le corps : son portefeuille, ses papiers d'identité, son briquet... Apparemment, il n'avait pas de téléphone portable sur lui. Le plus jeune des policiers recherchait toutes les traces possibles, mégots, cheveux... tandis qu'un pompier relevait ses empreintes et prélevait un échantillon de sang. Amanda les regardait travailler, à la fois pétrifiée et admirative de leur efficacité, de la précision de leurs gestes. C'était un ballet bien huilé où chacun tenait parfaitement son rôle. Pour eux, c'était juste la routine. Pour elle, la fin du monde.

— L'individu a été retrouvé allongé sur le dos, il s'agit certainement d'une chute délictuelle. Il a sans doute été poussé. L'objectif est de déterminer de quel étage et de quelle fenêtre il est tombé.

À ces mots, un cri d'effroi s'éleva de l'assistance. Jusqu'à présent, personne n'avait osé verbaliser la manière dont Alexandre était arrivé là. D'un coup, la possibilité d'un assassinat apparaissait dans toute son horreur. Qui avait tué Alexandre Maréchal ? S'agissait-il de quelqu'un de l'immeuble ? Et pourquoi ?

— Nous allons figer la scène de crime, c'est-à-dire la cour et la façade de l'escalier A. Personne ne peut passer dans la cour, ouvrir une fenêtre ni entrer ou sortir de l'immeuble jusqu'à nouvel ordre, déclara le plus âgé des policiers, apparemment le commissaire.

— Chef, j'ai avisé la police judiciaire. Un officier du service de permanence m'a confirmé qu'ils arrivaient sur les lieux.

Le commissaire observa le capitaine des pompiers tracer la silhouette du défunt sur le sol à l'aide d'une craie puis recouvrir le corps d'une couverture d'urgence. Le mort était un avocat d'affaires. Sa carte de visite en vélin épais annonçait le type cossu avec des connexions. Il avait le pressentiment que l'affaire serait compliquée. Il se tourna vers le groupe de voisins qui se tenait face à lui, serrés les uns contre les autres comme un troupeau de moutons apeurés. Peut-être que l'assassin était parmi eux.

— Nous allons vous demander de rentrer chacun dans votre appartement et procéder à une enquête de voisinage. Donc personne ne sort ni n'entre dans l'immeuble. Le restaurant devra fermer ainsi que le commerce au fond de la cour. Prévenez vos employeurs que vous ne pouvez pas venir travailler pour le moment. Les enquêteurs vont passer vous interroger dans tous les appartements.

— Quoi ? Mais enfin, c'est la Saint-Valentin ! Mon plus gros chiffre d'affaires de l'année ! se lamenta Manuela.

Le commissaire observa la façade rose du magasin appartenant à la femme sculpturale qui le regardait, catastrophée. La devanture affichait le programme en lettres anglaises : « Oh my Gode ! » Il nota le *e* final. D'après ce qu'il pouvait en juger au vu des articles exposés en vitrine, Dieu n'avait rien à faire avec ce commerce-là.

— Je suis désolée, madame, la justice avant les affaires. Il va falloir être patiente. J'espère que nous aurons terminé le relevé des éléments avant la fin de la journée.

Les locataires du 19 bis, boulevard Montmartre se séparèrent en silence dans le matin blême. Dans toute sa longue histoire, l'immeuble n'avait jamais été le théâtre d'un meurtre.

5.

Il s'était passé une vie depuis qu'elle avait ouvert les yeux

TU PARLES D'UNE SAINT-VALENTIN ! songea Amanda en tournant la clé dans la serrure. La tête lui tournait. Elle s'appuya sur le mur, chancelante. La vision d'horreur ne la quittait pas : Alexandre allongé sur le dos, mort, le sang autour de sa tête comme un coussin sombre et luisant. Au souvenir de l'odeur fétide qui en émanait, une nausée la prit. Elle se précipita dans les toilettes, et après plusieurs haut-le-cœur, vomit misérablement, penchée sur la cuvette. Elle se passa de l'eau fraîche sur le visage, se brossa les dents. Les larmes coulaient toutes seules sur son visage. Y a-t-il un bon jour pour apprendre la mort violente d'un ancien amant ?

Sans force, elle s'allongea sur son lit et tenta de se calmer, les yeux ouverts. Que savait-elle vraiment sur Alexandre ? Il était un avocat d'affaires brillant et mondain, connu dans un certain « Tout-Paris », vivait dans un immeuble moderne du seizième arrondissement, un appartement impeccable et glaçant aux murs blancs, sol en marbre brillant et meubles aux lignes minimalistes dans lequel elle ne s'était jamais sentie à l'aise. Ses goûts étaient en conformité avec ceux de son milieu, il jouait au golf, roulait dans une pseudo-voiture de course, un luxueux jouet pour adulte, partait en vacances dans des endroits où il fallait être vu comme Ibiza ou Mykonos. Il aimait passer des week-ends dans des hôtels de luxe et l'avait emmenée à Lisbonne et à Rome. Il venait d'une vieille famille de la haute bourgeoisie de Caen, avait fait ses études là-bas avant de venir travailler à Paris dans ce cabinet qu'il avait contribué à rendre célèbre. Son père, décédé depuis plusieurs années, avait été avocat comme lui, et sa mère conseil juridique dans une grosse entreprise. Il parlait très peu de sa famille. En presque un an, elle n'avait rencontré ni sa mère, ni aucun de ses amis. Alexandre avait surtout des relations, des clients et des ex. Des femmes trophées, belles, brillantes, dont il aimait montrer les photos et réciter le pedigree, mais avec lesquelles il ne restait jamais très longtemps. En somme, Alexandre Maréchal était un mystère que sa disparition épaississait encore plus.

À 7 h 30, un officier de police chargé d'une mallette sonna à la porte d'Amanda pour l'enquête de voisinage. En général, à cette heure matinale, sa journée n'avait même pas commencé, mais il lui semblait qu'il s'était passé une vie depuis qu'elle avait ouvert les yeux. Elle le fit entrer, sa chevelure blonde en bataille, les yeux brûlants et l'humeur méfiante. C'était quelque chose de croiser un flic dans la rue, c'en était une autre d'en avoir un dans son salon dans le cadre d'un meurtre. Il ouvrit la mallette et installa son matériel de prise d'empreintes digitales sur la table de la salle à manger, puis lui demanda de se laver et sécher soigneusement les mains. Il vérifia ensuite qu'il ne restait aucune trace d'humidité ni de peluche sur ses doigts et lui prit le poignet pour la guider dans les différentes opérations. L'expérience conforta son impression de s'être réveillée en plein cauchemar, hormis qu'il s'agissait de sa vraie vie. Tout en posant l'empreinte de son pouce sur le tampon encreur puis sur la fiche homologuée, le policier lui demanda de répondre le plus précisément possible à ses questions. Il lui tendit une lingette pour nettoyer ses doigts couverts d'encre, puis s'assit sur une des jolies chaises tapissées de velours bleu qu'elle avait chinées aux puces du design, faisant craquer le bois fragile. Son obsession pour la décoration lui parut soudain lointaine comme un doux souvenir du passé.

— Nom, prénom et date de naissance ? interrogea le policier en l'invitant à s'asseoir en face de lui.

— Amanda Abravanel, née le 14 septembre 1986 à Paris.

— Profession ?

— Créatrice de bijoux et cheffe d'entreprise.

— Pouvez-vous me dire exactement et dans l'ordre, ce que vous avez vu et entendu ce matin ?

Amanda s'appuya sur le dossier de sa chaise et se concentra sur ses souvenirs récents et glaçants.

— J'ai entendu un cri perçant qui m'a réveillée en sursaut. Il devait être 6 heures du matin.

— Un cri d'homme ou de femme ?

— De femme, je crois. C'était un cri très aigu. Je pense que ça devait être celui de Mira quand elle a découvert le corps.

— Vous pensez ou vous en êtes sûre ?

— Je pense.

— Merci de ne me donner que les éléments dont vous êtes certaine. Des faits, rien que des faits. Ce n'est pas à vous d'interpréter les éléments.

Elle dévisagea ce jeune homme désagréable. Il était blond, des cheveux coupés ras avec des joues très rouges comme si elles étaient en surchauffe.

— Pardon, mais je n'ai pas vraiment l'habitude de témoigner dans une affaire de meurtre, répliqua-t-elle sèchement.

— On ne peut pas encore affirmer à 100 % qu'il s'agit d'un assassinat, précisa-t-il. Il y aura une autopsie, une enquête. C'est seulement après que nous pourrons déterminer les circonstances de la mort.

Elle se frotta les yeux. Ce type ne faisait que son boulot. Il procédait de manière méthodique et lui réclamait le plus de précisions possible. Ce n'était pas la peine de perdre son calme. Sa quête était celle de la vérité et son job à elle de répondre aux questions. Mais d'abord, elle avait besoin d'un café.

— Je peux vous proposer un café ? Je ne sais pas si le protocole vous y autorise.

— Ce n'est pas interdit et ce sera avec plaisir. Je n'ai encore rien pris ce matin.

Amanda se leva, soulagée, et se dirigea vers la cuisine pour allumer la machine. Un expresso bien serré pourrait la remettre d'équerre. Les informations communiquées par l'officier de police lui avaient fait prendre conscience de la complexité de l'affaire. Les mots « autopsie », « enquête »... tournoyaient dans sa tête. Elle vida sa tasse d'un coup et revint vers le jeune officier avec un plateau.

— Reprenons, dit-il en mélangeant son café après l'avoir aspergé de sucre en poudre.

— OK. Après avoir entendu ce cri perçant, j'ai regardé par la fenêtre de la cuisine. J'ai vu un attroupement dans la cour, je suis descendue.

— Quelles étaient les personnes présentes à ce moment-là ?

— Il y avait Mira, la gardienne, Manuela de « Oh my Gode », Karim Harriga, le patron du café Le Broadway Boulevard qui vit au premier étage de l'escalier A, au-dessus du restaurant, mon amie Doria Klein qui vit au troisième étage et son père Max Dahan, qui habite au quatrième, escalier A également.

— Personne de l'escalier B ?

— Manuela. Elle vit au premier, au-dessus de sa boutique.

— Merci. Donc si l'on liste les habitants de l'escalier A, nous avons M. Harriga au premier, Mlle Klein au troisième...

— M. et Mme Klein, précisa Amanda. Elle vit avec son mari Léo et leur fils, Elias.

— Merci. M. Dahan au quatrième... Célibataire ?

— Oui.

— Et vous-même ici au cinquième étage. Qui habite au deuxième étage ?

— Personne. Ce sont les bureaux de Laser Finances.

— Parfait, merci. Donc vous avez vu un attroupement…

— Oui. Je me suis approchée. La première chose que j'ai vue, c'est le briquet d'Alexandre. J'ai tout de suite compris que c'était lui.

Le policier réprima un haut-le-corps de surprise.

— Vous connaissiez la victime ? demanda-t-il.

Au ton de la question, une sonnette d'alarme tinta désagréablement dans un petit coin de sa tête. Elle répondit brièvement :

— Oui. Nous avons eu une aventure de quelques mois, l'année dernière.

— Quand s'est terminée cette liaison ?

— En décembre dernier. Je ne l'ai pas revu depuis.

— Quelle a été la raison de la rupture ?

Amanda marqua un silence. Était-elle obligée de lui donner tous les détails de sa relation avec Alexandre ? Elle préféra rester évasive.

— Nous nous sommes éloignés peu à peu, nos agendas n'étaient pas compatibles.

— Savez-vous s'il avait des soucis ? Des ennemis ?

— Pas à ma connaissance. C'était un avocat respecté. Il gagnait bien sa vie. Mais il était assez secret et ne me disait pas tout.

Il se leva, prêt à prendre congé.

— Merci pour votre coopération. On vous recontactera au besoin. Veuillez ne pas quitter l'immeuble jusqu'au départ des équipes de police. Une dernière chose… Est-ce qu'il y a un locataire au sixième étage ?

— Euh… Non. Les combles sont condamnés.

L'espace d'un instant, la silhouette gracile de Joséphine dans sa chambrette sous les toits s'imprima dans son cerveau. Il lui sembla qu'elle lui souriait.

6.

L'image même de l'innocence

APRÈS LE DÉPART DU POLICIER, Amanda se mit à tourner dans tous les sens dans l'appartement sans savoir quoi faire. Son cœur battait trop fort, sous les effets conjugués du stress et de la caféine. Elle eut envie d'appeler sa sœur, mais c'était la nuit à San Francisco et puis elle préférait ne pas l'inquiéter. Au même moment, elle reçut un message WhatsApp. C'était Violette !

Hello sœurette ! Je viens de faire un rêve atroce qui m'a réveillée en sursaut : tu avais les mains pleines de sang ! Est-ce que tu t'es coupée ?

Coucou ! Non tout va bien. Rendors-toi ! Gros bisous

Ouf ! C'était horrible. Fais attention avec les couteaux ! Love U miss U.

Elle sourit en imaginant sa sœur poser son smartphone et s'enrouler dans les draps de son lit king size californien, rassurée. Loin, si loin du drame qui se jouait dans la cour de son ancien immeuble. Amanda jeta un coup d'œil furtif par la fenêtre. Le corps d'Alexandre était toujours étendu sous la couverture étincelante. Il aurait détesté qu'on le laisse ainsi sur le pavé, lui qui aimait tant le luxe et le confort. Une équipe de policiers passait la cour au peigne fin, sans doute en vue de collecter les indices.

Amanda décida de se rafraîchir les idées sous la douche. Il lui fallait imprimer à cette journée une couleur moins morbide et surtout, chasser le sentiment de peur qui s'insinuait en elle. Elle ne souhaitait surtout pas que les enquêteurs le perçoivent.

La douche, très chaude, lui fit un bien fou. Dans les effluves vaporeux de jasmin et de fleur d'oranger, elle se visualisa, lumineuse et dorée dans une robe d'été, cheveux lâchés comme une belle des champs, l'image même de l'innocence. Elle s'habilla comme pour aller travailler, s'installa dans l'ancienne chambre de Cheyenne, sa nièce chérie, dont elle avait fait son bureau et appela Bettina qui devait désormais se trouver dans les locaux de *Bettine et Amandine* après avoir déposé ses enfants à l'école.

— Quel drame ! Ma pauvre chérie, je suis tellement désolée. Tu dois être effondrée, compatit son associée après qu'elle l'eut informée de la situation.

— Je n'arrive toujours pas à y croire, même après l'avoir vu dans cet état horrible de mes propres yeux.

— Pauvre Alexandre ! Il devait avoir de gros ennuis et on n'en savait rien. Cela explique sans doute pourquoi il a rompu sans explication.

Bettina était parfois dure, mais elle avait le chic pour remonter le moral et trouver du positif dans les pires situations. Alexandre avait quitté Amanda sans préavis, en disparaissant simplement de sa vie. Du jour au lendemain, il avait cessé de répondre à ses appels, ses messages, ses textos. Ce *ghosting* avait été une blessure d'amour-propre terrible et la remarque de son associée lui apportait une consolation inattendue dans ces circonstances dramatiques. N'était-ce pas à ce genre de détail qu'on reconnaissait les vraies amitiés ?

— Je ne peux pas quitter l'immeuble jusqu'au départ de la police, je ne sais quand. Du coup comment peut-on s'organiser ?

À quelques jours de la *fashion week* parisienne qui devait avoir lieu à partir du 24 février, la collection de l'automne-hiver prochain était prête. Même si la maison *Bettine et Amandine* n'organisait pas de show, elle profitait de la dernière semaine internationale des défilés – après celles de Milan, Londres et New York – pour présenter ses dernières créations. Ces jours-là, Paris crépitait d'une animation hors normes. Journalistes, influenceurs et clients du monde entier débarquaient à Paname pour courir de défilés en showrooms, de soirées en petits déjeuners. Amanda imaginait en général de véritables scénographies pour séduire cette population blasée et survoltée. Elle serait bonne pour aller travailler le lendemain. Elles se répartirent les tâches de la journée et décidèrent de se rappeler pour faire un point en fin de matinée.

Amanda alluma son ordinateur pour répondre à la pluie de mails qui étaient arrivés depuis la veille. Calme et concentrée, elle travailla un bon moment en se disant qu'il était très agréable de ne pas être interrompue toutes les deux minutes par quelqu'un venant lui demander quelque chose de la plus extrême importance. Le tambourinement d'une main gantée contre le carreau la fit sursauter. Levant le nez de son écran, elle découvrit un homme revêtu d'une combinaison blanche, masqué comme un chirurgien et harnaché comme un alpiniste, descendu en varappe devant sa fenêtre. À sa ceinture étaient accrochés différents instruments type pinces, pinceaux, sachets plastique de différentes tailles… Sourcils froncés derrière sa visière, il lui fit signe de quitter la pièce pour le laisser travailler. Elle devina qu'il était à la recherche des traces éventuelles qu'Alexandre et son meurtrier auraient pu laisser sur le pourtour de sa fenêtre. C'en était trop ! Elle décida de descendre voir Doria pour changer d'air.

Son amie n'était pas là. Elle fut accueillie par Léo, le mari de celle-ci, ses lunettes d'écaille sur le nez et leur fils Elias dans les bras, qui l'informa que Doria était descendue aux nouvelles dans la cour.

— Elle n'a pas pu résister, tu la connais, ajouta-t-il avec un sourire qui transfigura sa physionomie plutôt sévère.

— Merci, je vais la rejoindre !

L'accès à la cour était bloqué par une rubalise derrière laquelle s'activait une quinzaine de policiers de différentes factions. La loge de Mira était ouverte sur une réunion impromptue de locataires et bruissait comme une volière. Amanda pénétra dans la petite pièce aux murs tapissés de rouge où les conversations tournaient autour de l'unique sujet du jour. Max, Karim et Manuela étaient attablés autour d'un guéridon style Napoléon III à trépied noir et or sur lequel trônait un samovar roumain.

— Amanda ! Viens, entre ! Tu veux un thé ? l'invita Mira de sa voix mélodieuse aux *r* roulants comme des perles.

— Volontiers, merci.

La gardienne, qui était également guide pour touristes à l'opéra Garnier, avait aménagé sa loge comme une loge d'opéra, fauteuils de velours rouge compris. Au mur étaient encadrés des portraits de ses idoles, et homonymes, Maria Callas et… Mariah Carey. Car oui, Mira nourrissait une admiration non dissimulée pour l'interprète de *All I Want for Christmas Is You*. L'ancienne choriste de l'opéra de Bucarest savait reconnaître une grande voix.

— Ça y est, ils t'ont interrogée ? demanda Max.

— Oui. Et vous ?

— On y est tous passés, répondit Manuela.

— Avec les empreintes et tout, précisa Karim.

Mira lui glissa une tasse de thé entre les mains. Elle en but une gorgée. Il était noir, fort, parfumé. Tout ce qu'elle aimait.

— Vous avez appris quelque chose de nouveau ? demanda-t-elle.

— Ils sortent le grand jeu : la police criminelle a été saisie de l'affaire, le plan hors sec a été déclenché et la police technique et scientifique est en train d'intervenir sur la scène du crime, l'informa Karim.

— Les types habillés comme des apiculteurs ? J'en ai vu un devant ma fenêtre, j'ai failli collapser.

— La vache ! On se croirait dans un épisode des *Experts* ! s'exclama Doria en entrant dans la loge.

Voyant qu'il ne restait plus un siège libre, elle s'installa sur les genoux de son père. Max grimaça sous son poids mais préféra souffrir en silence. À soixante-quinze ans, et même si, de l'avis général, il en paraissait dix de moins, ses jambes supportaient moins bien qu'autrefois le poids d'une jolie femme. Mais il s'agissait de sa fille chérie. Il se contenta de passer un bras autour d'elle. La complicité entre ces deux-là était un objet d'attendrissement partagé par tous les habitants de l'immeuble.

— Ils ont pris en photo chaque centimètre carré de la cour et ramassé des tonnes d'indices qu'ils ont mis sous sachet plastique, expliqua Doria. Gare à vous si vous avez perdu un poil de cul. Il sera examiné au microscope et pourra être retenu contre vous !

— Oups ! Amanda, heureusement que tu n'as pas couché avec Alex depuis longtemps ! lança Karim, déclenchant une vague de rires nerveux dans l'assistance.

Soudain ils entendirent une cavalcade sous le porche. Une bande d'uniformes s'était positionnée autour de la porte d'entrée. Quelqu'un essayait apparemment d'y pénétrer de force.

— C'est un scandale ! Je suis le propriétaire de l'immeuble ! Je suis en droit d'entrer chez moi et d'être informé de ce qui se passe ! hurlait une voix masculine au bord de la crise de nerfs.

— Calmez-vous, monsieur Baltimore. Je vous répète que la zone est figée. Personne ne peut entrer ou sortir de l'immeuble. Vous ne pouvez avoir accès à votre bureau, tentait d'expliquer calmement un policier tandis que ses collègues montaient la garde, un doigt sur la gâchette.

— C'est Félix ! Il s'est fait recaler ! les informa Doria qui s'était précipitée dehors pour aller voir.

— Oh là là ! Ça ne va pas lui plaire à notre Féfé ! Lui qui déteste être en dehors du coup, s'exclama Mira.

— Je le soupçonne même d'avoir acheté cet immeuble pour être le premier informé de ce qui s'y passe ! renchérit Max.

Ils éclatèrent de rire. Le caractère susceptible de leur propriétaire était de notoriété publique. Laser Finances, la société de Félix Baltimore, avait racheté le 19 bis, boulevard Montmartre au moment où son propriétaire historique, la Banque Générale, tentait de le vendre à la découpe, épargnant ainsi aux locataires d'être expulsés. Depuis, Baltimore aimait se considérer comme un héros… incompris. L'ironie du sort était que sa société de produits financiers était une filiale de cette même Banque Générale et continuait à travailler pour elle, raison pour laquelle lui et son équipe de jeunes loups de la bourse se faisaient toujours furieusement snober par les autres habitants de l'immeuble. Pourtant, Félix Baltimore, avec son envie d'être aimé, ses ongles rongés et ses vêtements de marque, avait su gagner le cœur des locataires. N'empêche que ça les faisait rire de l'imaginer privé de scène de crime.

Quand Amanda se décida à remonter chez elle, le calme était revenu sous le porche. En revanche, la récolte d'informations se poursuivait dans la cour. Amanda aperçut un agent de la police scientifique effectuer des prélèvements sous les ongles d'Alexandre. Son cœur se serra. Elle s'installa à son bureau et se plongea dans le travail pour tenter d'oublier son angoisse.

Il devait être environ 19 heures quand les policiers se décidèrent à lever le camp. Par la fenêtre, elle les vit rassembler leur matériel, dans un ballet de départ bien orchestré et descendit dire adieu à Alexandre Maréchal. Elle n'était pas la seule à avoir eu cette idée. Tous les habitants de l'immeuble étaient venus lui rendre hommage et se tenaient alignés sur les chasse-roues de part et d'autre du porche, pour regarder les médecins légistes emporter son corps sur une civière.

— Vous l'emmenez pour l'autopsie ? demanda-t-elle à un des brancardiers.

— Non, à la morgue. Nous sommes vendredi et il n'y a pas d'autopsie avant mardi. On va le laisser au frais dans le frigo de l'institut médico-légal. Il sera très bien.

Au journal de 20 heures, une journaliste annonça la mort de l'avocat parisien Alexandre Maréchal dans la rubrique des faits divers, un peu avant la météo et juste après la pub.

LES LETTRES DU COFFRET

Mercredi 19 décembre 1860

Monsieur, j'ai bien le plaisir et l'honneur d'accepter votre gentille invitation.

Vendredi 21 décembre 1860

Antoine,
Tu dormais encore comme un grand loir ce matin quand je suis partie. J'te laisse ma p'tite lettre sur l'oreiller, tu la trouveras à ton réveil. Ce matin j'ai eu bien du mal à quitter ton lit si grand et si blanc pour rejoindre l'atelier. Pour la première fois depuis trois ans, je suis arrivée bonne dernière.
Je m'suis retrouvée face à douze paires d'yeux qui me regardaient avec tant de surprise que le rouge m'est monté aux joues.
« Vous venez bien tard, Joséphine, a grondé Mme Modeste, la première d'atelier ; la patronne se fâchera. » J'ai répondu qu'elle devait encore être occupée… à dormir, ce qui a fait rire toutes les filles.

C'est que Mlle Adèle préfère désormais voir besogner les autres ! Quand par hasard, elle débarque à l'atelier, c'est pour choisir son chapeau du jour, ce qu'agace aussi bien les demoiselles des ventes que les apprêteuses. Y'a guère que Mme Modeste qui garde bouche cousue et motus. Faut dire que la patronne est sa cousine et qu'elle l'a sauvée de la misère après son veuvage.
La première m'a donné la tâche de la journée.
« Voilà, Joséphine, un chapeau pour vous ; c'est une tête de soixante numéros. » Ah ça les grosses têtes c'est toujours pour moi ! À peine assise sur mon tabouret, Mariette ma voisine, celle qu'habite la mansarde 3, m'a regardée par en dessous.
« T'es toute changée depuis hier, ma parole j'te reconnais pas. » Et comme elle me pressait de questions, j'ai dit :
« Dame, j'ai juste pris un bain ! »
— Un bain ! »
Tu l'aurais vu la Mariette ! Elle est devenue rouge, elle est devenue verte, ses yeux bruns ont tourné en rond dans leur blanc ! Penses-tu ! Un bain par chez nous, les filles du sixième, avec notre broc d'eau froide et notre bassine. J'ai bien vu dans son regard qu'elle m'voyait déjà comme une lorette !
Alors je lui ai raconté la baignoire en zinc posée devant la cheminée de ta chambre. L'eau si chaude qu'il en sortait de la vapeur, ce bain pris devant les flammes. Tes yeux quand t'as découvert que mes cheveux m'arrivent aux chevilles. Et la grosse éponge toute mousseuse de savon à la violette que tu me passais et repassais sur le corps, ma peau devenue toute rose contre ta peau blanche. Ta peau si douce qu'elle m'a fait perdre la tête.
Et le livreur d'eau qu'attendait sur le palier que tu l'appelles enfin pour venir vider la baignoire !
« Mariette t'aurais fait quoi à ma place ? j'ai demandé.
— Ma foi, c'est pas à moi qu'ça arriverait ! (la pauvre Mariette est la plus laide de tout l'atelier...) Mais tu t'arrangeras bien avec ta conscience », elle a ajouté en pinçant les lèvres.

Ah ça ! Ma conscience est tout arrangée, j'ai rien fait contre mon cœur ! J'connais la vie, j'sais bien qu'celle des grisettes est pas bien heureuse, même si on paraît toujours gaies comme des moineaux de Paris. Alors y'a pas de mal à s'offrir un peu de tendresse et d'amusement tant qu'on a la taille fine et les joues roses.
Joséphine

Vendredi 21 décembre 1860

À la bonne heure ! Voilà une philosophie qui me plaît. Offrons-nous donc des moments d'amusement et de tendresse. Si tu n'es pas encore lassée de ma baignoire ni de moi, viens nous rejoindre ce soir. Nous t'attendrons.
Antoine et Mlle Zinc (ci-après nommée la baignoire)

Lundi 24 décembre 1860

Grisette de mes nuits,
Je ne resterai pas au cabinet ce soir. Grande réception de Noël chez les Rougeard. Ça sera Byzance ! Étienne Rougeard est un ami d'enfance de mon père qui le tient en grande estime. Ils ont grandi ensemble à Épinac en Saône-et-Loire, fait leurs débuts dans l'exploitation de la houille et sont toujours associés dans différentes affaires. De la houille, mon père est passé au chemin de fer grâce à mon grand-père maternel qui possède la Compagnie des houillères et du chemin de fer d'Épinac. Rougeard lui s'est orienté vers la finance. Il est aujourd'hui le président de la Banque Générale qui possède la moitié de Paris et accessoirement cet immeuble. Tout ça pour dire que je suis obligé d'y aller. Je dormirai ensuite dans l'hôtel de mes parents avenue d'Antin*.

* Actuelle avenue Matignon, dans le 8e arrondissement de Paris. Le quartier des Champs-Élysées était alors un quartier très chic fréquenté par la haute bourgeoisie qui y possédait des hôtels particuliers.

Joyeux Noël, Joséphine !
Je t'embrasse (partout)
Antoine

Mardi 25 décembre 1860

Joyeux Noël Antoine.
J'ai réveillonné dans la mansarde numéro 10, chez Mme Modeste qui a invité les esseulées du sixième étage, c'est-à-dire Mariette (mansarde 3), Émilie (mansarde 8) et ma pomme (mansarde 2) ! On était tellement serrées qu'on pouvait pas bouger le petit doigt. On a fait griller des châtaignes dans sa cheminée et bu un gentil vin blanc qui a eu pour effet de délier la langue de la première, et je peux te dire que celle-ci est bien pendue. Elle nous a raconté des bouts de sa vie mais pas trop car c'est pas bien joyeux. On s'est payé une pinte de bon sang avant d'aller à la messe de minuit de Notre-Dame-de-Bonne-Nouvelle.

Aujourd'hui, la patronne nous a invitées à déjeuner. Comme tous les ans, son gros Maurice passe la Noël en famille et elle se retrouve aussi solitaire que nous autres du sixième, alors elle nous invite pour se plaindre de son grand malheur. On l'écoute pleurer dans sa robe de soie, ses meubles modernes, ses coussins de velours, ses chandeliers d'argent qu'éclairent comme un plein jour et sa grande cheminée qui tire comme un haut-fourneau, tout en dévorant sa poularde rôtie. Mariette a dit qu'elle donnerait cher pour être malheureuse comme elle, mais il me semble que quand on a froid au cœur, même les plus belles flammes et les plus beaux cachemires ne peuvent nous réchauffer. J'ai pas pu m'empêcher d'être un peu triste pour elle.
Joséphine

Vendredi 22 février 1861

Mon Antoine !
J'ai voulu te réveiller ce matin mais tu dormais si fort que c'était pas possible. Quel ennui ! Tu vas encore te faire attraper par Me Jouve qui se dépêchera de le répéter à ton père ! Cet enquiquineur va de nouveau lui raconter que t'es noceur bien plus qu'avocat.
Pour hier, il aura pas tort. C'te noce au café des Panoramas ! J'ai jamais autant ri de ma vie. Ton ami Rodolphe a bien failli me faire mourir avec sa caricature de l'Empereur, sa femme et le p'tit prince ! Je sais bien qu'il est journaliste et bien informé mais j'peux pas croire que notre Napoléon a vraiment dit : « Je ne lis jamais les journaux français, ils n'impriment que ce que je veux. » Et son amie Julia avait aussi bien de l'esprit. Tu trouveras ma petite lettre à ton réveil. La journée va me paraître bien longue !
Je t'embrasse (partout) seulement si tu m'emmènes encore au bal Mabille dimanche.

Samedi 23 février 1861

Grisette de mes nuits,
Je t'emmènerai au bal demain si tu ne dis plus jamais « c'te ». On dit « cette » ! J'ai envie de souper en bas à la Petite Pinte ce soir. Le père Berthomier a dit qu'il y avait de la soupe au fromage au menu. Ça me rappellera celle que me préparait ma grand-mère. En as-tu déjà goûté ? Je laisse la porte de service ouverte comme d'habitude. Referme bien derrière toi.

Lundi 8 avril 1861

Quelle plaie, mon Antoine ! Je pourrai pas te retrouver ce soir. V'là Mlle Adèle qui se mêle de moralité. Elle nous interdit de quitter nos mansardes après 10 heures du soir et a chargé la première d'atelier de faire sa ronde au sixième. C'est pourtant pas en restant entre les quatre murs de sa chambrette qu'elle a séduit son Maurice. Je resterai cloîtrée ce soir, j'ai trop peur qu'elle me chasse. Bonne nuit, mon bel Antoine. Je vais être bien triste cette nuit dans mon petit lit tout froid.

Mardi 9 avril 1861

Diable ! Quelle mouche la pique ?
Penses-tu pouvoir t'échapper ce soir ?
Je t'embrasse (partout)
PS : On dit « voilà » et non « v'là ».

Mercredi 10 avril 1861

J'ai le fin mot de l'histoire. Y'a du grabuge entre Mlle Adèle et son gros Maurice. Monsieur s'agacerait de nos sorties nocturnes qui pourraient ternir la réputation du magasin.
Terminées les permissions de théâtre et de souper. Il nous veut sages. Et comme c'est lui le véritable patron, mademoiselle obéit pour pas qu'il ferme la boutique sur un coup de sang.
C'matin, elle est arrivée à l'atelier avec un gros bleu sur la pommette. Elle a tenté de l'cacher sous des fards et de la poudre mais on l'a toutes remarqué. D'ailleurs, elle est restée confinée à l'atelier et a pas osé descendre au magasin comme elle le fait tous les jours pour vérifier les étalages et surveiller les demoiselles des ventes.
En un tournemain, elle a créé sous nos yeux la plus adorable capote qui soit, une paille d'Italie garnie d'une petite valencienne écrue et d'un gros ruban de satin gris qui se noue coquettement sous le menton. Y'a pas à dire elle est douée. Elle a travaillé avec nous en silence en poussant de gros soupirs à fendre le cœur.

Oh que je déteste ce gros porc ! Toujours à nous reluquer et nous frôler de ses sales pattes quand il passe à l'atelier. On doit sourire et faire comme si de rien n'était. S'il pouvait, on lui appartiendrait toutes. C'est à peine s'il se retient de tripoter Mlle Adèle sous nos yeux. Tu sais que chaque samedi quand il vient vérifier les comptes (et prendre sa part), elle passe à la casserole. On l'entend souffler comme un bœuf dans la réserve à coupons et nous faisons comme si de rien n'était. Son affaire faite, il rentre bien content dîner chez sa femme. Un porc, j'te dis !

Ta Joséphine

Mercredi 17 avril 1861

Mon Antoine,

Ce soir, en montant ma falourde*, Antonin le commis de la Petite Pinte m'a dit qui t'avait vu partir avec ton ami Rodolphe Detaille bras dessus bras dessous sur le boulevard. J'sais bien que vous êtes cul et chemise depuis la faculté tous les deux mais moi il m'agace. Il fréquente le Marguery** qu'est rien de moins qu'un bordel malgré ses grands airs, et je serais bien fâchée que tu profites de ma quarantaine pour aller faire la noce dans les maisons closes.

Pour occuper mes soirées en solitaire, j'ai commencé à fabriquer des bijoux ! Oh, c'est que des babioles, des colifichets à quat' sous comme on en trouve au passage des Panoramas, mais je trouve le résultat fameux !

Dès que j'peux, je rapporte de l'atelier des bouts de rubans et des chutes de dentelle. Avec ma récolte, j'ai

---

* Falourde : fagot à deux liens, formé de bûches de pin ou de bouleau écorcé et fendu.

** Le Marguery était effectivement une maison close très réputée située boulevard Bonne-Nouvelle. Le lieu s'appelle aujourd'hui le Delaville café et a conservé de nombreux éléments d'époque. Amanda s'y rend souvent.

commencé à créer des tours de cou ornés de médailles que j'ai achetées au Bazar Bonne-Nouvelle.
J'en ai porté un ce matin pour la première fois (sur un ruban de velours gris), les filles de l'atelier en sont tombées folles et même les demoiselles des ventes ont daigné le trouver gentil. J'ai remporté deux commandes de Mariette et Julie et j'ai gagné 10 sous !
Ma lettre te trouvera au retour de ta noce. Je t'embrasse (partout) mais seulement si t'as été sage.

Vendredi 19 avril 1861

On n'a pas vu le gros porc de la semaine. Mademoiselle respire et tremble à la fois. Son bleu est guéri.
Pour ma part, j'ai pleuré tout le jour quand j'ai vu comme le livreur de bois et de charbon maltraite ses chevaux. Les pauvres bêtes sont tellement fouettées qu'elles vont avec des plaies ouvertes et frémissent perpétuellement de douleur. Elles sont à deux pour traîner un chargement qui pèse des tonnes. J'ai quitté mon poste pour me rendre dans la cour et leur donner un peu d'eau pendant qu'Antonin déchargeait car le marchand ne prend jamais cette peine. Quand je suis revenue sur mon tabouret, Mme Modeste ne m'a pas fait de réflexion. C'est dans des moments comme ça que je me rends compte que c'te femme sévère est quand même aimable.
Dans l'après-midi tout en cousant, piquant et fronçant, je me suis prise à rêver à un monde où y aurait plus de chevaux pour le transport. Tout le monde circulerait dans des fiacres équipés d'une machine à vapeur comme des petits chemins de fer individuels. T'imagines l'allure que ça aurait ? Ça serait fameux !
Ta Joséphine

Mardi 23 avril 1861

José-fine,

Quand donc cette quarantaine ridicule prendra-t-elle fin ? Cette nuit, j'ai rêvé que tu étais descendue me voir en chemise, avec tes cheveux détachés répandus sur tes épaules, comme un manteau de soie blonde. Je me suis réveillé en sursaut pour réaliser que ce n'était qu'un rayon de lune qui me taquinait les yeux et je me suis levé dépité. Jouve a été bien surpris de me trouver sagement assis sur mon rond de cuir, le porte-plume à la main. Au cabinet, notre pauvre expéditionnaire* est plus maladroit que jamais, il n'est pas capable de copier un acte sans faire de rature. Je vois Jouve le traiter de tous les noms d'oiseau. Il ressemble lui-même tellement à un pigeon avec son goitre qui enfle à mesure de sa colère que je me retiens pour ne pas rire. Entre Vignon le moineau déplumé et Jouve le pigeon goitré, ce cabinet est une belle volière !

Nous travaillons sur une grosse affaire diligentée par mon père et son associé de la Banque Générale, Étienne Rougeard. Il s'agit de faire entrer le cabinet au conseil d'administration d'une nouvelle société anonyme. Tout le monde est surexcité par l'affaire. C'est rasant comme tout.

Quand j'étais étudiant, je rêvais de défendre des veuves et des orphelins, des assassins et des bandits de grand chemin. J'imaginais des tirades émouvantes qui arracheraient des larmes de pitié aux jurés et à la cour, des effets de robe et de manche. Par la volonté de mon père, je me retrouve gratte-papier dans un cabinet où je n'ai d'avocat que le nom. Le seul tribunal que je vois est le tribunal de commerce. Je préférerais te donner le bain. Mlle Zinc m'a dit qu'elle se languissait de toi.

Antoine

* Expéditionnaire : celui qui était chargé de recopier les lettres, les actes, etc. On disait familièrement un gratte-papier.

Mercredi 24 avril 1861

C'est Mme Modeste qui fait du zèle et joue les garde-chiourmes comme si sa vie en dépendait. Il est vrai que ça change rien pour elle qui sort jamais de sa mansarde ni la semaine ni le dimanche, pas même pour un petit tour sur le boulevard. Je crois bien qu'elle prend plaisir à nous voir aussi malheureuses qu'elle.
Joséphine

Vendredi 26 avril 1861

Je te le dis, je suis très fâché contre ta patronne. Comment ose-t-elle vous priver ainsi de liberté ? Ce n'est pas humain et absolument illégal. Tu vas finir par étouffer à vivre ainsi enfermée entre l'entresol et la mansarde. Et c'est ainsi dans tous les ateliers et les usines, dis-tu ? Pas étonnant que les ouvrières aient le teint gris ! Finalement, j'ai compris pourquoi on vous appelle grisettes. Vous êtes de pauvres petites souris prises au piège. Dimanche, je t'enlève et nous partons à la campagne. Tu as besoin de prendre l'air. Lance ta Grisette dans les escaliers et tu diras au garde-chiourme que tu es partie à sa recherche.
PS : On ne dit pas « y'a » mais « il y a » !

Lundi 29 avril 1861

C'te belle journée hier, mon Antoine !
Quelle joie de canoter sur la Marne. Et comme j'me sentais belle à ton bras dans la nouvelle robe de confection que tu m'as achetée au Bon Marché ! Quel bonheur de retrouver tes bras. Et les arbres ! Et l'eau et le ciel ! Et les jolis canards ! As-tu remarqué qu'ils vont toujours par deux ? Le mâle très élégant avec son col vert et ses ailes bleues. Et la femelle, bien gentille dans sa pauvre robe marronne. Aujourd'hui, la vie était belle. Je me dépêche de t'écrire sur un coin de ma

table de toilette qui me sert maintenant d'écritoire, éclairée par la lune qu'illumine ma mansarde comme en plein jour.
J'aime tant t'écrire ! J'ai l'impression d'être une de ces élégantes qu'on a vues au Bon Marché avec leur belle voiture et leur cocher qu'attend pour porter leurs paquets. J'imagine toujours que parmi les coupons de soie, les rubans, les gants, les chapeaux, elles glissent un paquet de beau papier à lettres pour écrire à leur amant ! J'ai pas de voiture, pas de cocher, pas de robe de soie à crinoline, mais j'ai le plus beau des amants, avec qui j'ai le bonheur d'échanger de vraies lettres. C'est mon trésor à moi. Quand j'trouve un de tes mots glissés sous ma porte après ma journée de travail, je le serre contre mon cœur avant de l'ouvrir, je le cache sous mon oreiller avant de m'endormir et c'est un peu comme si t'étais là.
Je t'entends déjà te moquer de ton grand rire joyeux. J'te fais rire quand je ne prononce pas les beaux mots comme il faut, ou quand je fais des fautes de français plus grosses que moi !
Dame ! Dans mon village, le curé voulait bien apprendre à lire aux garçons mais disait que l'éducation des filles était contre nature. C'est déjà un miracle que je sache écrire grâce à Mlle Adèle et Mme Modeste qui nous enseignent l'alphabet à l'atelier. Les vendeuses sont bien obligées de savoir écrire pour noter les commandes et se souvenir de tous les désirs des clientes. Certaines filles se fichent bien de savoir lire, mais comme je veux passer vendeuse, je m'applique.
Me vl'à encore en train de te raconter mes pensées. Je suis sûre que les belles dames des Champs-Élysées et de l'avenue de l'Impératrice*, avec leurs crinolines de trois mètres, n'en racontent pas tant ! Je m'arrête et m'en vais glisser ce billet sous ta porte sans m'faire attraper...
Joséphine

* Aujourd'hui avenue Foch.

Retour à la normale. Le gros Maurice est revenu roucouler dans les jupons de Mlle Adèle. Il a plus été question de morale ou de vertu. On les a entendus faire la bête à deux dos dans la réserve à coupons, il grogne comme un cochon. Je me demande comment elle fait. J'crois qu'elle ferme les yeux dès qu'il l'approche.
Ce soir je m'en fiche je descends ! Préviens Mlle Zinc !
Joséphine

Mercredi 1er mai 1861

Mlle Zinc et moi t'attendons de pied ferme pour jouer à la bête à deux dos. J'ai commandé l'eau chaude pour 10 heures. J'essaierai de ne pas grogner ! La porte de service sera ouverte !
Antoine

Samedi 4 mai 1861

Antoine chéri,
Et si demain nous allions à la campagne… sur le boulevard ? Il m'a pris une envie d'étrenner mon nouveau bonnet et de manger une glace. Je voudrais aller chez Tortoni et ensuite me promener à ton bras devant toutes les attractions possibles jusqu'à la Bastille ! On pourrait prendre l'omnibus de la ligne Madeleine-Bastille au retour.
Joséphine

Dimanche 30 juin 1861

Mon Antoine,
J'étais bien malheureuse en te quittant ce matin pour deux longs mois loin de toi. J'ai trouvé encore plus méchante la manie qu'a Mlle Adèle de se séparer de ses employées dès que le carnet de commandes lui fait des

misères. Comme elle peut pas nous payer à rien faire, chaque été, elle garde que celles qu'ont pas où aller. Toutes les filles qu'ont une famille et un toit sur la tête sont priées de déguerpir et perdent leur gagne-pain pour deux mois. C'est toujours la même chanson : « Estimez-vous heureuse que je vous reprenne en septembre. »
Si on a le malheur de discuter, elle nous demande « Vous préférez passer à la caisse tout de suite ? » et bien sûr on la boucle !
Alors, comme tous les étés depuis trois ans, je m'en retourne en Normandie pour aider aux moissons. J'emmène mes deux nouvelles robes et ma Grisette. J'espère que t'as été satisfait de ses services cette semaine et qu'elle a bien chassé les vilaines souris qui grignotent vos documents au cabinet. Elle est à côté de moi à gratter son panier d'osier en attendant que j'aie fini de t'écrire. J'espère que j'vais pas la perdre à Blonville. C'est que mademoiselle est devenue une vraie Parisienne qui se complaît sur son toit de zinc. L'an dernier, tout à sa joie de retrouver les champs, elle a décampé sans crier gare. J'l'ai pas vue pendant trois jours. J'te laisse mon chéri, j'ai une sacrée trotte jusqu'à Saint-Lazare je voudrais pas manquer mon train. Ça va être la cohue en troisième classe, on est serrés comme des sardines en boîte !
Si le cœur t'en dit, tu peux m'écrire à la poste restante de Blonville (surtout pas chez mon père qui risquerait de faire parler ses poings si je recevais du courrier de Paris).
Je t'embrasse (partout)
Ta José fine qui se languit déjà de toi

Samedi 13 juillet 1861

Joséphine,
Voilà, cabinet fermé ! Je pars pour une quinzaine à Biarritz avec mes parents et tout une compagnie. Nous avons loué une villa sur la plage. Ma mère se réjouit comme une enfant. Elle se prépare à croiser l'Impératrice

et s'est fait faire une garde-robe à faire pâlir la princesse Mathilde. Elle a même acheté un chapeau dans le magasin de modes de Mlle Adèle. Imagine-toi qu'elle a choisi le même que le tien, avec un ruban bleu !
J'espère trouver une lettre de toi à mon retour
Antoine

Lundi 5 août 1861

Ma grisette des champs !
Pas une lettre en un mois ! Je suis passé au cabinet exprès pour te lire et j'ai fait chou blanc. Tu es bien comme ta chatte ! Tu as pris la clé des champs pour disparaître à jamais, perdue au milieu des vaches dans le bocage normand. M'aurais-tu donc oublié, vilaine ? A-t-on idée, quand on est une jolie fleur de Paris, d'aller s'abîmer les mains et le dos dans les champs ?
Si tu daignes toujours me parler, dis-moi quand ces maudites moissons prendront fin ! Ne peux-tu pas rentrer plus tôt ? Je t'offre le billet de chemin de fer en première classe et j'irai t'attendre en voiture à la gare !

Vendredi 16 août 1861

Joséphine ! Tu as donc décidé de me faire mourir ? Ton père t'aurait-il forcée à épouser l'égorgeur de porc ? Vas-tu bientôt rentrer à Paris ?
Réponds-moi je t'en supplie.
Antoine

7.

Sur le capot d'une limousine noire à Dallas

Samedi 15 février 2020

AMANDA AVAIT ESPÉRÉ faire une grasse matinée mais la sonnerie de son téléphone la tira du sommeil vers 8 heures, ce qui était bien trop tôt, surtout pour quelqu'un qui s'était endormi vers 4 heures du matin. La veille, incapable de rester seule, elle s'était réfugiée chez Doria et Léo. Son amie, toujours enthousiaste à l'idée d'accueillir une distraction, lui avait ouvert grand leur porte. À l'inverse du grand bazar chaleureux de son père, l'appartement de Doria était l'antre expérimental de son designer de mari, un Géo Trouvetou qui aimait réinventer les objets du quotidien. L'ensemble était égayé par des touches hautement fantaisistes apportées par Doria et les jouets colorés du petit Elias qui traînaient un peu partout. Installés tous les trois sur le grand canapé recouvert de tissu autocicatrisant* (très pratique avec un enfant de trois ans), ils s'étaient repassé le film de la journée en essayant de trouver une explication qui leur aurait échappé. Doria avait observé les policiers avec une fascination non dissimulée.

— Tu as remarqué la façon dont les keufs prenaient les photos ? Ils ont commencé par le boulevard, puis la porte cochère et le porche sur toute sa longueur, et enfin la cour dans son ensemble. Ensuite ils ont tout shooté, millimètre par millimètre. Je trouve ça fascinant.

— Pourquoi ça ne m'étonne pas ! Doria serait capable de mener elle-même l'enquête si elle pouvait. D'ailleurs, elle l'a déjà fait il y a quelques années ! dit Léo en souriant.

Ce type assez froid parlait toujours de sa femme avec des feux d'artifice dans les yeux.

— Le truc qui m'interpelle le plus, c'est pourquoi il est mort ici, dans notre immeuble ? Est-ce que ça a un rapport avec moi ? s'était demandé Amanda.

— C'est troublant en effet, avait confirmé Léo.

— Les policiers m'ont expliqué qu'on en saurait plus après les résultats de l'autopsie : si les empreintes digitales correspondent bien aux papiers trouvés sur lui, s'il s'agit d'un meurtre ou d'un suicide, s'il était alcoolisé ou drogué, s'il porte des traces de coups sur le corps... Ne t'inquiète pas, on y verra bientôt plus clair, avait ajouté Doria après ces détails scabreux, dans une vaine tentative de la rassurer.

Amanda avait secoué la tête, désabusée.

— Je ne comprends pas comment quelqu'un comme Alexandre peut mourir. Comme il aimait le dire, il avait la plus belle vie qu'un homme peut désirer.

Ils avaient continué à discuter jusque très tard dans la nuit, élaborant diverses théories tout en vidant le fond

* Depuis quelques années, de nouveaux matériaux sont dotés de capacités d'autoréparation. Ainsi, les textiles dits autocicatrisants peuvent s'autoréparer après une déchirure ou un trou. Toujours à la pointe de la technologie, Léo Klein s'en est servi pour ce canapé.

d'une bouteille de whisky. Doria avait collecté quelques infos assez sordides, comme le fait que plus on tombe de haut plus le crâne explose fort.

— Avec sa boîte crânienne écrasée au sol, il paraît qu'il sera difficile d'établir de quel étage il est tombé, avait-elle ajouté.

Ils s'étaient quittés sur ces paroles joyeuses et légères qui avaient définitivement perturbé le sommeil d'Amanda.

Elle était donc en train de rêver de Jackie Kennedy ramassant les morceaux du cerveau de son mari sur le capot d'une limousine noire à Dallas quand le téléphone l'avait réveillée.

— Madame Abravanel ? Vous êtes convoquée pour être entendue par le capitaine Cordeix de la DRPJ* dans le cadre de l'affaire Alexandre-Maréchal. Vous allez recevoir la confirmation de votre convocation par mail. Merci de vous munir de votre passeport et de votre carte d'identité.

Amanda écarquilla les yeux et sentit ses mains devenir moites. Qu'avaient-ils découvert ?

— Euh... oui. À quelle heure ? demanda-t-elle en tentant de s'éclaircir la voix.

— 10 heures.

Elle n'eut pas le temps de demander plus de détails, son interlocutrice avait raccroché.

---

* Direction régionale de la police judiciaire.

8.

Dans un sifflement de vipère

AMANDA AVAIT RÊVÉ D'AUTRE CHOSE que d'un tour de métro sur la ligne 13 pour démarrer le weekend, mais c'était le moyen le plus pratique pour se rendre au siège de la police judiciaire. Le siège de la PJ se tenait désormais dans le quartier des Batignolles, à la station Porte de Clichy. Adieu le mythique 36, quai des Orfèvres niché au cœur du palais de justice face à la Seine, bonjour le 36, rue du Bastion planté près du boulevard Berthier, face au périph'. À la vue de la gigantesque forteresse de verre miroitant sous le pâle soleil de février qui se dressait sur dix étages, Amanda leva le menton et accéléra le pas. Pour affronter cette épreuve, elle avait soigneusement choisi sa tenue. Rien d'ostentatoire, mais pas de laisser-aller non plus : un pantalon noir, un pull gris pâle, des baskets blanches impeccables, un trench bien serré à la taille. Les ondulations de ses cheveux dorés se répandaient dans son dos en vagues propres et brillantes. Pas de talons hauts car elle voulait se sentir agile. Une armure confortable et neutre pour ne pas se laisser impressionner dans l'antre du crime et de la violence.

Après être passée par un sas de contrôle plus sécurisé que celui d'un aéroport en période d'attentats, elle se retrouva dans un hall immense et flambant neuf, aux dalles claires luisant sous les néons. Elle remarqua des caméras de surveillance disposées un peu partout ainsi que des écrans de contrôle ultraplats prouvant que la police était à l'évidence passée à l'ère de l'espionnage numérique et se dirigea vers un guichet d'accueil pour annoncer qu'elle était attendue par le capitaine Cordeix de la PJ.

— Votre numéro d'audition ? demanda un agent à l'abri derrière une paroi de verre étincelante.

— Le voilà, précisa-t-elle en présentant sa convocation.

— Salle d'attente numéro 2. On vous appellera.

Pour se concentrer avant l'interrogatoire, Amanda se dirigea vers une machine à café qui semblait aussi sophistiquée que l'ordinateur de bord d'une navette spatiale. Elle inséra une pièce, appuya sur quatorze boutons différents avant de comprendre où se trouvait celui pour obtenir un simple expresso. La machine émit un bip réprobateur suivi d'un jet de vapeur qui lui brûla la main. Vexée, elle lui fila un coup de pied discret et plongea dans son porte-monnaie à la recherche d'une nouvelle pièce.

— Vous permettez ? demanda une voix derrière elle.

Amanda se retourna pour découvrir un homme d'une trentaine d'années qui la dévisageait en souriant. Un coup au cœur, léger comme une mini décharge, lui signala qu'en d'autres circonstances, ce type aurait pu lui plaire. Elle se trouvait dans un commissariat pour être entendue dans une affaire de meurtre, le moment était mal choisi, tout simplement. Sauf que c'était trop tard. En une fraction de seconde, son cerveau avait déjà tout enregistré : les mèches en bataille, la haute taille, les épaules qu'elle devinait musclées sous le blouson sombre. Bien malgré elle, Amanda planta son regard dans les yeux de son interlocuteur, aussi clairs et innocents que ceux de Jude Law dans *The Holiday*.

— Cette machine peut paraître compliquée, mais en fait elle est assez simple d'utilisation… une fois qu'on a compris qu'elle ne fonctionne pas avec des pièces mais avec une simple carte de crédit… sans contact ! expliqua-t-il en passant légèrement un rectangle de plastique gold devant un capteur.

Un expresso bien serré se mit immédiatement à couler dans une tasse en carton recyclable.

— Ah d'accord ! Mais alors, à quoi sert cette fente-là ? s'enquit Amanda.

— C'est pour le reçu. Vous voyez ? sourit-il en attrapant le fin morceau de papier que la machine venait d'expulser dans un sifflement de vipère.

Son sourire à fossette provoqua une nouvelle petite décharge, piquante comme un avertissement. Elle but une gorgée de café.

— À force de vouloir être simple, la technologie rend tout compliqué, répliqua-t-elle. Heureusement qu'il y a des préposés au café adorables comme vous pour nous venir en aide. La police fait vraiment bien les choses !

Il éclata de rire, ce qui le rendit encore plus charmant.

— Malheureusement, je suis là pour un truc beaucoup moins drôle. Un de mes amis est mort hier dans des circonstances dramatiques. Je viens faire une déposition et surtout essayer d'avoir des infos. Et vous ?

Amanda n'eut pas le temps de répondre. Une agente de police venait de lui poser la main sur l'épaule.

— Madame Abravanel, veuillez me suivre s'il vous plaît. Le capitaine Cordeix vous attend.

9.

Vous a-t-on passé les menottes ?

ELLES MONTÈRENT DANS UN ASCENSEUR silencieux comme la mort, traversèrent un dédale de couloirs interminables au sol de béton ciré. De part et d'autre s'alignaient des rangées de portes en bois clair derrière lesquelles se déroulaient peut-être des interrogatoires musclés ou des gardes à vue de mauvais augure. L'agente la fit entrer dans une salle d'audition, une grande pièce simplement meublée d'un bureau sur lequel était installé un ordinateur et de deux chaises disposées face à face de part et d'autre du bureau. En pénétrant dans la pièce, elle remarqua un autre bureau plus petit également équipé d'un ordinateur derrière lequel s'installa l'agente qui l'avait accompagnée. Le capitaine Cordeix était une capitaine, une plaque posée sur son bureau indiquait qu'elle se prénommait Madeleine. C'était une femme d'une quarantaine d'années, au corps épais et fatigué, le visage fermé et les yeux pâles, comme usés d'en avoir trop vu. Elle était assise et invita Amanda à faire de même. Après lui avoir demandé de décliner son identité et ses coordonnées, elle l'informa qu'elle serait entendue comme témoin dans le cadre de l'affaire Maréchal et que son audition serait filmée.

— La lieutenante Agostini ici présente retranscrira votre déposition, ajouta-t-elle en désignant l'agente qui l'avait escortée jusque-là.

— Tu veux un café avant de commencer, Maddy ? demanda celle-ci.

— Non merci, Sophie, ça ira pour le moment.

Amanda observa la capitaine aligner devant elle une gourde d'eau, un paquet de mouchoir, une boîte de Tic Tac. Puis elle attacha ses cheveux blonds aux racines sombres en une queue-de-cheval bien serrée et fit craquer ses doigts avec application. Ce rituel terminé, elle pianota rapidement sur l'ordinateur à écran plat qui dissimulait à moitié son visage et imprima plusieurs feuilles qu'elle présenta à Amanda.

— Ceci est un mandat de perquisition. Votre appartement est une éventuelle scène de crime. Nous devons le fouiller et effectuer des prélèvements. Veuillez signer pour donner votre accord et nous remettre vos clés.

— Et si je refuse ?

— Délit d'obstruction à la justice. Je ne vous le conseille pas.

Ça commence fort, se dit Amanda en signant de mauvaise grâce. Ses mains étaient brusquement devenues moites et le stylo lui glissait entre les doigts. Elle plongea ensuite le nez dans son sac pour retrouver son trousseau de clés, qu'elle tendit à la policière.

— Prévenez vos experts de faire attention à mon chat. Je vous jugerai responsable s'il s'enfuit. En plus, c'est le chat de ma nièce et...

— Merci ! l'interrompit la capitaine d'un ton sec en attrapant les clés. N'ayez crainte. On fera attention au matou.

Elle activa le bouton d'un micro pour ordonner qu'on vienne chercher le mandat et les clés, et attendit qu'un fonctionnaire de police ait récupéré le tout avant de concentrer à nouveau son attention sur Amanda.

— Où étiez-vous dans la nuit du 13 au 14 février vers 5 heures du matin ?

— Chez moi.

Dans le fond de la pièce, la lieutenante Agostini consulta son écran en plissant les yeux.

— C'est-à-dire 19 bis, boulevard Montmartre Paris 2e, cinquième étage escalier A ?

— C'est exact.

— À quelle heure êtes-vous arrivée à votre domicile ? demanda la capitaine.

— Vers 20 h 30.

— Pouvez-vous décrire le déroulement de votre soirée ?

— Je suis rentrée du bureau, j'ai grignoté, j'ai travaillé en écoutant de la musique et je me suis couchée.

— Personne n'est monté chez vous ? Personne ne vous a rendu visite ?

— Non.

— Il paraît que vous recevez parfois de la visite en pleine nuit. Des hommes.

Elle avait dit ça sur un ton méprisant, comme si elle faisait monter des types chez elle pour gagner de l'argent. Amanda se raidit. Était-ce une technique d'intimidation ? Lequel de ses voisins avait ainsi pu baver sur elle ? Ça ne ressemblait à personne de sa connaissance.

— Pas ce soir-là.

— Y a-t-il quelqu'un qui peut confirmer ce programme ?

— Non, je vis seule.

La policière se plongea à nouveau dans l'étude de son ordinateur. Au mouvement de ses doigts sur la souris, Amanda devina qu'elle faisait défiler plusieurs documents. Elle s'immobilisa, la main en l'air, comme un chat s'apprêtant à bondir sur une proie. Le ventre d'Amanda se noua.

— Une équipe d'enquêteurs s'est rendue au domicile de Me Maréchal hier. Connaissez-vous son adresse ?

— Rue du Docteur-Blanche dans le seizième arrondissement. Mais je ne me souviens plus du numéro.

— Il vivait au 28. C'est étonnant que vous ne vous souveniez pas, parce que vous avez menacé M. Maréchal de débarquer chez lui.

Amanda se cala sur sa chaise et respira discrètement pour ne pas montrer sa peur grandissante. Certains mauvais souvenirs revinrent par flash. L'entretien serait hostile.

— Effectivement, j'ai bien écrit ces mots, mais dans un contexte…

La capitaine l'interrompit d'un geste.

— Je ne vous demande pas de vous justifier. J'examine les faits. Nos enquêteurs ont trouvé sur place le téléphone portable et l'ordinateur de Me Maréchal. Leurs contenus ont été soigneusement analysés. Nous avons découvert de nombreux messages de votre part. Je vous en lis quelques extraits pour vous rafraîchir la mémoire ?

— Si vous voulez.

— *28 décembre 2019 : Mon cœur, je suis surprise de ne pas avoir eu de tes nouvelles. J'espère que tu as passé de bonnes fêtes. Seras-tu à Paris pour le nouvel an ? Je t'embrasse.*

30 décembre 2019 : Coucou ? Que fais-tu pour le réveillon ? Je pensais qu'on pourrait fêter le passage à l'année 20/20 devant ma cheminée, avec du champagne et des huîtres ? Qu'en dis-tu ? Au fait, as-tu des nouvelles de ma bague ? Gros bisous.

2 janvier 2020 : Bonne année Alexandre. Que se passe-t-il ? Tu as des ennuis ? Merci de me répondre.

10 janvier : Bon. J'ai compris qu'on n'avait plus rien à faire ensemble. Merci de me l'avoir annoncé en face, j'apprécie ta délicatesse. Je voudrais juste récupérer ma bague. Je pense que tu dois avoir eu la réponse de l'expert maintenant. De toute façon, je me fous qu'elle ait de la valeur ou pas. Elle est à moi !

22 janvier : Dis donc, connard, tu pourrais juste avoir la politesse de me répondre. Rends-moi ma bague ou je débarque chez toi et je casse tout.

24 janvier : Alexandre. Je sais que tu es à Paris. J'ai appelé le cabinet qui m'a confirmé que tu allais très bien. Rappelle-moi. Soyons adultes.

31 janvier : Je suis passée chez toi hier soir tu n'étais pas là. Je te préviens je ne vais pas te lâcher jusqu'à ce que j'aie récupéré ma bague.

6 février : Ma bague ou je porte plainte, espèce de fils de pute !

12 février : Rends-moi ma bague ou je te tue.

La lieutenante Agostini tapait frénétiquement sur son clavier pour retranscrire la totalité des messages. Amanda était tétanisée d'horreur. Elle ouvrit la bouche pour aspirer un peu d'air car il lui semblait que sa gorge s'était brusquement rétrécie. Elle comprenait que cette correspondance rageuse l'avait fait basculer dans la position de suspecte. La capitaine la dévisageait sans ajouter un mot, en faisant durer le silence. Elle cliqua sur sa souris et pivota sur sa chaise.

— Un cas classique de harcèlement téléphonique… avec menace de passage à l'acte.

Cette remarque la fit sortir de ses gonds. Elle secoua sa longue crinière blonde, prête à rugir comme une lionne.

— Vous n'allez quand même pas me suspecter pour trois textos. On est dans l'ère de l'immédiateté, on balance ce qui nous passe par la tête, sans filtre. Ce n'est pas pour ça que je vais me mettre à tuer un pauvre type qui m'a quittée !

— Et volée, précisa la capitaine.

Quand on poussait Amanda dans ses retranchements, sa meilleure technique de défense était l'attaque.

— Encore une fois, je ne suis pas votre coupable idéale ! Elle me semble un peu expéditive votre enquête !

— Vous a-t-on passé les menottes ? Avez-vous été mise en garde à vue ? Non. Nous sommes juste en train de discuter tranquillement. Calmez-vous, madame Abravanel.

Elle se leva pour lui donner une bouteille d'eau tiède qu'Amanda but néanmoins avec avidité. Sa gorge était si sèche qu'elle avait l'impression d'étouffer, comme dans un cauchemar.

— Comment expliquez-vous que le corps d'Alexandre Maréchal ait été retrouvé dans votre immeuble ?

— Je n'en sais rien. Je m'interroge autant que vous.

— Me Maréchal vous a-t-il rendu la bague en question ?

— Non.

— Savez-vous où elle se trouve ?

— Je pensais que vos enquêteurs la trouveraient sur lui, ou dans l'appartement d'Alexandre.

— On n'a trouvé aucun bijou de ce type. Parlez-moi de cette bague. Vous semblez beaucoup y tenir. Pourquoi était-elle en possession de Me Maréchal ?

— Je l'ai trouvée dans le conduit de ma cheminée quand je l'ai fait ramoner. Elle était accompagnée d'un paquet de lettres… Alexandre s'en est immédiatement emparé en me disant qu'il fallait la faire expertiser par un de ses clients. À chaque fois que je lui demandais des nouvelles, il me disait qu'il fallait être patiente, que la bague était très ancienne, l'expert très occupé… bref, il m'a baladée.

Amanda se détendit très légèrement. Est-ce que la capitaine comprenait qu'elle ne pouvait laisser Alexandre la dépouiller sans réagir ?

— Pourquoi ne pas nous avoir parlé de cette bague et de ces messages hier ?

— Je ne pensais pas que cela était important. C'est ma vie privée.

— Rien n'est plus privé quand il y a meurtre.

Elle consulta encore quelques documents sur l'écran et planta son regard pâle dans les yeux d'Amanda.

— Je ne dis pas que ce gars n'était pas le dernier des connards. Mais je regarde les faits, et les faits sont contre vous, madame Abravanel. Un, la victime est morte dans votre immeuble. Deux, on l'a retrouvée dans une position qui indique qu'elle est obligatoirement tombée de la fenêtre d'un appartement de l'escalier A, c'est-à-dire celui où vous vivez. Trois, vous avez un mobile et même deux. Quatre, vous l'avez menacé de mort. Cinq, vous n'avez pas d'alibi. Et six…

La capitaine Cordeix suspendit sa phrase comme si elle hésitait à lui asséner le coup de grâce.

— Six : on a retrouvé vos empreintes sur le corps.

Ses empreintes. Amanda ferma les yeux. Un caléidoscope d'images dramatiques se mit à tournoyer dans son esprit. On allait l'arrêter : elle allait croupir en prison, enfermée, dans la saleté et la violence. Elle ne verrait plus sa sœur ni ses neveux, ni le ciel. Qu'allait-elle dire à Violette ? Amanda se força à se calmer. *Ne craque pas ! Ce n'est que de l'intimidation, elle n'a rien de concret contre toi.* Elle se justifia d'une voix qu'elle voulut ferme.

— Quand je l'ai vu allongé par terre, baignant dans son sang… je me suis jetée sur lui et je lui ai pris la main. J'espérais qu'il était encore vivant, qu'il allait réagir.

La capitaine l'écoutait avec attention. Ses yeux ne lâchaient pas les siens. Amanda vit passer dans son regard un éclat aiguisé comme une lame.

— Très habile… Je vais vous raconter comment je vois les choses, dit-elle en durcissant le ton. Jeudi soir, vous rentrez chez vous, après une journée de travail, ainsi que vous me l'avez dit. Vous écoutez de la musique, votre fenêtre est ouverte, les voisins vous entendent. On sonne à votre porte : Tiens ! c'est votre ex, Alexandre. Celui dont vous attendez des nouvelles depuis des mois. Vous le faites entrer. Vous vous expliquez et ce qu'il vous raconte ne vous plaît pas : il a offert votre bague à sa nouvelle petite amie, il vous a toujours trouvée nulle, il ne pouvait pas vous supporter et c'est pour cela qu'il n'a pas jugé bon de vous répondre, mais il pense qu'il vous doit une explication. C'est pourquoi il est venu ce soir… Vous l'écoutez et vous ne supportez pas ce qu'il vous dit. Vous le haïssez, vous avez envie qu'il meure. Il est appuyé contre la rambarde de la fenêtre ouverte. Vous vous approchez… vous le poussez. Il tombe en arrière et s'écrase dans la cour, le bras en croix. La musique couvre le bruit de la chute. Vous refermez promptement la fenêtre. Vous vous recouchez. Le lendemain matin, la gardienne pousse un hurlement en découvrant le corps. Tout le monde descend, mais vous prenez votre temps. Vous arrivez la dernière. Tout le monde s'écarte sur votre passage, comme une veuve. Vous voyez votre ancien amant mort, baignant dans son sang. Vous vous jetez sur lui en pleurant et couvrez son corps de vos empreintes…

Amanda se redressa. Elle avait pris assez de coups. Il était temps de se défendre.

— Me soupçonnez-vous du meurtre d'Alexandre ? Dans ce cas, je ne parlerai qu'en présence de mon avocat.

La capitaine sembla réfléchir pendant un temps qui lui parut infini.

— Pour l'instant vous êtes libre, madame Abravanel. Mais restez joignable et ne quittez pas le territoire pendant la durée de l'enquête. La lieutenante Agostini va vous raccompagner.

— Merci.

— Vous pourrez récupérer les clés chez la gardienne. Les prélèvements ont été effectués. Préparez-vous donc à avoir de nos nouvelles.

— OK, prononça-t-elle, à moitié KO.

Même si cela faisait plus d'un mois qu'Alexandre n'avait pas mis les pieds dans l'appartement, il y avait sans doute laissé des empreintes ou des cheveux…

— Une dernière chose, madame Abravanel… lança la capitaine Cordeix alors qu'elle avançait dans le couloir, escortée par Agostini.

Amanda se retourna vers elle, tétanisée de peur.

— Le chat est en sécurité !

10.

Des yeux qui la faisaient se sentir mieux

Au bout du long couloir, aseptisé et silencieux comme celui d'un hôpital, Amanda aperçut un jeune métis, sweat à capuche rabattu sur les yeux, qui avançait dans sa direction, emmené par un policier. Elle frissonna à l'idée du sale quart d'heure qu'il allait passer. Ces rangées de portes en apparences inoffensives s'ouvraient toutes sur des salles d'interrogatoire où se jouaient des centaines de drames.

— Amanda ? Qu'est-ce que tu fais là ?

Elle sursauta en reconnaissant Félix Baltimore. Il était en tenue de week-end, jean et baskets, ce qui le faisait ressembler à un adolescent et dans l'état de choc dans lequel elle se trouvait, elle ne l'avait pas reconnu.

— Je suis venue compléter ma déposition, et toi ?

— Ils n'ont pas voulu de moi hier et ils me convoquent aujourd'hui ! Ça me rend dingue ! Et toi ça va ? T'as pas l'air bien ?

— Ça va, t'inquiète. C'est juste que je suis contrariée. J'ai plein de boulot et ils m'ont fait perdre ma matinée.

Ils s'éloignèrent, chacun escorté par un agent. En sortant de l'ascenseur, se retrouvant enfin seule, Amanda éprouva le besoin de s'asseoir. Ses jambes tremblaient, son front ruisselait d'une sueur glacée. Il fallait qu'elle se trouve un avocat de toute urgence. Avisant une rangée de sièges un peu plus loin, elle se laissa tomber sur l'un d'eux. Sa tête partit en arrière. Elle étendit ses jambes et se força à respirer amplement pour chasser les brumes tourbillonnantes qui avaient pris possession de l'intérieur de son crâne.

— Mademoiselle ! Ouhou !

Elle sentit qu'on lui tapotait la joue et ouvrit les yeux pour découvrir un regard d'aigue-marine, tellement limpide qu'on pouvait s'y noyer. Le jeune homme qui l'avait aidée à commander son café la dévisageait d'un air inquiet, son visage penché tout près du sien. Elle ferma les paupières pour résister au grand plongeon.

— Comment vous sentez-vous ?

— Ça va… je vais y aller, répondit-elle en tentant de se lever.

Elle se rassit prudemment. Sa tête tournait toujours.

— Vous êtes en voiture ?

— Non, en métro.

— Vous ne pouvez pas rentrer toute seule ! Vous voulez que je vous dépose quelque part ?

Il avait des yeux qui lui donnaient très envie d'accepter. Des yeux qui la faisaient se sentir mieux. Dans un coin éloigné de son cerveau, une sirène hurlait qu'on ne monte pas en voiture avec un inconnu.

— Je suis en scooter, indiqua-t-il comme s'il lisait dans ses pensées.

On peut descendre d'un scooter. Il suffit d'un feu rouge et Paris en était plein.

— J'habite sur les Grands Boulevards, murmura-t-elle d'une voix très faible.

— Ah, ça tombe bien ! Moi aussi ! Lequel ?

— Montmartre.

— On est voisins ! Poissonnière !

C'est ainsi qu'elle se retrouva à l'arrière d'un engin électrique aussi silencieux qu'un tramway. Il lui avait remis un casque et conduisait vite, slalomant avec dextérité entre les voitures. Assise contre son dos, les mains accrochées aux poignées de sécurité, elle détaillait le satin sombre du bomber qui épousait la ligne des épaules et les cheveux qui rebiquaient sous le casque, en pointes mordorées. Au feu rouge, ses yeux se fixaient malgré elle dans le rétroviseur pour y capter les siens qui la contemplaient sans mot dire. Ils se croisaient du regard comme on croise le fer, en faisant jaillir des étincelles qui crépitaient sur sa peau. Puis il redémarrait et elle détournait la tête pour voir défiler la ville. À l'approche du boulevard de la Madeleine, la circulation se fit plus dense, mais en habitué du quartier, il se faufila habilement jusque chez elle et grimpa sur le trottoir devant la porte cochère.

— Voilà ! 19 bis, boulevard Montmartre ! lança-t-il.

Elle descendit de la bécane et retira son casque avant de le lui rendre. Il le rangea dans le coffre arrière et se remit en selle mais ne démarra pas.

— Il est magnifique d'ailleurs cet immeuble ! dit-il le nez en l'air, en contemplant la façade en pierre de taille avec ses corniches ouvragées et ses balcons en fer forgé.

Ses yeux revinrent tranquillement se poser sur elle. Elle réalisa qu'elle n'avait pas l'intention de remonter dans son appartement à ruminer ses emmerdes. Son envie, contre toute raison, était plutôt de prolonger ce moment électrique et de voir où ce frisson la menait. Elle se lança :

— Merci pour votre aide. Je peux vous offrir un café ? Je vous en dois un !

Le regard lagon s'illumina d'un éclat de soleil. Il afficha un sourire soulagé, comme s'il n'attendait que ça.

— Avec plaisir. On va là ? proposa-t-il en désignant le Broadway Boulevard.

À travers la baie vitrée, elle aperçut Max attablé devant un couscous avec ses potes de poker, Manuela en train de discuter au bar avec Karim. Deux gars de Laser Finances fumaient une cigarette en terrasse…

— Non, il y a tous mes voisins ! Ils vont me poser des questions, j'ai pas la force. Allons au Madeleine-Bastille, c'est un peu plus haut, juste à côté du Grand Rex.

11.

Un piège dans lequel il semblait facile de tomber

Ils s'installèrent à une petite table près du coin bibliothèque. Le décor était chaleureux avec de nombreuses affiches aux murs et le brouhaha habituel d'une brasserie parisienne. L'homme aux yeux clairs regardait autour de lui avec curiosité.

— C'est drôle, je suis déjà venu ici... justement avec cet ami qui est mort hier.

Une connexion se fit dans le cerveau d'Amanda. Ce fut bref et fulgurant comme un éclair, fracassant comme le tonnerre.

— Comment s'appelait cet ami ? demanda-t-elle, tout en connaissant déjà la réponse.

— Alexandre Maréchal. Enfin, c'était mon avocat, mais il était devenu un véritable ami.

Elle recula sur son siège, tous les sens en alerte. Cela ne pouvait pas être une coïncidence. Ses yeux se posèrent au hasard sur une photo accrochée au mur. Les chevaux d'un omnibus à impériale la fixaient de leur regard doux derrière leur cadre de verre, comme un rappel apaisant de sa chère petite Joséphine qui aimait tant les chevaux. Amanda respira profondément pour calmer la tempête de son esprit. Il suivit son regard.

— Elle est incroyable cette photo ! Je crois que ce restaurant était un arrêt d'omnibus ou un truc dans le genre. Vous voyez, il y a écrit Madeleine-Bastille sur la voiture. C'était la ligne omnibus la plus fréquentée de Paris, elle remontait tous les Grands Boulevards.

Et comme elle ne disait rien, il ajouta tristement :

— C'est Alexandre qui m'avait raconté cela… il était très cultivé.

— Vous savez qui je suis ? demanda-t-elle abruptement.

Les longs cils papillonnèrent, couvrant sporadiquement l'azur du regard.

— Non pourquoi ? répondit-il, surpris.

— Je suis sortie avec Alexandre pendant près d'un an. Il ne vous a jamais parlé de moi ?

— Incroyable ! Non. Enfin je veux dire, il a évoqué une petite amie, mais je ne vous ai jamais vue… je m'en serais souvenu.

Elle recula sur son siège, les bras croisés dans un réflexe inconscient de défense, en se demandant si elle ne ferait pas mieux de se lever et de quitter la table.

— Ne me regardez pas comme un ennemi ! Je n'étais pas proche d'Alexandre au point d'organiser des dîners de couples et de nous raconter notre vie amoureuse ! C'était juste une amitié professionnelle.

Amanda se força à remettre ses idées en ordre sans partir dans la paranoïa.

— Pourquoi étiez-vous au commissariat, ce matin ?

— Je vous l'ai dit : Alexandre était mon avocat. On était en plein milieu d'une affaire compliquée. Quand j'ai appris sa mort, j'ai appelé la police, pour essayer d'en savoir plus. Évidemment, on ne m'a rien dit. Donc je suis allé sur place, à la pêche aux infos.

— Et ça a mordu ?

Il se mit à rire.

— Pas du tout !

Le garçon s'approcha d'eux pour demander ce qu'ils prenaient.

— Je meurs de faim. Il est déjà midi. Et si on déjeunait ? Ce serait mieux qu'un café, non ? proposa-t-il.

Entre la perspective tentante d'un repas en sa compagnie et la méfiance qu'il lui inspirait, le cœur d'Amanda s'emballa. Cet homme était-il beaucoup trop craquant pour être vraiment dangereux, ou bien était-ce l'inverse ? Ses yeux innocents étaient-ils un leurre destiné à la perdre ? Pourquoi, alors que tous les voyants étaient au rouge, avait-elle envie de rester en sa compagnie ? Elle secoua farouchement sa crinière blonde pour stopper net ses tergiversations et décida d'en apprendre plus sur ce trop bel inconnu.

— Je crois que j'ai effectivement besoin de manger quelque chose.

Le serveur posa les menus devant eux et s'éloigna pour leur laisser le temps de choisir.

— Parfait. On va commander et tout reprendre du début. Je m'appelle Jonathan Auslender, ajouta-t-il en lui tendant la main.

— Amanda Abravanel, répondit-elle en la serrant.

Le frottement de leurs deux paumes provoqua de nouveaux crépitements le long de sa colonne vertébrale. Elle se demanda s'il ressentait la même chose.

— Enchanté Amanda ! Et si on se tutoyait ? On prend un peu de vin aussi, non ?

Il avait retrouvé son sourire lumineux et leva le bras pour appeler le garçon. Ils commandèrent, poulet rôti pour elle, risotto aux champignons pour lui, une bouteille de Brouilly pour les deux. Il posa les coudes sur la table, le menton sur les mains et la contempla de ses yeux limpides. Elle remarqua qu'une fossette se creusait sur son menton quand il souriait.

— Alors comme ça, tu as été la petite amie d'Alexandre ?

— C'est à mon tour de poser des questions ! Tu en sais beaucoup trop sur moi et je ne sais rien sur toi !

Jonathan leva les bras en signe de reddition.

— Très juste. À toi l'honneur !

— D'abord, comment as-tu connu Alexandre ?

Il goûta le vin que le serveur venait de leur apporter et posa son verre.

— Il y a environ deux ans, j'ai créé un jeu vidéo, un Battle Royale. Je l'ai développé et commercialisé. Il a commencé à très bien marcher. L'année dernière, une grosse compagnie m'a proposé de l'acheter pour l'intégrer à leur catalogue et le développer. C'est alors que j'ai cherché un avocat pour me conseiller et réaliser la transaction. On m'a dit qu'Alexandre Maréchal était le meilleur, et je l'ai contacté.

Le serveur à peine aimable, mais efficace, déposa leurs plats devant eux. À la vue de son poulet rôti, baignant dans une sauce appétissante, Amanda réalisa que son estomac criait famine.

— Il a effectivement été extraordinaire, continua Jonathan en prenant une bouchée de risotto. Il a su m'écouter, s'est révélé un négociateur hors pair et s'est arrangé pour que je touche une partie de la somme immédiatement. Il m'a accompagné pendant tout le processus, tant sur le plan business que du point de vue humain.

Elle l'écoutait le cœur serré et se souvenait combien Alexandre était respecté dans son métier.

— Quand tout a été terminé, il m'a encouragé à partir au Canada, pour tourner la page et aller de l'avant. Parce que vendre une boîte, malgré tout, c'est un vrai deuil.

Il s'essuya la bouche avec sa serviette. Sa lèvre inférieure était légèrement plus bombée que la supérieure. Elle se demanda ce que ça ferait de l'embrasser, se visualisa très précisément en train d'approcher son visage du sien.

— Quand es-tu rentré du Canada ? demanda-t-elle pour chasser ces images incongrues.

— Avant-hier, à cause d'un souci avec la vente. Alexandre m'a dit de ne pas m'inquiéter mais j'ai sauté dans le premier avion. J'ai appris la nouvelle de sa mort au journal de 20 heures !

La vision du corps sans vie de son ex s'imposa à son esprit. Elle découpa un morceau de poulet et le porta à sa bouche.

— Alexandre Maréchal est mort dans la cour de mon immeuble hier. C'est la raison pour laquelle j'ai été interrogée par la police.

— Non ?!

— La police pense que c'est moi qui l'ai tué, ajouta-t-elle brutalement.

Il fallait que ça sorte. Mais après avoir verbalisé la situation, elle se mit à trembler.

— Et ce n'est pas le cas ? demanda-t-il.

Elle le dévisagea avec stupeur. QUI posait ce genre de question ?!

— Je suis désolé ! Mon humour est parfois particulier. Pourquoi la police te soupçonne-t-elle ? demanda Jonathan en lui resservant à boire.

Amanda l'observa lui verser un verre de vin en se demandant s'il tentait de la saouler pour la faire parler. Auquel cas, il se trompait d'adversaire. Après toutes ces années à faire la fête, elle tenait remarquablement l'alcool. Elle remarqua ses mains, longues et fines qui tenaient la bouteille avec élégance, remonta jusqu'à son visage. Ses yeux croisèrent les siens, elle se sentit happée par leur transparence turquoise frangée de cils sombres. Ce regard était un piège dans lequel il semblait facile de tomber.

— Quand j'étais encore avec Alexandre, il a pris une de mes bagues, très ancienne, à laquelle je tiens beaucoup, pour la faire expertiser par un de ses clients. Il ne me l'a jamais rapportée. Après notre rupture, je lui ai envoyé plusieurs messages lui demandant de me la rendre. Il ne m'a jamais répondu. Le dernier message a été interprété comme une menace. Pour la police je suis la coupable idéale. L'ex rejetée, dépouillée !

Jonathan fronça les sourcils.

— Voler une bague, ça ne ressemble pas du tout à Alexandre ! Peut-être avait-il des ennuis ?

— Sans doute, sinon pourquoi l'aurait-on tué ?

— Peut-être que ça a un rapport avec la bague ? hasarda Jonathan.

— Surtout qu'elle n'a pas été retrouvée chez lui !

Ces mots lui firent l'effet d'une petite ampoule apportant un rai de lumière dans une pièce très sombre. Elle tenait peut-être quelque chose. Sa relation avec Alexandre s'était détériorée à partir du moment où il avait pris la bague… elle se prit la tête dans les mains pour se concentrer. Jonathan se méprit sur son geste.

— Ne t'inquiète pas. Si la police pensait vraiment que tu étais coupable, tu serais en garde à vue à l'heure qu'il est ! Tu leur as donné un alibi ?

— Je n'en ai pas. J'étais toute seule quand c'est arrivé.

Il vida la fin de son verre et plongea son regard dans le sien.

— Ne t'inquiète pas, tout le monde ne peut pas avoir un alibi. Je n'en ai pas non plus.

— Oui, mais tu n'es pas soupçonné de meurtre… pour l'instant, ajouta-t-elle en soutenant son regard.

Jonathan Auslender éclata de rire, comme si elle avait sorti une énorme blague.

— Effectivement !

Quand il riait, c'était une cascade fraîche et limpide, c'était l'été, c'était la joie, le charme et l'innocence personnifiés. Elle ne put s'empêcher de lui sourire en retour.

— Je me demande où est cette bague… J'aimerais tellement la retrouver ! Et puis ça m'aiderait à comprendre ce qui s'est passé.

— Et peut-être même de prouver à la police que tu es innocente.

— Mais ouiiii ! répondit-elle, soulagée d'avoir soudain une piste à laquelle se raccrocher.

— Tu veux un café ?

Elle ne répondit pas, accaparée par ses pensées.

— Il faudrait que je retrouve l'expert à qui il l'a confiée. Elle est peut-être encore chez lui…

— Garçon ! deux cafés s'il vous plaît.

— … Mais je ne connais pas son nom.

Jonathan claqua des doigts devant ses yeux pour la faire revenir à elle.

— Eh ! Alexandre t'avait dit que c'était un client, non ? Ils doivent savoir qui c'est au cabinet.

— Je devrais les appeler. Mais ils ne voudront jamais me renseigner !

— Je peux leur demander. Je connais bien l'assistante d'Alexandre.

Il tendit un de ses AirPod à Amanda afin qu'elle puisse suivre la conversation. Il avait l'air d'être un homme très connecté. Dix secondes plus tard, il avait une certaine Mélanie au bout du fil.

— Ah, monsieur Auslender ! Quel drame, quelle catastrophe ! Notre pauvre Alexandre ! On ne sait même pas quand auront lieu les obsèques. Mais qui ? Qui a pu faire ça ? Pourquoi ? Il était si jeune, si beau, si tout !

Jonathan tentait vainement de glisser un mot mais rien ne semblait pouvoir interrompre ce flot de lamentations.

— On est tous réunis au cabinet aujourd'hui, on pense à lui, on parle de lui. Et la prime de fin d'année qui n'a pas encore été versée ! Déjà qu'il nous l'avait sucrée l'année dernière. Tous les clients appellent pour avoir des nouvelles…

— À ce propos, Mélanie…

— Ils veulent savoir ce qui s'est passé. Que voulez-vous que je leur dise…

Il profita d'une nanoseconde de silence pour se lancer.

— Mélanie, auriez-vous les coordonnées d'un client d'Alexandre qui serait un expert en bijoux anciens ? Il aurait travaillé sur une vente de bijoux avec lui… ajouta-t-il, téléguidé par Amanda qui lui souffla l'info.

— Ça ne me dit rien du tout… c'est une affaire récente ? Parce que je ne suis là que depuis cinq ans.

— Je ne pense pas. Peut-être en effet qu'il l'a traitée avant votre arrivée.

— Attendez, je demande à Me Andrieux qui est venu nous soutenir… C'est le fondateur de ce cabinet, il saura forcément. Ne quittez pas !

Elle leur balança *Les Quatre Saisons* de Vivaldi dans les oreilles. Ils en profitèrent pour boire leurs cafés qui refroidissaient dans les tasses.

— Allô, monsieur Auslender, me revoilà. Me Andrieux ne communique pas d'information sur les clients par téléphone. Il préfère que vous passiez le voir. Vous êtes disponible demain après-midi ? Je vous donne l'adresse de son domicile.

12.

Tais-toi et bosse

TRAVAILLER AU BUREAU DANS L'APRÈS-MIDI lui fit un bien fou. Là, dans le refuge harmonieux du showroom, au son de la voix doucement rauque de Benjamin Biolay, Amanda put se concentrer sur la scénographie de présentation de leur nouvelle collection. Créer des bijoux ou un décor correspondait pour elle à un même processus, c'était partir dans un autre monde, dans une histoire qu'elle s'inventait et dans laquelle elle se sentait bien. Elle avait loué à une brocanteuse des meubles de campagne du XIXe siècle et elle imaginait une ambiance « château de province en été », des chaises de paille, une commode à la peinture gris pâle un peu écaillée avec un plateau de marbre clair, un long banc de cuisine, qui seraient des présentoirs à bijoux évocateurs. Il lui faudrait commander des vitrines sur mesure. Elle voulait y ajouter des chapeaux de paille d'Italie avec de longs rubans accrochés au mur, des tissus d'indienne délavée, des brocs à eau en terre de fer à motifs champêtre pour y disposer des bouquets de fleurs des champs… Elle passa l'après-midi à prendre des mesures, envoyer des mails, passer des commandes, tracer des croquis avec des indications précises. Elles avaient une devise avec Bettina quand elles commençaient à se poser trop de questions et à se prendre la tête sans savoir quelle décision prendre : « Tais-toi et bosse. » L'action apportait les réponses. Cette après-midi-là encore, le travail accomplit son œuvre. Quelques heures durant, elle trouva l'apaisement dans la réalisation d'un projet concret.

Vers 19 heures, Bettina et Doria passèrent la voir chez elle. Elle avait promis à ses amies un débrief complet de son audition à la PJ. Quand elles découvrirent la tournure qu'avait prise l'interrogatoire, elles ne purent dissimuler leur inquiétude. Même Doria, qui était toujours d'un optimisme débordant, afficha un front soucieux. Évidemment, leurs avis pour gérer la situation étaient diamétralement opposés. Bettina recommandait de faire profil bas et d'agir avec la plus extrême prudence tandis que Doria préconisait de fournir toutes les preuves possibles de son innocence – quitte à en inventer.

— Je peux témoigner que j'étais avec toi toute la nuit, suggéra-t-elle.

— Ce serait un mensonge ! En plus tu leur as déjà dit que tu dormais comme un loir et que tu n'avais rien entendu ! On serait grillées direct.

— Tu as raison, il faut suivre la piste de la bague.

Bettina secoua négativement la tête.

— Tu risques de te mettre dans une merde pas possible Pourquoi tu n'attends pas tranquillement les résultats de l'autopsie ? suggéra-t-elle. Si elle a lieu mardi comme ils ont dit, les conclusions devraient être rapides et tu seras forcément disculpée.

Amanda s'était déjà posé la question et sa réponse était négative. Elle ne pouvait se résoudre à laisser le piège se refermer sur elle sans réagir. Si elle avait la moindre chance de se défendre, elle la saisirait.

— Pas forcément ! Ils ont déjà trouvé mes empreintes sur le corps ! Et en plus, comme l'a souligné Doria, avec son crâne en bouillie, ils ne pourront même pas déterminer de quel étage il est tombé. Il faut que je me démerde pour leur prouver que je n'y suis pour rien, avant même les résultats de l'autopsie.

— C'est une course contre la montre... murmura Doria d'un air dramatique.

Tout devenait terriblement intense avec elle. Doria vivait perpétuellement dans un film, ce qui n'était pas étonnant pour une fille qui travaillait dans un cinéma. Elle était responsable de la communication du Grand Rex.

— J'en saurai plus demain après avoir parlé avec l'ancien associé d'Alexandre. Il va nous donner les coordonnées de l'expert.

— Pourquoi il vient avec toi ce mec ? demanda Bettina.

— Parce que c'est lui qui a appelé et obtenu le rendez-vous !

Bettina lissa sa jupe crayon avec une moue dubitative. Plus grande, plus plantureuse que les deux autres, extrêmement féminine avec une poitrine sensuelle, une taille de guêpe et des hanches rondes, elle avait tendance à se comporter de manière très protectrice avec ses amies. Doria l'éternelle adolescente s'en accommodait sans problème, mais Amanda la pitbull, qui avait pris soin de sa sœur et de ses jumeaux dès l'âge de 14 ans, s'en agaçait parfois, jugeant qu'elle avait passé l'âge d'être maternée.

— Je trouve ça louche, ce mec qui débarque de nulle part et se met à t'aider ! Si ça se trouve c'est lui qui l'a tué.

— Mais t'es dingue ! Il n'a rien à voir avec ça, il était en vacances au Canada ! Alexandre était son ami, il en parle avec des trémolos dans la voix.

— Ça ne prouve rien...

— Bon, à quoi il ressemble ce Jonathan ? l'interrompit Doria.

— À rien ! Je suis fatiguée.

— Il doit être sur Instagram ! Donne-moi son nom de famille.

— Auslender.

Doria pianota rapidement sur son smartphone, testa différentes orthographes, oslender, oslander, Auslender.

— Aucun résultat.

— C'est bien ce que je disais ! Ce mec est louche. C'est peut-être un pervers, un manipulateur. QUI n'est pas sur Instagram aujourd'hui ?

— Plein de gens.

— Fais ce que tu veux mais pas de vagues ! Il ne faudrait pas que le nom de la boîte soit mêlé à une affaire de meurtre. Ça serait très mauvais pour nos affaires.

— C'est à ça que tu penses ? Je risque la prison et tu as peur pour ton image !

— *Notre* image ! Ça fait sept ans qu'on bosse comme des folles. Ne me dis pas que tu n'y as pas pensé !

— Évidemment que j'y ai pensé ! Mais ce n'est pas la peine d'être odieuse !

Doria se leva d'un bond.

— Oups ! Il est 20 h 30, je dois descendre, Léo m'attend pour dîner et je dois lire trois histoires à Elias pour l'endormir.

— J'y vais aussi. Julien n'arrête pas de m'envoyer des textos furieux pour me dire qu'il a faim. Je lui ai dit de mettre le gratin que j'ai préparé au four mais il prétend qu'il ne sait pas comment faire. Il m'épuise.

Amanda fulminait. Elle se mordit les lèvres pour ne pas faire de réflexion à Bettina qui se montrait infernale avec elle, tout en se laissant malmener par son mari. Non seulement Julien se déchargeait sur elle de tout ce qui concernant l'intendance de la maison et l'éducation des enfants, mais en plus il était capricieux et désagréable. Il n'avait pas encore intégré le fait qu'il vivait au XXIe siècle. Le partage des tâches était pour lui un concept de science-fiction. Les journées de Bettina, cheffe d'entreprise, mère, femme et maîtresse de maison semblaient durer quarante-huit heures. Elles en avaient souvent discuté. Pour l'instant, Bettina ne « voulait pas faire de vagues » et déversait parfois, sans vraiment s'en rendre compte, son trop-plein d'énervement sur Amanda.

— Je t'informe que je prends quelques jours de congé pour retrouver cette bague ! lança cette dernière dans le dos de son associée.

La porte claqua sur la fureur silencieuse de Bettina. Ses amies retournées à leur vie de famille, Amanda attrapa son téléphone et fit défiler différents profils sur Tinder. Elle balaya son écran à la recherche d'une émotion, d'une envie, cliqua sur le profil d'un de ses partenaires réguliers exposant complaisamment un torse nu et un regard de braise, lui envoya un message auquel il répondit immédiatement. Oui, comme l'avait dit la capitaine Cordeix, Amanda Abravanel recevait parfois des hommes en pleine nuit chez elle. Et alors ?

LES LETTRES DU COFFRET

Dimanche 18 août 1861

Antoine chéri,

Tes lettres m'ont causé une de ces joies... J'en ai pleuré après avoir enfin réussi à les attraper à la poste. Je les ai lues et relues bien à l'abri dans l'église. J'te réponds cachée dans le confessionnal.

J'les ai cachées bien au chaud dans mon corsage pour que personne les trouve. J'me languis de toi, de ton grand rire, de tes caresses. J'pense si fort à toi qu'elles me brûlent la peau.

Non j'ai pas marié Alvin, mais si mon père savait pour nous, il m'prendrait par la peau du cou pour m'emmener de force devant le curé.

Les choses ont mal tourné dès que je suis descendue du train avec mon nouveau châle à franges, la robe de confection et la jolie capote que tu m'as offerts. Tout le village me regarde de travers. Ici c'est robe de laine, foulard la semaine et bonnet le dimanche point final. Mon père trouve que j'ai pris bien des airs d'indépendance à Paris. Ma gentille maman est affolée par mes bijoux et mes dentelles. Même le ruban de Grisette les fait grincer

des dents. Y'a qu'ma mémé qui soit heureuse pour moi. Elle a été bien aise du grand châle que j'lui ai offert. Mon père m'a demandé comment je pouvais économiser pour ma dot avec toutes ces dépenses. Il a hâte de me marier parce que « ça suffit bien maintenant, la capitale est en train de te tourner la tête ».
Pour me faire envie, il m'dit qu'Alvin est devenu riche depuis qu'il envoie ses porcs à Paris par le chemin de fer, se faire trucider à la Villette. Il me raconte comment Alvin a tué les cochons pour Noël, comment les pauvres bêtes ont braillé et se sont débattues avant de finir crevées sous son couteau, et comment y se sont gavés de boudins, de rôtis, de jambons et de côtes de porc.
Moi j'ai dans l'idée que les cochons sont plus intelligents que bien des hommes. Y'en avait un quand j'étais enfant, que j'appelais Zéphyr. Il se précipitait vers moi dès qui m'voyait en grognant de joie. Il se souvenait que j'l'avais sauvé de ses frères et sœurs qui voulaient l'écarter des mamelles de leur mère à la naissance. Oui monsieur, les cochons ont une mémoire, ils ont un cœur plus gros que celui des humains. Le jour où Zéphyr est devenu bien gros et bien gras, mon père l'a envoyé chez Alvin qui l'a tué comme les autres, sans pitié. J'ai pleuré tout ce que j'ai pu pendant des jours. Jamais j'le marierai !

Alvin est après moi comme un chien en rut et me presse de l'épouser. Il m'dit que si j'reviens pas à Blonville, il viendra se faire embaucher comme égorgeur aux abattoirs pour être près de moi. Ça recommence tous les jours. Hier, il a encore voulu me trousser dans la grange, j'ai dû lui flanquer un grand coup de seau à lait sur la tête.
Désiré Guérin est venu me faire un brin de causette à la ferme, mais il me fait horreur maintenant avec ses grosses mains et son odeur de cidre tourné. J'ai hâte de quitter ce cauchemar, de retrouver Paris, le magasin de mode, ma mansarde et toi ! Toi ! Toi !
Joséphine

Lundi 9 septembre 1861

Antoine chéri,

J'suis folle de joie ! J'ai donné ce pli au concierge qui vous montait le courrier car j'peux pas tenir jusqu'à ce soir sans t'annoncer la bonne nouvelle !

Une des vendeuses est pas revenue après la morte-saison et aujourd'hui Mlle Adèle m'a nommée demoiselle des ventes ! Mon salaire est passé d'un franc à trente sous par jour ! Avec l'argent des bijoux que j'fabrique sur mon temps libre, c'est la fortune mon cher ! Désormais, je porterai une robe de soie avec une crinoline, je conseillerai les clientes et j'apprendrai à préparer l'étalage ! Je suis la plus heureuse des grisettes.

Lundi 9 septembre 1861

Diable ! En voilà une promotion ! Mets donc un joli chapeau et ta nouvelle robe de soie, ce soir nous irons souper au Café Anglais pour fêter ça !

Antoine

Vendredi 11 octobre 1861

J'aime ton rire qui retentit dès le saut du lit.

J'aime ta peau rose après le bain.

J'aime ta gorge blanche comme la crème fraîche de Normandie.

J'aime les bijoux de fantaisie que tu fabriques à toute heure du jour et de la nuit.

J'aime tes idées saugrenues sur les fiacres à vapeur ou les cochons qui sont plus intelligents que certains humains.

J'aime ton écritoire-table-de-toilette.

J'aime ton appétit au restaurant.

J'aime tes potins du magasin.

J'aime les longs discours que tu tiens à ta chatte.

J'aime ta vaillance et ton courage.
J'aime ta démarche vive de petit trottin courageux.
J'aime tes rêveries d'enfant.
J'aime les contes de prince et bergère que te racontait ta grand-mère.
Joséphine, grisette de mes nuits,
Je crois bien que je t'aime.

Samedi 12 octobre 1861

J'aime tes yeux couleur café qui se font tendres malgré toi.
J'aime ton assurance au restaurant.
J'aime tes chemises blanches comme la neige et tes redingotes élégantes.
J'aime ton grand rire qui m'éclabousse de joie.
J'aime tes paresses d'enfant gâté.
J'aime tes caresses attentives.
J'aime ton air sérieux quand tu te plonges dans un dossier.
J'aime quand tu parles avec des mots d'avocat.
J'aime le panache avec lequel tu fais tournoyer ta canne.
J'aime tes blagues à deux sous.
J'aime la façon dont toutes les choses se plient à ton bon plaisir.
J'aime les lettres que tu glisses sous ma porte.
J'aime la fièvre qui nous prend quand nos peaux se touchent.
Mon bel Antoine, il y a longtemps que je t'aime.

Lundi 23 décembre 1861

Ma Joséphine,
Ne m'en veux pas mais je serai obligé de passer Noël dans ma famille. Les Rougeard organisent leur grand réveillon annuel et ma mère se plaint de ne plus jamais me voir avenue d'Antin. Je vais passer quelques jours

auprès d'elle. Je te retrouverai après la Saint-Sylvestre. Pour me faire pardonner, tu trouveras dans ce paquet de quoi te redonner le sourire ! Promis, nous irons à l'opéra dès mon retour pour que tu puisses l'étrenner.
Je t'embrasse (partout)
Antoine

Mardi 24 décembre 1861

Mazette ! C'te robe ! Le gris est si clair qu'on dirait la robe de la lune ! Et la crinoline si large que j'ai même plus la place de me retourner dans ma mansarde. Julia m'a montré comment faut bouger pour qu'elle se balance gentiment comme celle des grandes dames des Champs-Élysées. Merci mon chéri ! Oui j'suis qu'une coquette et cette merveille me consolera de ton absence. En comptant mon uniforme, c'est ma quatrième robe ! Dame ! Me v'là devenue une vraie bourgeoise. Toi, t'auras pas de cadeau. C'est pour te punir de m'abandonner encore à mon sixième étage. Je te signale que Grisette te boude sérieusement.
Je t'embrasse (partout) mais seulement si tu restes sage avec toute cette belle compagnie que tu vas fréquenter.
Joséphine

Jeudi 12 juin 1862

Antoine chéri,
Il me vient une question toute bête. Comment font tes clients pour trouver les sous quand ils montent une nouvelle affaire ?

Jeudi 12 juin 1862

C'est bien simple, ils vont à la banque emprunter la somme nécessaire pour se lancer.

Vendredi 13 juin 1862

Antoine chéri,

Merci pour le tuyau ! J'ai une idée qui me trotte dans la tête depuis un bout de temps. J'en peux plus de travailler pour Mlle Adèle à 30 sous par jour. J'veux me lancer à mon compte ! Mes colliers et colifichets se vendent comme des petits pains à tel point que je fournirai bientôt toutes les grisettes du boulevard, de la Madeleine à la Bastille ! J'ai bien réfléchi. Y'a un magasin qui se libère au passage des Panoramas, avec un entresol pour y arranger un atelier et une chambrette. C'est l'emplacement idéal pour ouvrir mon magasin de bijoux de fantaisie. J'ai déjà tout plein de modèles pour faire une belle collection. Y m'faut de l'argent pour payer le bail, aménager les lieux au goût du jour, acheter du matériel et engager une ouvrière. Tu m'emmènes à la Banque Générale pour un emprunt ? À ton avis de combien j'aurais besoin pour commencer ?

Joséphine

Vendredi 13 juin 1862

Ah ! Joséphine,

Chaque jour tu ravis mon cœur avec tes idées plus extravagantes les unes que les autres ! J'ai tellement ri à la lecture de ta missive ce matin que Jouve m'a demandé quelle mouche me piquait. Un emprunt à la banque !! Mais enfin c'est formellement impossible ! Il ne manquerait plus que les femmes puissent se mêler de commerce et d'industrie. Ce serait l'anarchie ! Heureusement que la loi est bien faite : elle vous interdit d'ouvrir un compte en banque et de contracter des emprunts ! Avec vos cervelles d'oiseau, ce serait la ruine assurée pour tout l'Empire. Allons, il faut laisser aux hommes le soin de gérer votre fortune et vos affaires. Oublie donc ces bêtises et

allons danser. Detaille et toute la compagnie veulent aller à l'Élysée Montmartre demain soir.
Antoine
PS : On ne dit pas « Y m'faut » mais « il me faut ».

Samedi 14 juin 1862

Je suis fâchée. Non, j'viendrai pas danser et tu m'feras pas oublier mon plan avec trois pas de polka. C'est pas des bêtises. C'est un projet que je gamberge depuis des mois. La loi est méchante. Nous autres femmes, sommes bien plus avisées que bien des hommes qui savent rien faire d'autre que dépenser leur salaire au café. C'est pas pour rien qu'les épouses tiennent les cordons de la bourse dans les ménages. Mon rêve s'écroule et toi tu ris.
Adieu.

Lundi 16 juin 1862

Joséphine,
J'ai bien vu que tu avais boudé tout le dimanche. Je ne pensais point te blesser en énonçant de simples vérités ! S'il est vrai comme tu dis que les femmes portent souvent la culotte dans les ménages populaires, il en est tout autrement dans les milieux plus évolués. Le monde des affaires n'est pas à la portée du tout-venant. Je n'avais pas réalisé que tu avais élaboré de si grands projets avec tes bijoux. Il s'en passe des choses sous cette belle chevelure blonde ! Allons, dis-m'en plus et voyons si nous pouvons travailler ensemble à ton rêve.
Antoine

Mardi 17 juin 1862

C'est trop tard. Le bail a été pris par quelqu'un d'autre. J'sais pas si je suis triste ou soulagée de l'occasion manquée. Mais j'ai une nouvelle idée : toi qu'es si savant, tu pourrais m'apprendre la comptabilité ?
Joséphine

Mardi 17 juin 1862

Diable ! Il est bien d'autres sujets dont j'aimerais débattre avec toi que de débit et de crédit. Mais laissons cela pour le moment. L'été approche. Je ne veux point que tu retournes te faire trousser par l'égorgeur de porcs ou le fermier aux grosses mains. J'ai loué une maison de campagne à L'Isle-Adam. Je t'enlève pour deux mois ! Je te présenterai mon cousin Élie Blum qui sera notre voisin, il passe l'été dans la maison de sa bonne amie artiste peintre. Detaille et Julia se joindront à nous.
Antoine

Mardi 17 juin 1862

Oh mon Antoine !! C'est pour de vrai ? C'est la meilleure nouvelle de l'année. Nous allons nous en payer une bonne tranche ! Je t'aime à la folie !
PS : M'écris plus au magasin, Mlle Adèle se fâche !

Mercredi 3 septembre 1862

Joséphine,
Il m'est venu une idée. C'est complètement idiot de monter jusqu'au sixième étage pour ensuite redescendre au cinquième. Viens directement au cabinet par le grand

escalier. À l'heure où tu termines ta journée, il n'y a plus personne dans nos bureaux.
Antoine

Mercredi 3 septembre 1862

Ah quel beau jour ! Tu me juges donc assez élégante pour monter le grand escalier A !

Mercredi 3 septembre 1862

Il ne s'agit pas de cela ! Je n'y avais simplement pas pensé plus tôt ! À ce soir.

Mardi 18 novembre 1862

Ma Joséphine,
Il y a du grabuge comme tu dis ! Imagine-toi que cet imbécile de Jouve est allé rapporter à mon père que je vivais « maritalement avec une Lorette, utilisant le cabinet du boulevard Montmartre comme un nid d'amour déplaisant pour le personnel ».

Mardi 18 novembre 1862

Maudit soit ce Jouve qui doit être jaloux de notre bonheur.

Mercredi 19 novembre 1862

Il a raison. Nous avons transformé l'office en cuisine, la salle de réunion en salon et mon cabinet en école de comptabilité ! Cela ne peut plus durer.

Jeudi 20 novembre 1862

Antoine, me fais pas des peurs comme ça ! Elle est pas gentille notre petite vie ? On fait d'mal à personne ! Promis, je passerai de nouveau par l'office. Je t'aime.
Joséphine

Vendredi 2 janvier 1863

Mets ta belle robe, ce soir je t'emmène dîner à la Maison Dorée !

Samedi 3 janvier 1863

Antoine chéri !
Je suis partie au magasin, tu dormais encore, le sourire aux lèvres ! J't'ai laissé ma lettre sur l'oreiller pour qu'tu la trouves en ouvrant tes beaux yeux.
Mon Antoine, mon amour, mon chéri, faut qu'je me pince pour y croire. Mais j'regarde ma main où ma bague brille comme la lune et les étoiles réunies et je me dis que c'est pour de vrai : je vais être ta femme. La joie me prend à la gorge. Tout ce bonheur d'un coup ça m'fait tourner la tête. Je suis réveillée, mais je suis encore dans mon rêve d'hier quand tu m'as menée souper à la Maison Dorée.
Ah la Maison Dorée ! Depuis l'jour où j'ai mis le pied sur le boulevard, elle me fait de l'œil comme un château de princesse ! Quand j'passais devant tous ces balcons dorés comme le soleil, je me demandais qui pouvait bien être assez riche et assez important pour y aller souper !
Alors hier, quand j'suis entrée à ton bras, dans ma belle robe avec sa crinoline grande comme celle d'une baronne, c'était tout comme flotter au-dessus du sol sur un nuage de vapeur. Mazette quel luxe ! Ces glaces de partout, ces becs de gaz qu'éclairaient comme en plein soleil, ces habits noirs, ces robes de soie de toutes les couleurs

de l'arc-en-ciel, tout plein de diamants qui brillaient, tout plein de gens qui braillaient et s'en payaient une bonne tranche. Et puis y'avait nous deux. Je sentais qu'on était tous seuls dans cette foule comme dans une petite boîte à bonheur, on s'lâchait pas des yeux et notre amour nous caressait comme un vent doux et gentil. Tu as commandé du champagne et des huîtres de Normandie qui sentaient la Manche ! Et puis le gigot et puis l'entremet, et puis le fromage et puis la crème glacée J'avais le bidon tout comprimé dans ce corset trop serré, j'avais chaud comme si je sentais qu'il allait se passer quelque chose de grave. Tu t'es levé pour chercher quèque chose dans ta poche. C'était un petit écrin de velours gris que t'as ouvert devant moi. Y'avait ma bague dedans.

« Elle appartenait à ma grand-mère Adélaïde qui me l'a donnée pour que je l'offre, le jour venu, à la femme que j'aime. Elle s'appelle le Rayon de lune. »

Ah mon chéri, jusqu'à ma mort j'me souviendrai de ce moment béni où tu m'as passé la bague au doigt. Ça m'a collé des frissons tout le long de l'échine. Jamais j'aurais cru que t'oserais. Je connais la vie. Je sais qu'y a un monde de l'autre côté de la Madeleine et que j'en suis pas. Mais une fois le Rayon de lune à mon doigt, j'ai compris qu'il était bien à moi, que notre amour était plus fort et que les miracles arrivent parfois, même pour les grisettes du boulevard.

Je te le redis ce matin : oui oui oui, je veux être ta femme, je veux partager tes jours et tes nuits pour le meilleur et pour le pire jusqu'à ce que la mort nous sépare !

Je t'aime aussi fort qu'un rayon de lune

Ta Joséphine

Samedi 3 janvier 1863

Tu as fait de moi le plus heureux des hommes. J'ai le sentiment d'avoir pris la meilleure décision de ma vie.

À toi pour toujours

Antoine

Lundi 5 janvier 1863

Je dois partir régler une affaire urgente avec mon père.
Je rentrerai demain.
Antoine

Jeudi 8 janvier 1863

Mon chéri, t'es où ?
Cela fait trois jours que je guette ton retour !

13.

Pour lui la ligne d'arrivée était dans les étoiles

Dimanche 16 février 2020

Me Andrieux était un homme affable et chauve, au regard malicieux derrière ses lunettes rondes cerclées d'or. Il reçut Amanda et Jonathan Auslender à l'heure du thé, dans son salon aux murs tapissés de bibliothèques en bois sombre, confortablement installé au creux d'un canapé de cuir.

— Je suis ravi de vous rencontrer, jeune homme. Notre cher Alexandre n'est plus, mais j'espère que le cabinet Andrieux et associés continuera à s'occuper de vos affaires. Je ne savais pas que vous viendriez accompagné. Votre épouse ?

— Non ! sourit Jonathan en adressant un clin d'œil amusé à Amanda. Mon amie, qui a été la compagne d'Alexandre pendant quelque temps, avait un renseignement à vous demander…

Me Andrieux pivota sur lui-même pour observer Amanda de pied en cap d'un air gourmand. Son demi-sourire perpétuel donnait l'impression qu'il savait des choses très amusantes qu'il préférait garder pour lui-même.

— Pardon pour la méprise ! Asseyez-vous, je vous prie.

Un majordome, très élégant dans son uniforme traditionnel, leur proposa du thé, du café et des viennoiseries avec un cérémonial digne de Carson dans *Downton Abbey*. Amanda, qui ne savait pas résister à l'appel du sucre, s'enfila deux mini-pains au chocolat et une tasse de thé sous le regard intéressé de l'avocat.

— C'est de l'Earl Grey. Je trouve que l'English breakfast convient mieux pour le matin, mais si vous voulez, on peut vous en préparer.

— Oh non c'est parfait, répondit Amanda qui, moins royaliste que la reine d'Angleterre, préférait les notes de bergamote de l'Earl Grey à toute heure du jour.

Me Andrieux ferma les yeux pour savourer une gorgée de thé brûlant.

— Nous reviendrons plus tard à votre affaire, si vous le voulez bien. Pour l'instant parlons un peu de vous, Jonathan. Avez-vous eu des nouvelles de la Banque Générale ?

— Oui. Ils m'ont rassuré. Cela prend parfois plus de temps avec les transactions internationales. Les fonds ont bien quitté le compte de mon acheteur donc c'est une question de jours. Ça devrait être fait lundi.

— Parfait. Tenez-moi au courant dès que vous avez du neuf. Je suis à votre disposition vingt-quatre heures sur vingt-quatre.

Amanda regardait autour d'elle avec curiosité. Elle se leva pour admirer les livres de la bibliothèque. C'était, pour la plupart, des ouvrages de droit en cuir relié datant du XIXe siècle à nos jours, ainsi que des classiques de la littérature française et des recueils de poésie. Elle sentait le regard de Jonathan Auslender posé sur elle, surveillant chacun de ses gestes. Que lui voulait-il ? Gênée, elle retourna s'asseoir auprès de l'avocat.

— Encore un peu de thé ?

— Volontiers.

Le majordome se matérialisa immédiatement devant eux et reversa une tournée de thé dans les tasses délicates dont le motif fleuri s'épanouissait sur de la porcelaine ancienne. Amanda devait reconnaître que l'Earl Grey de Me Andrieux était exquis. Elle l'observa laper son thé les yeux mi-clos avec des gourmandises de gros chat. Puis il posa sa tasse sur lui, se servant de son ventre rebondi habillé de cachemire beige comme d'un plateau.

— Ah ! soupira-t-il, satisfait. Je ne suis pas mécontent de revenir aux affaires. Notre ami Alexandre m'avait encouragé à me retirer. Vous savez comme il peut être convaincant. Il m'a fait comprendre que je serais bien plus heureux à m'occuper de mon jardin à la campagne et de mes livres sans plus me soucier de rien. J'ai tenté de lui dire qu'après six mois à ce régime je m'ennuyais comme un rat mort, il n'a rien voulu entendre !

Me Andrieux tendit le bras afin que son majordome reprenne sa tasse vide, puis il bondit agilement hors de son siège pour se diriger vers une commode Louis XVI sur laquelle étaient disposées de nombreuses photos dans leurs cadres.

— Tenez mademoiselle, regardez, dit-il en lui tendant un cliché en couleur dans lequel on le voyait en compagnie de Maréchal.

Amanda s'empara de la photo, curieuse, pour y découvrir un Alexandre flambant neuf, toutes dents dehors dans un sourire prêt à bouffer le monde. Andrieux se tenait fièrement à ses côtés, déjà replet, peut-être un peu moins chauve, redressé de toute sa petite taille pour atteindre péniblement l'épaule de son associé.

— Voyez comme il était beau. Il était irrésistible en ce temps-là. Il n'était pas aussi magnifique quand vous l'avez connu, non ?

— Euh… il était encore pas mal.

— Cette photo a été prise l'année où il est arrivé à Paris, vers 2005, 2006. Il avait trente ans à peine. Mon Dieu comme il m'avait fait perdre la tête ! C'était la séduction incarnée. Il débarquait de Caen, encore un peu province, mal dégrossi pour tout vous dire, mais il a vite appris ! Au début il était très humble, il me demandait toujours conseil, voulait avoir mon avis sur tout : comment gérer une affaire, comment parler aux clients, dans quels endroits être vu, dans quelle voiture rouler, quelle tenue porter selon les circonstances… Quelques années plus tard, c'est lui qui m'expliquait comment m'habiller pour être dans le coup et quels restaurants fréquenter. Il me disait : « Bernard, tu n'es pas assez ambitieux, on pourrait aller plus haut, traiter des affaires plus importantes. » Pour lui la ligne d'arrivée était dans les étoiles. C'est d'ailleurs là où il a atterri, le pauvre chéri.

Il prit un mouchoir en tissu dans la poche de son pantalon de velours vert amande, se moucha bruyamment et s'essuya les yeux.

— Il s'est mis à fréquenter le Racing Club de France et le golf de Saint-Nom-la-Bretèche, à sortir en boîte de nuit, à passer ses vacances à Megève et Saint-Tropez. En quelques années, il s'est construit un superbe carnet d'adresses et, comme il avait un bagout extraordinaire, il attirait les clients comme des mouches ! Il savait écouter, c'était sa force, c'est pourquoi il repérait les failles dans une situation. Ensuite, nos collaborateurs rédigeaient les contrats. Ça, il n'y touchait pas.

Bernard Andrieux reprit le cadre des mains d'Amanda pour le donner à Jonathan et retourna s'asseoir. Amanda l'écoutait, très intéressée, reconnaissant dans ses intonations d'homme éduqué certaines expressions d'Alexandre…

— Il a été ma joie et mon tourment, soupira l'avocat. Parce qu'il avait bien sûr les défauts de ses qualités. Il était ingérable et parfois odieux. Il m'a souvent manqué de respect et se débrouillait pour glisser des menaces cachées dans ses paroles ! Et surtout, il confondait les fonds du cabinet avec le fond de ses poches et ne comprenait pas pourquoi je voulais le restreindre sur les notes de frais. C'est pourquoi quand il m'a suggéré de prendre ma retraite en 2017, je n'ai pas refusé. J'étais fatigué de lutter contre lui. Je pensais que nos relations seraient plus apaisées.

— Et cela a-t-il été le cas ? demanda Jonathan en contemplant Amanda par-dessus le cadre.

Elle se laissa malgré elle happer par ce regard qui se fixait au sien. L'avocat se mit à rire.

— On peut dire ça comme ça. C'était très apaisé, le calme plat : je ne le voyais plus du tout ! Heureusement, mon ancienne secrétaire Françoise me tenait toujours au courant de ce qui se passait au cabinet ! Et ce n'était pas joli joli. Une gestion désastreuse ! Il est temps que je revienne mettre mon nez dans les comptes. Enfin, je ne vais pas vous ennuyer plus longtemps avec mes souvenirs.

Il attrapa un mini-pain aux raisins et l'engloutit avec délicatesse avant de se tourner vers Amanda.

— Alors mademoiselle, dites-moi, que puis-je faire pour vous ?

Amanda se redressa instinctivement, soulagée d'aborder enfin le sujet de sa visite.

— J'aimerais les coordonnées d'un de vos clients, expert en bijoux anciens. Alexandre m'avait raconté avoir été son avocat dans le cadre d'une vente de bijoux « totalement dantesque », ce sont ses mots.

— Je reconnais bien là son sens de la mesure, ironisa Andrieux.

— J'avais une bague, certainement du XIXe siècle, à faire expertiser, il la lui avait confiée.

— Et notre pauvre Alexandre a disparu avant de la récupérer ?

— Euh… c'est à peu près ça.

Jonathan but une gorgée de thé sans la quitter des yeux. Essayait-il de la troubler pour qu'elle ne capte pas les réponses d'Andrieux ? Elle se força à rester concentrée sur l'avocat.

— Malheureusement, je suis dans l'incapacité de vous aider, répondit celui-ci.

— Comment cela ? Ce n'est quand même pas une information confidentielle ?

— Il ne s'agit pas de cela. Tout bêtement, tout au long de notre collaboration avec Alexandre, nous n'avons jamais eu affaire à une vente de bijoux. Je ne connais pas ce client-là.

— Je vois, répondit Amanda, sans montrer à quel point elle était déçue.

Me Andrieux se leva pour signifier que l'entretien était terminé. De la cuisine leur parvenaient les effluves d'un repas en préparation. Il les accompagna jusqu'à la porte. Dans une seconde, ils seraient dehors et elle n'aurait plus aucune piste pour retrouver sa bague, aucun moyen de prouver son innocence. Andrieux observait Amanda pendant qu'elle enfouissait sa crinière dorée sous un bonnet de laine.

— Effectivement, vous êtes tout à fait son genre, il aimait ce genre de beauté un peu spectaculaire…

Jonathan s'empara du manteau que le majordome tendait à la jeune femme pour l'aider à l'enfiler. Ses doigts frôlèrent ses cheveux. Elle ressentit des picotements sur tout le crâne.

— Une dernière chose, maître Andrieux, coupa Auslender, vous avez dit qu'Alexandre avait travaillé à Caen avant de venir à Paris… Avez-vous les coordonnées du cabinet où il a débuté ?

— Excellente idée ! Peut-être que ce fameux client date en effet de l'époque de Caen. Dans ce cas, vous devriez contacter mon confrère, Me Drouet. C'est le premier patron d'Alexandre. D'après ce que j'ai cru comprendre, ils étaient amis d'enfance. Il pourra sans doute vous aider. Je vais dire à Françoise de vous envoyer ses coordonnées.

— Merci maître ! s'exclama Amanda, soulagée d'avoir une nouvelle piste.

— Je vous en prie, appelez-moi Bernard.

Prise d'une impulsion subite, Amanda posa la main sur le bras de l'avocat.

— Dites-moi Bernard, dans vos ouvrages de droit du XIXe, avez-vous lu des informations sur un avocat nommé Antoine Beaulieu ?

— Ça ne me dit rien. Pourquoi donc ? demanda-t-il.

— Il a un rapport avec cette fameuse bague.

— Très bien. Je regarderai, pour vous faire plaisir. Nous avons partagé une même affection pour ce chenapan d'Alexandre.

L'avocat sembla sur le point de fondre en larmes :

— C'est vrai qu'il était insupportable, arrogant, ingrat. Il m'a beaucoup amusé et beaucoup déçu. Mais mon Dieu, ce que je vais m'ennuyer sans lui.

14.

La nuit était de plus en plus noire et la pluie de plus en plus forte

LA NUIT ÉTAIT PRESQUE TOMBÉE sur l'avenue Henri-Martin quand ils se retrouvèrent dehors. Ils firent quelques pas sur le large trottoir mouillé où se reflétait la lumière dorée des hauts réverbères.

— Il faut arrêter de me fixer comme ça pendant un rendez-vous, le piqua-t-elle. J'ai cru que tu faisais exprès de me déconcentrer !

— JE t'ai fixée ? Mais c'est toi qui n'arrêtais pas de me regarder !

Il affichait un sourire malicieux, elle remarqua une ombre de barbe qu'il n'avait pas la veille et qui révélait le charme de ses fossettes. Elle sourit à son tour, ironique :

— Peut-être !

La pluie s'était arrêtée mais le froid restait vif et mordant. Amanda releva le col de son manteau pour se protéger. En février, elle avait l'impression que l'hiver ne finirait jamais. Jonathan, lui, était emmitouflé dans une énorme écharpe de lainage très fin. Ses yeux paraissaient encore plus clairs dans la nuit, à moins que ce ne soit l'effet de ses cils assombris par l'humidité. En dehors de quelques personnes qui promenaient leur chien, le quartier était désert. Une odeur de terre mouillée montait des jardinets bien entretenus dissimulés derrière les grilles noires qui protégeaient les somptueux immeubles en pierre de taille. Il s'arrêta devant son scooter et détacha la chaîne antivol. Son blouson était remonté pendant qu'il s'affairait, dévoilant un petit espace de chair juste au-dessus du jean.

— Remarque, je ne peux pas t'en vouloir, glissa-t-elle. Je suis beaucoup plus agréable à regarder que Me Andrieux.

Il se redressa et éclata de rire.

— J'avoue tout, monsieur le juge ! Cette femme est une dangereuse séductrice qui a entraîné mes yeux hors du droit chemin. Elle est également dotée d'une modestie exceptionnelle.

Il se mordit la lèvre inférieure juste pour qu'elle ait le temps de remarquer la rangée d'émail ultra-blanche qui lui servait de dentition. À chaque fois qu'elle le détaillait, elle trouvait une nouvelle perfection de Jonathan Auslender à ajouter à sa collection. À ce rythme, elle se demanda s'il était judicieux de s'aventurer sur le terrain de la séduction. En temps normal, elle l'aurait déjà invité chez elle, mais cette situation exceptionnelle, pleine de mystères et de dangers, la retenait.

— Sacré personnage, ce Bernard Andrieux, dit-elle finalement. Et ce qu'il nous a raconté sur Alexandre ne m'étonne qu'à moitié.

Jonathan enfila son casque pour se protéger de la pluie qui avait repris de plus belle.

— Oui… il a gentiment mis son associé hors-jeu. Je comprends pourquoi Andrieux a l'air si content de revenir bosser.

— En tout cas, c'est bien pour toi. Au moins tu as toujours un interlocuteur au cabinet.

— Mouais. J'ai quand même l'impression qu'il est un peu à l'ouest. Alexandre était toujours dans le game, toujours à l'affût. Je ne suis pas sûr qu'Andrieux me soit d'une grande aide. C'est pourquoi je vais moi-même passer à la banque à la première heure demain matin. J'espère que mon souci sera réglé.

— Tu n'as pas reçu l'argent de la vente de ta boîte, c'est ça ?

— J'en ai reçu 10 % à la signature et je devais toucher le solde le 12 février. L'acheteur a confirmé avoir fait le transfert, mais l'argent n'est pas encore arrivé sur mon compte. D'après la banque, c'est normal. Mais je préfère aller vérifier sur place. C'est quand même une somme assez importante.

Une voiture passa près d'eux, faisant gicler l'eau du caniveau sur le trottoir. Jonathan lui prit le bras pour l'éloigner des éclaboussures. La nuit était de plus en plus noire et la pluie de plus en plus forte, mais ni l'un ni l'autre ne semblait se décider à bouger. D'une main gantée, il chassa les gouttes qui menaçaient de tremper son bomber. Elle se demanda s'il allait lui proposer de la raccompagner. Lui dirait-elle de monter ?

— Est-ce que tu comptes aller à Caen ? demanda-t-il.

— Oui. Je pense y aller dès demain matin si c'est possible. J'aimerais faire l'aller-retour dans la journée.

— Si tu veux, je t'appelle en sortant de la banque, on pourrait y aller ensemble.

Son cœur fit un bond dans sa poitrine. La perspective d'une journée avec lui était affreusement tentante. Mais une fois de plus, l'étrangeté du contexte doucha son enthousiasme. Pourquoi souhaitait-il l'accompagner ? Cette affaire ne le concernait en rien. Lui plaisait-elle au point d'aller dans une ville paumée de province juste pour passer du temps avec elle ? C'était peu probable. Les réticences de Bettina lui revinrent en mémoire.

— Est-ce que tu es sur Instagram ? demanda-t-elle à brûle-pourpoint.

Jonathan la regarda, surpris. Un de ses sourcils se releva en accent circonflexe.

— Oui, pourquoi ?

— Parce que je t'ai cherché et je ne t'ai pas trouvé.

— Tu m'as stalké* ?

Il avait la tête du type qui sourit à moitié, parce que l'autre moitié n'apprécie pas trop ce qui se passe.

— C'est normal de nos jours.

— Oui, pour des gamines de 14 ans.

La certitude qu'il avait des choses à cacher s'imposa comme une évidence.

— Je dois rentrer, dit-elle très vite. Appelle-moi quand tu auras les coordonnées de l'avocat à Caen.

Sous le porche du 19 bis, boulevard Montmartre, alors qu'elle s'apprêtait à monter chez elle prendre une douche bien chaude après un trajet en métro passé à ruminer les différents événements de la journée, Amanda fut alpaguée par Mira. Le visage pâle et méconnaissable sans son habituel rouge à lèvres carmin et ses longs cils rimelisés, la sémillante gardienne lui parut livide et perdue. Elle s'adressa à Amanda en se tordant les mains, l'air affreusement embarrassé.

— La police m'a convoquée aujourd'hui. J'ai dû aller au bout du monde, là-bas dans le 17e pour témoigner. Et j'ai peur de t'avoir mise dans la merde.

Amanda pâlit.

— Pourquoi, qu'est-ce que tu as raconté ?

— Je n'ose pas te le dire. Elle m'a tiré les vers du nez de manière abominable. J'avais l'impression de me faire interroger par la police de Ceaușescu. Elle fait froid dans le dos cette policière, avec ses yeux de glace.

— Quelle policière ? La capitaine Cordeix ?

— Oui, c'est ça. De toute façon, elle m'a dit qu'elle allait bientôt t'appeler. Tu veux un peu de vodka ?

Mira la buveuse de thé ne passait à la vodka que quand l'affaire était vraiment grave. Par exemple, quand la Banque Générale avait menacé de la chasser de sa loge, quand elle recevait des mauvaises nouvelles de son fils

* Stalker : espionner quelqu'un sur les réseaux sociaux.

resté en Roumanie, ou à la date anniversaire de la mort de la Callas.

— Mais qu'est-ce que tu as dit ? Parle Mira !

— J'ai vu Alexandre le soir du meurtre. Et je lui ai dit qu'il montait chez toi.

— Mais ce n'est pas vrai ! C'est pas possible ! Mira, tu n'as pas pu faire une chose pareille ?

— Je l'ai vu, je te dis. Il a pris l'ascenseur de l'escalier A. Chez qui tu voulais qu'il aille ?

15.

Les perfections de Jonathan Auslender

Il lui sembla que la clé résistait dans la serrure tant ses mains tremblaient. Amanda s'effondra sur son lit, le cœur battant la chamade. Elle était cuite. C'était la série noire, la loi de l'attraction appliquée en négatif. Les événements néfastes s'accumulaient sans qu'elle ne puisse rien contrôler.

Elle prit Scott le chat et le serra contre elle, refoulant les larmes qui menaçaient de déborder. Amanda ne pleurait jamais, mais cette chère Joséphine avait raison, les chats faisaient d'excellents mouchoirs, doux et parfumés, et quand ils ronronnaient, ils avaient le pouvoir d'apaiser les peurs. Le chat la fixa de ses yeux d'or empreints d'une sagesse féline, inaccessible aux humains. Scott était le chat de sa nièce Cheyenne, qui le lui avait confié, le cœur brisé, avant son départ en Californie. Elle craignait qu'à presque dix ans, il ne supporte pas la quarantaine que les États-Unis voulaient lui imposer. Cheyenne parlait de son chat en termes extatiques qu'Amanda avait écoutés poliment. Mais depuis qu'elle vivait avec Scott, elle se surprenait à le contempler l'air béat, à le photographier sous toutes les coutures dès qu'il prenait une pose fascinante ou adorable, c'est-à-dire toutes les deux minutes. Sublime, calme et impassible, Scott le chat régnait en maître sur l'appartement, et magnanime, consentait à le partager avec elle. Comme Amanda l'avait spécifié à Cheyenne ravie sur leur conversation WhatsApp dédiée à Scott : elle vivait chez un chat ! Un coup de patte lui rappela qu'il s'agissait d'un être vivant et non d'un mouchoir de velours. Scott avait posé ses coussinets sur son nez et sortait doucement les griffes, une façon polie de demander qu'on le laisse vaquer à ses importantes occupations. Elle le posa et il alla dignement s'installer au bout du lit, tournant en rond avec componction avant de trouver la position idéale. Il la regarda en clignant des yeux pour lui signifier qu'il était là, avec elle, mais qu'il ne fallait pas l'étouffer non plus. C'était idiot, mais elle se sentit soudain très seule. Un gémissement lui monta aux lèvres et Amanda la fière à bras se surprit à prononcer le vieux mot de réconfort de sa petite enfance : Maman !

Les relations d'Amanda avec sa mère avaient toujours été compliquées et s'étaient distendues avec le temps. Sylvie avait quitté Paris plusieurs années auparavant pour aller vivre à Saint-Malo avec un homme qui la rendait enfin heureuse. Amanda, alors âgée de dix-huit ans, avait refusé de la suivre. Admise à l'école Camondo, elle avait préféré tenter la grande aventure de l'indépendance. Son père, trop heureux de la garder à Paris, lui avait pris une studette dans le quinzième arrondissement, tout près de chez lui, et juste à côté de chez sa sœur.

Violette et ses yeux d'or, Violette et sa frange brune, Violette et ses violents chagrins. Violette la sœur chérie était le point de discorde d'Amanda avec sa propre mère. Le nœud de leur problème.

Ayant perdu sa maman à trois ans, elle avait grandi sans cet amour fondamental, et dès son plus jeune âge, Amanda s'était donné pour mission de protéger le cœur brisé de son aînée. Elle aurait voulu que Sylvie couvre sa sœur orpheline de baisers et de câlins pour la consoler, la couver, la guérir. Mais celle-ci avait du mal à s'attacher à la fille aînée de son mari, le très volage Harry Abravanel. Elle la trouvait renfermée et ingrate, se plaignait de ses silences boudeurs. Et surtout, Amanda l'avait compris bien plus tard, Sylvie détestait en elle le souvenir du grand amour de Harry, celle qu'il n'avait jamais pu oublier : la mère de Violette. Aucune femme n'était jamais parvenue à remplacer l'épouse disparue dans le cœur du veuf inconsolé. Amanda avait sept ans quand sa mère avait pris la décision de divorcer, parce qu'elle méritait mieux que des miettes d'amour.

À l'annonce du départ de sa sœur, Violette avait réagi à sa manière silencieuse : pâle, muette, ses grands yeux dorés cernés de chagrin, elle s'enfermait dans sa chambre, sans une plainte, mais son cœur saignait tellement que c'était terrible à vivre pour Amanda, impuissante et rongée de culpabilité. Afin que ses filles restent proches l'une de l'autre, leur père avait réorganisé sa vie pour leur consacrer ses mercredis. Amanda avait donc dormi « à la maison » chaque mardi soir et un week-end sur deux, et maintenu sa relation fusionnelle avec sa sœur. Ce que Sylvie n'avait jamais encaissé.

Ses filles devenues adultes, leur père était retourné vivre à Istanbul, sa ville natale, près de ses amis d'enfance et de sa dernière compagne, qui semblait enfin être la bonne.

Et puis, cet été, Violette avait déménagé à San Francisco, emmenant avec elle Cheyenne et Ulysse. Amanda était restée seule à Paris, avec Scott le chat.

Elle soupira. Telle était la triste histoire de leur famille décomposée. La raison pour laquelle elle n'avait jamais souhaité se mettre en couple avec un homme ou devenir mère. Elle trouvait sa vie parfaite et passionnante telle qu'elle était, pleine de rencontres, d'aventures et d'imprévus.

Le fait qu'elle éprouve le besoin de se rassurer en prononçant le nom oublié de sa maman renseigna Amanda sur son état de panique : intense. Comme elle n'était pas femme à se laisser abattre, elle y vit le signe que c'était un bon jour pour une fille d'appeler sa mère et composa son numéro. Sylvie décrocha de sa voix fraîche de jeune fille et Amanda se sentit étrangement émue.

— Maman !

— Amanda, tout va bien ?

— Pourquoi tu me demandes ça ?

— Tu ne m'appelles jamais, alors je me dis qu'il doit y avoir un problème.

— Tu n'appelles jamais non plus.

Silence. Ce fameux silence, si pesant, si présent, qu'elles n'arrivaient jamais à dépasser. Mais Amanda décida pour une fois de passer outre et d'avancer sur le chemin escarpé du dialogue.

— Mais tu as raison, Maman, j'ai un souci.

— Ça a un rapport avec cet avocat mort ? C'était ton ex, non ?

Nouveau silence, mais cette fois, un silence surpris, et un peu bluffé aussi. Sa mère avait des antennes bien affûtées en ce qui la concernait. Serait-il possible qu'elles soient restées connectées malgré tout ?

— Bien vu ! Effectivement c'est en lien avec lui… La police me soupçonne.

— Quoi ? Il faut absolument que tu te trouves un avocat ! Tu en connais ? À part le mort, bien sûr ?

Sylvie émit un petit rire nerveux qui agaça Amanda. Tout comme sa façon d'appeler Alexandre « le mort ». Encore une fois, elle décida de passer outre.

C'était déjà prodigieux que Sylvie n'ait pas profité de la situation pour lui faire la leçon ou l'accabler de questions déplacées.

— Non.

— Je vais me renseigner. Ta demi-sœur est au courant ?

— Ce n'est pas ma demi-sœur !

Dans la voix de sa mère, Amanda entendit toute l'aigreur et la méchanceté qu'elle lui avait reprochées dans son enfance. Sa volonté de ne réduire Violette qu'à une demi-portion de sa vie la blessait profondément. Qu'une adulte ne soit pas parvenue à surmonter son ressentiment face à une enfant innocente la dépassait toujours !

— Non, je ne lui ai rien dit pour la laisser tranquille. Elle a bien le droit d'être un peu heureuse. Et puis elle est en Californie. Ça ne servirait à rien sauf à l'inquiéter.

— Moi, en revanche, ça ne te dérange pas de m'inquiéter !

— Il me semble que, depuis mes dix-huit ans, je me suis débrouillée pour t'épargner tous les soucis.

— On voit le résultat !

Elle raccrocha sans trouver la force de répondre. Décidément, elles n'étaient pas faites pour se parler paisiblement.

Comme elle en rêvait depuis un long moment, Amanda prit une douche très chaude. Quand elle était enfant, pendant leurs vacances dans le sud de la Turquie, son père les emmenait au hammam. Là-bas, entre les vapeurs d'eau chaude et le gant qui enlevait toutes les peaux mortes, elle avait l'impression de se nettoyer l'âme. Elle en ressortait la peau lisse comme celle d'un nouveau-né, les cheveux brillants et le teint frais. Depuis, Amanda aimait le ruissellement de l'eau, les gommages, les shampoings, les masques, les crèmes, tout un rituel dont elle émergeait comme neuve, lavée de ses soucis, et prête à affronter les situations en guerrière.

Elle se mit au lit, sa main attrapa son smartphone, son doigt appuya sur l'appli Tinder et commença à faire défiler les profils. Mais malgré elle, les perfections de Jonathan Auslender lui revenaient par flashs et aucune des photos glissant sous ses yeux ne parvenait à lui faire oublier ses yeux lagon, son sourire troublant, ses cils mouillés de pluie ni ses dents blanches mordant sa lèvre inférieure bombée. Elle jeta le téléphone à l'autre bout du lit et ferma les yeux.

Trois heures plus tard, elle ne dormait toujours pas. Se coucher trop tôt, sans dîner, ce n'était pas bon pour sa santé mentale et les lettres du coffret s'étaient à nouveau greffées à ses mains comme par magie. Mais les amours passionnées de la grisette et de son bel avocat n'étaient pas faites ce soir pour lui remonter le moral. Survoltée, Amanda reposa ces lettres trop brûlantes et se leva d'un bond. Elle était soudain persuadée que la mauvaise disposition des meubles de sa chambre l'empêchait de dormir. En effet son lit se trouvait bien trop près de la porte : ce n'était pas du tout feng shui ! Son inconscient lui soufflait forcément de se méfier, avec cette porte quasi dans son dos, qu'elle ne pouvait surveiller. Oubliant que cela faisait près de huit mois qu'elle dormait pourtant comme un loir, Amanda se mit à pousser son lit pour le positionner non plus face à la fenêtre, mais face à la cheminée. Il fallut alors déplacer les tables et les lampes de chevet. Elle était en train de faire glisser le gros fauteuil bleu paon qui lui servait de reposoir à vêtements quand on sonna à la porte.

C'était Max, en tee-shirt et pantalon de jogging, ses beaux cheveux gris peignés en arrière, qui se tenait sur son palier, un verre d'eau à la main.

— Bois, elle est fraîche, dit-il en lui tendant la boisson.

Il entra sans attendre qu'elle le lui propose pendant qu'elle buvait l'eau pure. Max avait élaboré toute une théorie sur les bienfaits d'un verre d'eau qui selon lui guérissait de tous les maux, des peines de cœur au mal de tête. L'être humain étant constitué à 70 % d'eau, ça pouvait se tenir.

— Qu'est-ce que tu fous ? On dirait qu'un club de déménageurs fait la bringue au-dessus de ma tête. Tu sais qu'il est minuit passé ?

— Désolée, marmonna-t-elle.

Il se dirigea vers la chambre d'Amanda, qui se trouvait être pile au-dessus de la sienne.

— Ah non, ça ne va pas du tout. C'était mieux avant.

— Avec vous les vieux, c'était toujours mieux avant. Mais j'ai quelques notions de déco, figure-toi, et le lit là, ce n'était pas feng shui !

— Écoute. Ça fait presque cinquante piges que je vis ici. J'ai essayé toutes les combinaisons possibles. Il n'y a qu'une seule place valable pour le lit dans cette pièce : c'est face à la fenêtre. On voit les arbres, ça apaise.

— Rien ne peut m'apaiser en ce moment ! Je suis dans la merde et ma mère m'emmerde !

Max souleva le tas de vêtements qui encombrait le fauteuil bleu et se posa dessus avec un absolu sans-gêne.

— Ah, les mères ! Raconte, dit-il simplement.

Il était bien comme Doria, toujours à se mêler de ce qui ne les regardait pas. Mais à bien y réfléchir, se dit Amanda, cela les regardait. Max et sa fille s'occupaient de ceux qu'ils aimaient. S'ils lui posaient des questions, c'était parce qu'ils s'intéressaient à elle. Ils n'avaient jamais forcé personne à leur répondre.

— Elle ne supporte pas Violette. Dès que je prononce son prénom, ça lui hérisse le poil, elle devient odieuse et agressive. Cela fait des années que tout dialogue entre nous est impossible. Elle ne peut quand même pas m'en vouloir d'aimer ma sœur !

Max l'écoutait attentivement, ses yeux d'un noir profond posés sur elle avec bienveillance. Il ébaucha un demi-sourire qui la fit fondre. Cet homme était le charme incarné.

— J'aime beaucoup ta sœur. Elle est tellement intense, tellement passionnée. Une femme remarquable.

— Ah ça, tu peux le dire !

— Je vais te poser une question qui va peut-être te paraître étrange, mais tu pourras y réfléchir. Es-tu vraiment obligée de parler de Violette à ta mère ?

— Comment ça ?

— Tu me dis que le dialogue s'arrête dès que vous parlez de ta sœur… Dans ce cas, n'en parlez pas ! Vous pouvez trouver des dizaines d'autres sujets de conversation.

— Mais c'est elle qui commence !

— À toi de ne pas rebondir. Passe à autre chose. Demande-lui de ses nouvelles. Tu sais, dès qu'on s'intéresse à eux, les gens sont heureux.

Il se leva et posa un baiser paternel sur son front. Il sentait la lavande et le whisky. Elle ferma les yeux, émue.

— Merci, murmura-t-elle.

Au fond, peut-être Max et Doria étaient-ils tout simplement humains. Mais on n'en faisait plus beaucoup des comme eux. De l'autre côté de l'Amérique, les oreilles de Violette durent siffler. À peine Max était-il reparti qu'Amanda reçut un message de sa sœur.

Tout va bien ? Je sens que tu ne dors pas !

Je suis au top ! Je me couche. Je t'aime.

LES LETTRES DU COFFRET

Lundi 12 janvier 1863

Joséphine,
Je suis allé avenue d'Antin pour informer mes parents de ma décision de t'épouser. Ce que je pensais être une simple formalité d'une soirée s'est transformé en un affrontement de sept longs jours dont je suis sorti vaincu.
Mon père s'oppose fermement à ce mariage. Je t'épargne les termes dans lesquels il a parlé de toi, de nous. C'est un homme puissant, autoritaire et impitoyable. Tous mes arguments se sont brisés contre son implacable volonté. Il a toujours fait preuve de brutalité contre qui osait se mettre en travers de son chemin. Je connaissais la violence de son pouvoir mais je m'en accommodais car elle ne s'était jamais exercée à mon encontre. Mais voilà que je suis venu contrarier le plan qu'il a conçu pour moi dans l'ombre.
J'ai mis dans cet affrontement tout le talent dont je suis capable, j'ai plaidé ma cause en avocat, en amoureux, en fils. Il m'a fait plier, il m'a vaincu. Je ne pourrai pas t'épouser sous peine d'être congédié de mon propre cabinet (qui lui appartient) et privé de mes droits sur son héritage.

Néanmoins, j'ai bien réfléchi. Je ne veux pas renoncer à mon bonheur auprès de toi et j'ai une nouvelle proposition (que je pense très généreuse) à te faire.
Je veux louer un appartement pour nous deux. Tu serais dans tes meubles, tu pourrais avoir le sofa de soie et les bergères de velours dont tu m'as tant parlé pour notre futur intérieur, et même un élégant bureau pour ta correspondance. Tu aurais une bonne et pourquoi pas une cuisinière. Je viendrais te voir dès que je pourrais m'échapper. Et pour couronner le tout, je te propose d'être ton financier ! Ce magasin dont tu rêves pour tes bijoux, je te l'offre. Finalement rien ne changera. Tu seras toujours la femme que j'aime.
Veux-tu descendre me voir ce soir pour que nous parlions de tout cela ? (Dans l'état actuel des choses, mieux vaudrait que tu passes par la porte de service, Jouve prend son rôle de Cerbère très au sérieux.)
Antoine

Mardi 13 janvier 1863

Mon Antoine,
Je comprends rien à ce que tu m'écris. Pourquoi tu suis pas ton cœur ? Tu as un métier, non ? Ton paternel peut pas t'enlever ton diplôme, quand même ? Fais-toi avocat pour de vrai, défends les bandits, les gens de rien, les filles des rues, fais résonner ta voix au palais de justice, mets en leur plein les mirettes avec tes effets de manche, deviens le prince du barreau que tu es. Épouse la femme que tu aimes, choisis ton bonhomme de chemin. Et dis-moi que c'est qu'un cauchemar.
Joséphine

Mercredi 14 janvier 1863

Joséphine,

Pourquoi ne descends-tu pas me voir ? Pourquoi ne m'as-tu pas ouvert ta porte, hier soir, quand je t'ai suppliée de m'ouvrir ? Je voudrais que nous discutions de tout cela de vive voix.

Si tout était aussi simple ! Suivre ton plan me conduirait à couper définitivement les ponts avec mon père. Soit. À supposer que je puisse exercer le métier d'avocat sans qu'il ne s'interpose (il a le bras long), m'aimerais-tu toujours sans le sou ? Sans les redingotes faites sur mesure par mon tailleur anglais et mes chemises blanches, sans les soupers sur le boulevard, sans les soirées au théâtre, sans parties de campagne ? Si par hasard je réussissais à gagner 3 000 francs par an, ce qui est une estimation raisonnable, ce serait la moitié de ce que je gagne aujourd'hui et à peine un dixième de mon train de vie actuel qui est de 30000 !

Veux-tu donc être raisonnable et venir me voir ?

Jeudi 15 janvier 1863

Antoine,

J'm'en fiche de tes 30000 c'est bien trop ! C'est pas tes redingotes que j'aime, c'est ce qu'y a dedans. C'est ton cœur tendre et ton esprit rapide comme une locomotive. Je t'en prie Antoine, crois en toi, crois en nous ! 3 000 francs, tu dis ? Mais c'est une fortune ! Et je compte bien faire fortune moi-même avec mes bijoux. Si Mlle Adèle en est capable, je le serai aussi. On serait si heureux mon Antoine ! Heureux et libres !

Jeudi 15 janvier 1863

Nom d'un chien, tu déraisonnes ! Arrête avec ces sornettes. Pour la dernière fois, viens me retrouver, parlons de tout cela à tête reposée.

Jeudi 15 janvier 1863

Réponds d'abord à ma question : c'est quoi ce fameux plan que ton père a pour toi ?

Samedi 17 janvier 1863

Tu l'auras voulu. Mon père souhaite que j'épouse Hortense Rougeard, la fille de son associé Étienne, qui est, comme tu le sais, le président de la Banque Générale.
Alors oui, après qu'il m'a défini les enjeux de ce mariage, je me suis rangé à sa raison. J'épouserai Hortense, mais je n'éprouve rien pour sa personne. Elle n'est pour moi qu'une vague amie d'enfance qui raffole des sucreries. Ce sera un pacte financier pour lier encore plus étroitement les affaires de nos deux familles. Comme mon père qui a épousé ma mère pour se rapprocher de la Compagnie des houillères et du chemin de fer d'Épinac, dont mon grand-père, Samuel Blum, était propriétaire.
Aujourd'hui mon père souhaite entrer au conseil d'administration de la Banque Générale et Étienne Rougeard a un œil sur notre compagnie. Tous deux préfèrent que leur association soit organisée sur une base familiale. Car vois-tu, la structure familiale et l'identification personnelle permettent d'inspirer la plus grande confiance. Or le monde de la banque forme une élite qui se distingue par son honorabilité, son renom, sa solidité, sa stabilité et donc par la valeur de sa signature. Tout ça, c'est juste pour les affaires.
Ma vraie vie sera auprès de toi. Vas-tu enfin être raisonnable et regarder la réalité en face ? Notre union est impossible, mais je t'offrirai malgré tout une vie d'amour, de sécurité et de confort.
À toi pour toujours,
Antoine

Dimanche 18 janvier 1863

Lâche ! Ce ne sont pas tes mots que tu écris mais ceux de ton père. Il est entré dans ta tête pour dire quoi penser. C'est un marionnettiste et t'es son Guignol.

Laisse-moi ! Laisse-moi pleurer mon amour cassé, mon bonheur qui fout l'camp. J'peux plus respirer tant je souffre. Rien sera comme je l'ai rêvé. Jamais j'arriverai à Blonville à ton bras, la bague au doigt. Je verrai jamais le respect dans les yeux de mon père, le bonheur dans ceux de ma mère et ma grand-mère. Je dirai jamais aux filles du magasin : « Vous avez tout faux ! Mon Antoine est pas comme ça, il a une parole et il la tient. » On n'ira jamais devant le curé, je porterai jamais tes enfants.

Arrête de frapper à ma porte, arrête de supplier comme un chien. Tu vois pas ce que t'as fait ? T'as tout détruit.

Joséphine

Lundi 19 janvier 1863

Antoine, je suis allée hier après-midi me promener dans le quartier des Champs-Élysées. L'avenue d'Antin a beau se situer dans la même ville, elle appartient pas au même monde que les boulevards. Ici, on se mélange tous. La grisette peut croiser le marquis, l'ouvrier zieuter la plus grande des courtisanes, la danseuse déjeuner avec le banquier. Mais là-bas, dans vos hôtels particuliers, bien à l'abri derrière les haies bien taillées de vos grands jardins, vous restez entre gens du même monde. Là-bas, j'suis qu'une grisette, une enfant du peuple, un mélange de fille et d'ouvrière.

Si je travaille plus de dix heures par jour, vous vous en foutez tout plein. Si j'm'abîme les yeux, le dos et les mains à fabriquer les chapeaux de vos dames, vous vous en foutez, si ma paye est pas suffisante pour mon bois, mes chandelles et mon pain, vous vous en foutez. Mais j'ai un cœur qui bat comme le vôtre, une tête qui marche

tout pareil. Mlle Adèle m'avait gentiment prévenue de pas te croire. Ah comme j'les ai envoyées paître, elle, Mme Modeste, et toutes les vendeuses ! Je m'suis même fâchée. Mais elles avaient raison.
Joséphine

Lundi 19 janvier 1863

Je suis si heureux que tu comprennes ! C'est vrai qu'un honnête homme ne peut épouser qu'une honnête femme, mais il peut t'aimer tout pareil comme tu dis. Alors c'est d'accord ? J'ai trouvé un appartement rue Notre-Dame-de-Lorette*... Un rêve ! Veux-tu que nous allions le visiter ? Il me reste une dernière chose à te demander avant que ce triste épisode soit derrière nous : peux-tu, s'il te plaît, me rendre la bague de ma grand-mère ?
C'est un bijou de famille et mon père souhaite absolument qu'elle revienne à ma future femme. Mais ne t'inquiète pas, je t'en offrirai une encore plus belle.
Je t'aime
Ton Antoine

Samedi 24 janvier 1863

T'aurais pu tout m'demander mais pas ma bague. Elle est à moi. Tu m'l'as donnée.
Je l'ai cachée en lieu sûr. Alvin l'égorgeur est monté à Paris pour me protéger de toi, il meurt d'envie de te tailader comme ses cochons. J'ai quitté le 19 bis, boulevard

* Le quartier autour de l'église Notre-Dame-de-Lorette avait donné son nom aux « lorettes », qui étaient le plus souvent des danseuses et des actrices au statut oscillant entre femmes entretenues et prostituées. Alors que les grisettes étaient des ouvrières qui flirtaient avec la misère, les lorettes vivaient plus confortablement. Au plus haut de l'échelle des « filles », on trouvait les courtisanes qui menaient grand train et avaient pour clients des princes, ducs, banquiers et autres millionnaires.

Montmartre pour le moment. Si tu veux revoir le Rayon de lune, tu l'auras en échange de 30 000 francs. J'suis sûre que ton père trouvera que c'est pas cher payé pour se débarrasser de moi. L'échange se fera dans trois jours à 9 heures à la Petite Pinte. Ce sera la dernière fois que nous nous verrons. Je compte repartir en Normandie le jour même, épouser celui qui me plaira, et coucher avec lui grâce à toi.

Adieu.

Joséphine Gallais

16.

Le ciel était blanc comme un écran sans message

Lundi 17 février 2020

LE *PING* D'UN SMS LA RÉVEILLA EN SURSAUT aux alentours de 9 heures. N'en déplaise à Max, elle avait très bien dormi avec le lit face à la cheminée. Disons plutôt qu'elle s'était enfoncée dans un sommeil gagné à la force du poignet, grâce à la projection privée du film *Jonathan Auslender, ce que cachent ses vêtements* qui passait en boucle sous ses paupières. Aussi quand, encore à moitié endormie, elle vit que le message reçu émanait du personnage principal de sa séance de cinéma particulière, Amanda se sentit rougir. Mais ce n'était qu'une fiche contact qui précisait les coordonnées de l'ami d'enfance d'Alexandre Maréchal.

Maître Philippe Drouet
Cabinet d'avocats spécialisés en droit des affaires, droit des sociétés, droit commercial, droit fiscal. Depuis 1949.
31, rue Saint-Jean
14 000 Caen

La différence entre les images brûlantes de son film et la froideur du message lui fit immédiatement reprendre pied dans la réalité.

Merci. Comment ça s'est passé avec la banque ? pianota-t-elle avant de filer sous la douche.

Elle en sortit à peine dix minutes plus tard. Une sorte de record olympique. Tout ça pour découvrir son texto marqué d'un « Vu », sans autre forme de réponse. Elle laissa son téléphone sur la table de nuit pour aller prendre son thé. Par la fenêtre, le ciel était blanc comme un écran sans message. Elle se fit griller une tartine, la beurra consciencieusement, étala un peu de confiture de framboises dans laquelle elle mordit avec lenteur pour étirer le temps au maximum. *C'est mieux comme ça ! Il est quand même louche ce mec,* se persuada-t-elle. Et dans son cœur, l'envie brûlante de le revoir le disputait à une méfiance glacée. Elle lava son assiette et sa tasse, rinça la théière, passa une éponge sur la table blanche. Son iPhone émit un nouveau son qui la précipita dans sa chambre. Sur la table de nuit, un message l'attendait.

Je suis passé à la Banque Générale. Rien de nouveau. Il est 3 heures du matin en Caroline du Nord. Il faut attendre l'ouverture des banques à Cary, la ville où est implantée la compagnie qui a acheté ma boîte. Je suis donc libre comme l'air pour t'accompagner à Caen. J'ai besoin de comprendre ce qui est arrivé à Alexandre. Il y a un train qui part de Saint-Lazare à 10 h 59. Je passe te prendre dans une demi-heure ?

Elle allait le voir. Aujourd'hui. Dans une demi-heure. Merci la vie. Même si elle était soupçonnée de meurtre et allait sans doute finir en prison. Merci pour cette journée avec lui. Elle attendit cinq longues minutes avant de répondre sobrement, sans aucun point d'exclamation pouvant dévoiler un trop grand enthousiasme.

OK. À toute.

Quand elle descendit, à peine essoufflée, après s'être changée trois fois, les joues roses d'avoir été maquillées puis démaquillées puis remaquillées, il n'était pas encore là. Elle tomba sur Simon, le neveu de Doria et petit-fils de Max, qui passait saluer son grand-père. À vingt-cinq ans, il était en dernière année d'architecture. Après sept ans de colocation avec Max, il avait pris son envol grâce à un contrat en alternance et louait un studio dans le quartier. C'est ce qu'il lui raconta, tranquillement sous le porche pendant qu'elle guettait l'ouverture de la porte cochère du coin de l'œil. Enfin, elle vit arriver Jonathan Auslender, avec sa grande écharpe bleu nuit, ses yeux bleu jour et son sourire soleil. Les yeux de Simon s'arrondirent de surprise.

— Lender ! Ici ! Ça fait trop plaisir ! Je suis un grand fan !

— Merci, répondit Jonathan avec un check de la main.

— Bravo pour la vente ! J'espère qu'ils ne vont pas pourrir le jeu. Tu sais comment ils vont le développer ?

— J'ai pu négocier certaines clauses. Je suis sûr qu'ils iront dans la bonne direction.

— Et tu vas reprendre les tournois ou pas ?

— Non c'est terminé ! Je ne me suis pas entraîné depuis des mois.

— Je sais que j'ai passé l'âge des selfies mais tu m'as tellement vendu du rêve en 2018 ! On peut en faire un petit ?

— Avec plaisir, dit Jonathan en prenant la pose, tout sourire, à côté de Simon.

— Merci Lender ! Tu régales ! Bon, je monte voir mon grand-père ! Salut Amanda !

Jonathan se tourna vers elle en souriant.

— On y va ? Je t'ai pris un casque.

— Pourquoi il t'appelle Lender ?

— C'est mon nom de pro-gamer, joueur professionnel de jeux vidéo si tu préfères.

Installée dans le train à côté de la fenêtre, Amanda pianota discrètement un message à l'attention de Doria pendant que Jonathan Auslender déposait son blouson plié sur le porte-bagages placé au-dessus de leurs têtes.

Tu peux checker l'Instagram d'un certain Lender, stp ?

La réponse ne se fit pas attendre, accompagnée de trois émoticônes avec des cœurs dans les yeux.

Un million d'abonnés !!! Champion Fortnite 2018 !
C'est lui ? #authentiquebeaugosse

Oui c'est lui. Je valide le #

Jonathan s'installa face à elle. Quoi de plus banal qu'un voyage en train ? Et pourtant, assis à sa place numérotée avec son petit univers à portée de main, chacun dévoile de lui-même et de ses goûts. Journaux, petits gâteaux, ordinateur, portable, livres, boissons et snacks parlent pour nous. Jonathan s'était acheté une salade de fruits bios avant d'embarquer. Il la posa à côté de son smartphone dernière génération, d'une gourde réutilisable, et de *Video Gamer magazine.* Sur sa tablette, Amanda étala son iPhone d'entrepreneuse ultra-connectée, le dernier *Elle* dans lequel elle traquerait les publications *Bettine et Amandine* ; un pain au chocolat et une bouteille d'eau prouvant qu'elle tentait de résoudre comme elle pouvait l'éternel dilemme entre ligne et gourmandise. Elle attrapa son smartphone pour consulter ses e-mails.

Une newsletter professionnelle informait ses abonnés que les visiteurs chinois ne feraient pas le déplacement pour la *fashion week* parisienne 2020 en raison d'un nouveau virus, nommé Corona, qui faisait de nombreuses victimes dans le pays. Elle laissa échapper une exclamation de dépit. Cela promettait de nombreuses ventes en moins. Son esprit en alerte moulina pour lui fournir une solution de secours : présenter la collection en vidéo. Elle contacta l'agence de communication pour leur demander de réfléchir en urgence à un concept créatif. La réponse arriva dans les dix secondes : l'équipe était déjà dessus. Rassérénée, Amanda jeta un coup d'œil sur la couverture colorée du magazine de Jonathan qui proposait les nouveautés en matière de Battle Royale et un Best of 2010/2020, « une décennie exceptionnelle » selon les journalistes. Dire qu'elle était passée à côté !

— Comment on devient pro-gamer ?

— En étant fils unique ! Quand j'étais petit, je n'avais pas de frère et sœur avec qui jouer à la maison, résultat je passais le temps devant les écrans. Et très vite, j'ai préféré ceux des jeux parce que j'étais actif, et non passif comme devant la télé. Je pouvais m'évader au Far West avec Red Dead Redemption, chez les gangsters avec GTA, dans l'empire ottoman ou à Venise avec Assassin's Creed... je me suis mis à jouer de plus en plus. Au fur et à mesure que la technologie évoluait, il y avait de nouvelles possibilités. On a commencé à jouer en réseau, je me suis fait des potes virtuels qui sont devenus des amis IRL. En 2005, au tout début de Youtube, j'ai créé une chaîne sur laquelle je commentais mes parties...

— Ah d'accord ; tu es aussi youtuber, donc !

Le fameux sourire irrésistible illumina le visage d'Auslender.

— Oui, mais surtout streamer. J'ai commencé ado et ça m'a aidé à me faire repérer par des sponsors. Après je suis passé sur Twitch. La plateforme vidéo dédiée uniquement aux gamers. J'ai commencé à gagner de l'argent à quinze ans.

— Chapeau. Moi à quatorze ans, je suis devenue la nounou attitrée des bébés de ma sœur qui faisait ses études de médecine. Mais une carrière pro, ça ne doit pas être facile à gérer quand on est si jeune.

Par la fenêtre battue par le vent, le paysage devenait de moins en moins urbain. Des petits bois aux branches noires, des oiseaux, du bocage. Certains champs étaient dissimulés par une brume blanche et épaisse qui stagnait à fleur de sol. Cela donnait au décor qui défilait sous leurs yeux un aspect irréel et flottant. Jonathan suivit le vol d'un corbeau par-dessus les arbres avant de répondre.

— C'est sûr. On vieillit plus vite. Tu te retrouves à devoir penser à des trucs qui ne concernent pas du tout tes copains : définir des stratégies, faire des plans de carrière. C'est comme pour les sportifs de haut niveau. On commence très jeune et on s'arrête jeune. Aujourd'hui à trente et un ans, je suis un senior.

— Merci de ne pas m'insulter ! Avec mes trente-trois ans, je suis donc bonne pour l'EHPAD !

Il éclata de rire.

— T'inquiète, je serai là pour t'aider avec ton déambulateur !

Amanda lui fila une petite tape sur la main pour le punir de dire des horreurs. D'un geste vif, il immobilisa ses doigts entre les siens. Un frisson lui brûla la peau, accompagné d'une envie terrible de prolonger le contact, d'attraper cette main pour l'attirer tout contre elle. À regret, elle dénoua ses doigts, le cœur battant comme une adolescente en pleine poussée d'hormones. Elle, la consommatrice sans état d'âme, la téméraire. C'était ridicule.

— À dix-huit ans, je suis venu m'installer à Paris, parce que Metz ce n'était pas super pratique pour les tournois, les sponsors et tout. J'ai pris un coach, j'ai appris la méditation pour intensifier ma concentration…

— Ah, moi aussi, j'ai vécu seule à partir de dix-huit ans !

— Tu arrêtes de m'interrompre toutes les deux minutes ? Je ne vais jamais y arriver ! Pour la faire courte, en 2017 arrive sur le marché un jeu qui est devenu un phénomène de société. Et c'est…

— C'est… ???

— Fortnite Battle Royale !

— Évidemment !

— Avec Fortnite, la scène du e-sport mondial est devenue vraiment gigantesque. Les tournois ont été suivis par des millions de personnes, et les dotations sont devenues de plus en plus énormes : 45 millions de dollars en 2019.

— Ah quand même !

— Moi je suis entré dans le Fortnite game dès le début. En 2018 ont eu lieu les premières Summer Skirmish online qui ont duré huit semaines. Chacun jouait de chez lui. J'ai réalisé des bonnes perfs et j'ai gagné pas mal d'argent. C'est là que je me suis fait repérer par Epic Games. En 2018, j'ai gagné le Winter Royal.

— Waouh, s'extasia-t-elle.

Même en ne comprenant qu'un mot sur deux, elle avait conscience de l'exploit que cela représentait.

— Ça a été mon dernier tournoi. J'avais déjà compris que la nouvelle génération était grave en train de repousser les limites et réfléchi à la manière de me diversifier. Avec l'argent que j'avais gagné, j'ai décidé de développer mon propre jeu, auquel je pensais depuis des années. C'est comme ça que j'ai créé Last. Un Battle Royale engagé.

— Engagé, voyez-vous ça !

— Oui, madame.

— J'aime quand tu me respectes ! Alors, c'est quoi le concept de Last ?

Il prit une voix de bande-annonce de film d'aventures :

— Dans un monde dévasté par le réchauffement climatique, les derniers survivants sont réfugiés dans les décombres d'une ville désertée. Ils devront s'affronter pour avoir accès à la ressource la plus précieuse : l'eau. Il n'y aura qu'un seul gagnant, un seul survivant.

— Oh, quelle horreur !

— Oui mais le gagnant de l'eau pourra boire !! Et il aura le pouvoir de faire refleurir la terre. Grâce à ma grosse e-réputation, le jeu Last a fait un carton. À tel point qu'Epic Games, les éditeurs de Fortnite, ont proposé de me le racheter...

Amanda se mit à rire.

— J'adore les grosses e-réputations ; je suis très curieuse de découvrir la tienne.

— Tu seras étonnée, dit-il en la regardant par en dessous.

Elle sentit ses mains devenir moites. Il la dévisageait tranquillement de ses yeux bleus devenus troubles comme une eau brouillée. Une charge de désir surprise lui brûla le ventre. Elle se racla la gorge.

— Et c'est là où tu fais appel à Alexandre.

— Exactement ! Je n'étais pas encore sûr de vendre, mais Alexandre m'a convaincu de le faire avant que Last ne passe de mode et que son prix baisse. Epic a la structure et les moyens de le développer et de le faire évoluer.

Le jingle de la SNCF retentit et la voix du conducteur leur annonça qu'ils entraient en gare de Caen, avec trois minutes d'arrêt. Ramenés à la réalité, ils se dépêchèrent de ramasser leurs affaires et sautèrent sur le quai. Le rendez-vous avec Philippe Drouet était à 14 h 30.

17.

Il ne flotta plus dans la pièce qu'une vague odeur de havane et un lourd parfum de mystère

Le cabinet Drouet et associés, qui revendiquait fièrement son existence depuis 1946, jouait la carte de la modernité et de la technologie. Amanda et Jonathan découvrirent une salle d'accueil minimaliste pourvue d'une moquette claire, de meubles de verre et de luminaires design. Au mur, un écran diffusait un film de présentation des différents services proposés : droit des affaires, droit du travail, fiscalité, droit des contrats… Les visages souriants des avocats apparaissaient à côté de leur spécialité.

Un homme doté d'un solide embonpoint et d'un costume sombre bien coupé apparut. Son visage s'éclaira d'un sourire rapide quand il serra la main d'Amanda.

— Bonjour, je suis Philippe Drouet. Veuillez me suivre, madame Abravanel.

Il se tourna vers Jonathan Auslender.

— Votre époux ?

— Non, mon ami était un client de Me Maréchal.

Un éclair traversa le regard gris-bleu de Philippe Drouet derrière ses lunettes sans monture, mais il ne fit aucun commentaire. Il s'installa derrière un long bureau de bois clair aux lignes tranchantes, leur proposa deux sièges face à lui et s'adossa profondément à son fauteuil présidentiel en cuir noir.

— Racontez-moi tout, que puis-je pour vous, jeune femme ?

Son ton paternaliste irrita immédiatement Amanda.

— Je suis à la recherche d'une bague ancienne qu'Alexandre Maréchal a prise pour la faire expertiser par un de ses anciens clients. Il est malheureusement décédé avant que j'aie pu la récupérer. Je voudrais les coordonnées de cet expert.

Me Drouet leva très haut les sourcils dans un signe appuyé d'étonnement.

— Et pourquoi pensez-vous que je puisse vous fournir ces coordonnées ?

— Me Andrieux a pensé que l'affaire de ce client datait de l'époque où Me Maréchal travaillait avec vous.

Philippe Drouet attrapa un briquet Dupont en or qu'il fit lentement tourner entre ses doigts. Il se tourna vers Jonathan Auslender.

— Alexandre s'est occupé de vos affaires ? Ça s'est bien passé ?

— Parfaitement. Il a été d'excellent conseil et un fin négociateur.

— Oui, on peut lui reconnaître ces qualités... Il a toujours su parler. C'était un bonimenteur de première catégorie.

— Me Maréchal n'était pas...

Drouet se pencha en avant pour regarder Auslender dans les yeux.

— Arrêtez de l'appeler « maître », c'est ridicule ! Il n'a pas droit au titre d'avocat.

— Pardon ?

Amanda l'observa curieusement alors qu'il se levait pour verrouiller la porte de son bureau. Il retourna s'asseoir.

Le briquet Dupont en or réapparut entre ses doigts. Il l'alluma et l'éteignit plusieurs fois de suite en regardant fixement la flamme, comme s'il réfléchissait à ce qu'il allait dire. Drouet reposa le briquet devant lui et croisa les mains sur son ventre assez proéminent. Il avait cet embonpoint cossu né de la fréquentation assidue de restaurants de cuisine traditionnelle au beurre et de la dégustation de grands crus. Une barbe poivre et sel, courte et bien taillée, dissimulait habilement les débordements de son double menton. Tout en lui respirait une assurance acquise au fil des générations et la certitude que rien ne pouvait bousculer son pouvoir. À côté, Amanda le réalisait maintenant, l'aisance tape-à-l'œil d'Alexandre paraissait surfaite et surjouée.

— Ce que je vais vous révéler ne doit pas sortir de cette pièce, prononça-t-il lentement.

Jonathan et Amanda se consultèrent du regard.

— Surtout si vous avez affaire à la police. Je vous demande la plus grande discrétion et si jamais, par la plus grande des extravagances, on en venait à m'interroger dans le cadre de cette affaire crapuleuse, je nierai vous avoir rencontrés.

Décidément, ce type ne lui plaisait pas du tout. Elle s'agita sur son siège, prête à prendre ses cliques et ses claques. Jonathan posa une main apaisante sur son bras.

— C'est l'évidence même, maître Drouet.

— Il faut que les gens sachent qui il était vraiment, mais je ne veux en aucun cas être impliqué…

— Évidemment ! approuva Jonathan.

— Nous sommes entre personnes de bonne compagnie, je suis sûr que vous comprenez.

Amanda réalisa que Drouet préférait s'adresser à lui, alors que c'était elle qui avait sollicité le rendez-vous. Il était sans doute le genre de type qui pensait encore que les vraies affaires se traitent entre hommes.

— Pouvez-vous en venir au fait, monsieur Drouet ? intervint-elle.

L'avocat piocha un cigare dans une boîte en loupe d'orme posée sur son bureau.

— Vous permettez ?

Elle acquiesça, consciente que sa demande était une simple formule de politesse. Faisant jaillir la flamme de son briquet, il alluma lentement le cigare en soufflant la fumée par petites bouffées, jusqu'à obtenir une cendre rougeoyante. Satisfait, il posa le Dupont sur son bureau, à portée de main.

— Alexandre Maréchal est né dans mon bureau le 12 octobre 1999.

Auslender fit brusquement grincer sa chaise sur le parquet vitrifié pour s'éloigner au maximum de la fumée tout en restant dans les limites de la pièce.

— Pardonnez-moi, l'odeur du cigare me gêne à mort.

— Dans ce cas, vous pouvez ouvrir la fenêtre, répondit Drouet en soufflant une énorme volute de fumée dans sa direction.

Jonathan resta ostensiblement debout près de la fenêtre grande ouverte qui donnait sur la rue animée.

— Merci. Vous disiez…

Amanda fronça les sourcils pour lui suggérer d'arrêter d'être lourd. L'avocat pouvait aussi bien décider de ne pas leur parler.

— J'ai recueilli cet homme au moment où il sortait de prison, continua Drouet. Il s'appelait alors Jérôme Tabournet, c'était le fils de la femme de ménage de mes parents.

Elle se cramponna à sa chaise, le cœur battant.

— Mme Tabournet a travaillé pour nous durant de longues années. De temps en temps, elle emmenait son fils à la maison. Je l'ai appris des années plus tard, de la bouche de celui-ci. Les Tabournet vivaient à La Guérinière, un quartier populaire, avec son lot de racailles. Elle était une femme très comme il faut, discrète, travailleuse, très propre. Mais son fils, lui, était un vaurien qui traînait avec les pires malfrats de sa cité. Il a atterri en prison pour trois ans ferme à l'âge de vingt-deux ou vingt-trois ans après un casse qui avait mal tourné.

Jonathan referma la fenêtre et retourna s'asseoir à sa place pour mieux écouter l'histoire que racontait Drouet.

Celui-ci faisait rêveusement tourner son cigare entre les doigts.

— À cette époque, je menais moi-même une vie un peu dissolue. Je sortais pas mal, je buvais un peu et je jouais beaucoup. Je fréquentais surtout le casino de Deauville qui offrait la possibilité d'organiser des parties de poker privées dans ses salons particuliers. On jouait gros. Un peu trop gros pour le jeune homme de trente-trois ans que j'étais alors. Il est arrivé un moment où mes dettes de jeu sont devenues trop importantes. Mon père aurait pu me sortir d'affaire, mais il avait déjà une trop piètre opinion de moi pour me risquer à le décevoir encore une fois. J'ai préféré en parler à ma mère et notre conversation a été entendue par Mme Tabournet… qui l'a répétée à son fils.

L'assistante de Me Drouet frappa à la porte et secoua la poignée, sans doute surprise de la trouver fermée à clé.

— Je voulais savoir si vous désiriez du café, demanda-t-elle à travers la cloison.

L'avocat les interrogea du regard. Ils répondirent tous deux par l'affirmative. Un café fort et bien serré ne serait pas de trop pour encaisser l'histoire qu'ils étaient en train d'entendre…

— Trois cafés, s'il vous plaît, Sabine. Merci.

Il se leva pour aller déverrouiller la porte. La jeune femme en question arriva quelques instants plus tard avec des tasses fumantes et des carrés de chocolat sur lesquels Amanda se jeta, trop heureuse de trouver un petit bout de sucré à se mettre sous la dent. L'avocat en profita pour écraser la fin de son cigare et tendre le cendrier plein à son assistante pour qu'elle reparte avec, dans un geste silencieux qu'Amanda trouva odieux. Il ne flotta plus dans la pièce qu'une vague odeur de havane et un lourd parfum de mystère.

— Quelques jours plus tard, Jérôme Tabournet est venu me trouver pour m'exposer son plan. Il avait bien préparé sa plaidoirie et avait commencé par poser sur mon bureau, soi-disant pour « prouver sa bonne foi », le briquet S.T. Dupont en or qu'il avait volé dans ma chambre quinze ans plus tôt ! Devant ma colère, il avait argué que ce pauvre briquet prenait la poussière, tout seul dans un coin sans que personne ne se soucie de lui. Alors le petit Jérôme âgé de dix ans, et déjà une jolie graine d'escroc, l'avait fourré dans sa poche. Le fait est que personne dans la maison ne s'était jamais aperçu de sa disparition. Il m'a ensuite raconté comment, petit garçon, il allait dans ma chambre d'étudiant et rêvait d'une vie meilleure, luxueuse et confortable comme la mienne. Malheureusement, il avait grandi à La Guérinière et non rue Saint-Pierre, son père était ouvrier et non avocat, et sa mère femme de ménage et non juriste...

Le téléphone de Jonathan sonna, la faisant sursauter. Il consulta l'écran de son iPhone et leur demanda de l'excuser un instant. Amanda le regarda sortir de la pièce en se demandant quel appel pouvait être assez important pour interrompre la confession de Philippe Drouet au moment le plus intense. L'avocat s'était tu et pianotait sur la table avec une once d'impatience. Quand Auslender reparut, le visage très pâle, il reprit son récit sans attendre qu'il se soit rassis.

— À ce stade, il avait déjà réussi à remuer en moi je ne sais quel ressort de culpabilité. Moi le privilégié, l'héritier d'une longue lignée d'avocats, qui étais-je pour juger le malheureux fils de notre femme de ménage qui trimait toute la journée chez des salauds de bourgeois comme nous, tellement riches qu'ils ne s'apercevaient même pas de la disparition d'un objet en or ?

— Effectivement, ce n'était pas tout à fait un briquet Bic... fit remarquer Amanda.

Tout à ses souvenirs, Philippe Drouet ignora l'interruption.

— C'est alors qu'il a posé une grosse enveloppe en papier kraft sur mon bureau en me disant qu'il me suffisait de tendre la main pour que cet argent soit à moi. Mes soucis s'envoleraient, mon père ne serait jamais au courant de ma conduite et je pourrais continuer ma vie comme s'il ne s'était rien passé...

Amanda avala furtivement le dernier carré de chocolat. L'avocat prit son temps avant de poursuivre.

— Voyant que j'hésitais, il a ajouté que je ne risquais rien, l'affaire du casse avait été classée et l'argent oublié. J'ai tendu les doigts vers l'enveloppe… C'est alors qu'il a brusquement posé sa main sur la mienne, arrêtant mon geste.

— Oh putain ! s'exclama Jonathan.

Il semblait de plus en plus pâle. Amanda le dévisagea avec curiosité. L'avocat attrapa son briquet avant de poursuivre…

— Évidemment, il y avait une condition à sa générosité : il me demandait de l'engager comme avocat au cabinet !

— Non !? s'exclama Amanda.

— Il désirait changer de nom, changer de destin, démarrer une nouvelle existence sous une autre identité. Ainsi qu'il me l'avait expliqué, il n'avait peut-être pas de diplôme, mais il avait des faux papiers. Et loin de me paraître folle, risquée, aberrante, cette idée m'a alors semblé la seule solution raisonnable ! C'est dire si ce démon avait du talent.

— Vous avez accepté ! murmura Amanda.

— Dette de jeu, dette d'honneur. Il résolvait d'un coup mon problème d'argent. C'était une très grosse somme et sur le moment cela ne me paraissait pas cher payé pour m'ôter une sacrée épine du pied. Il s'était soigneusement choisi son nouveau patronyme, un nom de conquérant, un nom qui claque ! Adieu Jérôme Tabournet, sa triste enfance et son casier judiciaire. C'est ainsi qu'Alexandre Maréchal, vierge de tout défaut, est né dans mon bureau le 12 octobre 1999. J'ai pris l'argent et je lui ai dit qu'il commençait le lundi suivant. On s'est serré la main. Il m'a félicité de donner sa chance au fils de la femme de ménage qui, lui, n'avait pas grandi avec une cuillère en argent dans la bouche. Au moment de partir, il a repris le briquet en disant « Ça, c'est à moi ». Le premier jour, il est arrivé au cabinet avec un paquet-cadeau. Je l'ai ouvert : c'était un S.T. Dupont en or flambant neuf. Je l'ai toujours.

Il attrapa l'objet sur la table et alluma pensivement la flamme.

— Ça me fait quand même quelque chose qu'il soit mort, ce petit con.

Amanda n'osait plus rien dire, mais un flot de questions affluait, suite à ces révélations. Son passé d'escroc avait-il rattrapé Alexandre, alias Jérôme Tabournet ? S'agissait-il d'un règlement de compte ? Quel rapport cela avait-il avec sa bague ? Et avec elle ? Plus elle en apprenait sur son ex-amant, moins elle comprenait ce qui lui était arrivé. Elle se demanda si la police avait établi un lien avec Alexandre Maréchal et Jérôme Tabournet. Cela aiderait-il à la disculper ?

— Combien de temps est-il resté dans votre cabinet ? demanda Jonathan.

— Environ cinq ans. Au début nous avons vécu une sorte d'idylle amicale et virile. Je l'ai emmené partout, présenté à tout le monde. Il a été de toutes les soirées, tous les week-ends. Je lui ai appris à apprécier la bonne bouffe, les bons vins, les bons cigares, le bon cognac, les belles femmes… Il était extrêmement doué pour le contact humain, et c'était un apporteur d'affaires hors pair. Mais ça s'est vite gâté. Chassez le naturel, il revient au galop. Alexandre voulait me faire croire qu'il était devenu un bourgeois respectable, mais il avait une fâcheuse tendance à faire exploser les notes de frais et je suis certain qu'il continuait à mener certaines activités illégales pour arrondir ses fins de mois. Si je le rappelais à l'ordre, il me disait : « N'oublie pas qui t'a sorti de la merde. Alors ta gueule. » Quand je me suis marié, j'étais décidé à me séparer de lui. L'occasion s'est présentée lors d'une partie de poker, au Casino de Deauville. Un de mes confrères parisiens, Bernard Andrieux, venait de perdre une petite fortune et nous avait demandé un délai de paiement. Je savais qu'il avait vraiment le couteau sous la gorge et je lui ai parlé de ma solution miracle : Alexandre Maréchal. Andrieux a sauté sur l'occasion et Alexandre a été très facile à convaincre. Il commençait à se sentir à l'étroit à Caen et, en bon Rastignac, rêvait de la capitale. C'est comme ça que j'ai réussi à me débarrasser de lui.

Il s'arrêta pour appeler son assistante et lui demander de lui apporter de l'eau fraîche. À force de parler, il avait la gorge desséchée et but la totalité d'un verre d'eau avant de poursuivre.

— Et c'est comme ça qu'il est arrivé à Paris, chez l'ami Andrieux. J'avais conseillé à Bernard de s'en débarrasser le plus rapidement possible… mais cet imbécile en est tombé fou amoureux et l'a gardé indéfiniment. À la fin, c'est Maréchal qui l'a foutu à la porte de son propre cabinet ! Il avait promis à Andrieux de lui racheter ses parts, ce qu'il n'a évidemment jamais fait ! Alexandre n'a jamais su compter et l'argent lui a filé des doigts comme de l'eau.

Maître Drouet consulta sa montre et se leva brusquement.

— Il est horriblement tard et je dois mettre fin à votre visite. J'espère avoir éclairé votre lanterne. Vous savez maintenant à quel homme vous aviez affaire. Je vous raccompagne…

— En fait, vous n'avez pas répondu à ma question initiale, l'interrompit Amanda. Avez-vous les coordonnées de ce client expert en bijoux anciens chez qui Alexandre a laissé ma bague ?

L'avocat secoua la tête avec un sourire apitoyé.

— Vous aurez sans doute compris que ce client n'a jamais existé. Nous n'avons traité aucune vente de bijoux dans ce cabinet. À mon avis, Alexandre a vendu cette bague depuis belle lurette. Je doute que vous la retrouviez un jour.

18.

De jeunes ouvrières parisiennes qui travaillaient souvent dans la mode

Ils durent se dépêcher pour ne pas rater le train du retour. Installés côte à côte dans le sens de la marche, ils regardaient en silence défiler le paysage périurbain noyé dans le crépuscule, chacun plongé dans ses propres pensées. Encore choquée par ce qu'elle venait d'entendre, Amanda n'avait pas envie de parler. Malgré les agacements, malgré la méfiance que lui inspirait parfois Alexandre et malgré sa colère contre lui, elle n'aurait jamais imaginé que son ex était un mythomane vivant sous une fausse identité et exerçant illégalement son métier. La chute était vertigineuse. Alexandre avait fait de la prison, participé à des casses : c'était un voyou avec un casier. Elle se demanda si ces révélations auraient le pouvoir de la disculper, mais il lui semblait plutôt que, dans l'esprit des enquêteurs, cela lui donnait des motivations supplémentaires de le tuer. En y réfléchissant, il lui semblait désormais probable que sa mort était liée à une affaire bien plus importante que la bague. S'était-il laissé rattraper par son passé de malfrat ? Selon Mira, la capitaine Cordeix devait l'appeler, or elle n'avait donné aucun signe de vie. Elle se demanda si elle n'allait pas prendre les devants et lui téléphoner le lendemain pour connaître les conclusions de l'autopsie. Peut-être même devait-elle lui faire part de ses découvertes…

Jonathan la regardait du coin de l'œil.

— Tu crois que Drouet nous a menti ?

— Certains éléments me font penser qu'il a dit la vérité. Comme cette histoire de briquet fétiche, et puis Alexandre m'avait parlé de cette femme de ménage qui avait marqué son enfance… peut-être qu'en fait, il parlait de sa mère.

— La Banque Générale m'a appelé cet après-midi, pendant le rendez-vous avec Drouet, l'informa-t-il d'un ton bref.

— Et ?

— Ma conseillère pense que j'ai été victime d'une escroquerie. La direction a saisi la brigade financière. Ils ne savent pas où est passé mon argent.

Elle poussa une exclamation atterrée. C'était une catastrophe pour Jonathan. Au même moment, une idée dramatique se fraya un chemin jusqu'à son esprit…

— Tu penses à la même chose que moi ? demanda-t-il.

— Ce serait Alexandre, le responsable ?

— Exactement !

— Mais comment aurait-il pu, techniquement, faire ça ?

— Je ne sais pas, mais il avait de la ressource ! En tout cas, je suis certain maintenant qu'il a tout fait pour me séduire. C'était un caméléon. Il savait exactement dire à chacun ce qu'il avait envie d'entendre. Par exemple, il adoptait tous les attributs du pouvoir masculin à l'ancienne chers à Drouet : les grosses bagnoles, la viande, grands vins, les cigares, les poules de luxe blablabla. Moi, il savait que je trouvais tout ça complètement nase et dépassé, et allait complètement dans mon sens. À l'entendre, il voulait sauver la planète, avait arrêté de manger des animaux et crachait sur la croissance à tout prix !

Elle ne put s'empêcher de rire tant ce portrait était à l'opposé de ce qu'elle savait d'Alexandre Maréchal.

— Tu ris, parce que c'était un mensonge. Ce qui prouve qu'il a voulu endormir ma méfiance. Je ne sais pas encore si c'était simplement pour que je lui confie la vente de Last, ou pour me dépouiller.

— Les deux sont possibles.

— Quand je pense que, encore le jour de sa mort, je le considérais comme mon ami ! Il m'a serré contre son cœur pour mieux me planter avec un couteau. Le fils de pute !

Amanda sursauta.

— Tu as vu Alexandre le jour de sa mort ?

Pourquoi ne le lui avait-il pas dit ? C'était quand même un détail qui avait son importance. Aussitôt, ses pires craintes se réveillèrent et le scénario du pervers manipulateur lui sembla parfaitement plausible. Elle frissonna. Ses sentiments vis-à-vis de Jonathan semblaient soumis à un mouvement de balancier perpétuel qui oscillait entre méfiance et attirance, sans jamais se poser sur confiance. C'était épuisant.

— Jonathan, tu m'entends ?

Tout à sa fureur, Jonathan la regarda sans la voir, le regard fixe concentré sur une tempête intérieure, et sembla se parler à lui-même.

— À peine débarqué de l'aéroport, je suis allé lui demander conseil parce que j'étais en panique. Il a encore essayé de m'endormir avec ses bobards. Mytho va ! Enfoiré ! Chien de la casse ! Va bouffer tes morts en enfer !

Il serrait les poings, livide, en proie à une rage dévastatrice qui le défigurait. Sur son front, une veine gonflée était apparue. Elle le contempla, atterrée, choquée de découvrir en lui une violence qu'elle ne soupçonnait pas. Si Alexandre n'avait pas déjà été mort, il l'aurait massacré. Jonathan se leva d'un bond, comme incapable de rester assis une minute de plus, et se précipita vers la sortie du wagon. Ébahie, elle le vit monter les escaliers qui menaient à l'étage en courant, une expression de haine pure plaquée sur le visage.

Elle s'interrogeait encore sur son comportement quand son téléphone vibra pour lui annoncer un appel de Bettina. Elle décrocha aussitôt.

— Tu savais que ton ami Lender nous suivait sur Instagram ? l'informa son associée.

— Cool, suivons-le aussi.

— J'ai eu la curiosité de vérifier depuis quand. Amanda, il nous suit depuis novembre dernier ! Tu ne le connaissais pas encore...

Elle se força à maîtriser les battements désordonnés de son cœur et répliqua d'une voix un peu trop enjouée :

— Et alors, ça ne veut rien dire !

— Tu ne trouves pas bizarre de l'avoir rencontré juste le jour où tu étais interrogée par la PJ ? Qu'est-ce qu'il foutait là ?

— Je ne vois pas où tu veux en venir, Bettina !

— Imagine qu'il ait tué Alexandre et tout calculé pour te faire porter le chapeau. Il te stalke, il sait où tu habites et Bim ! Il le bute dans ta cour ! C'est un scénario tout à fait possible.

— Enfin ça serait quand même énorme... murmura-t-elle en songeant au visage de Jonathan défiguré par la haine.

— Bon après, je suis peut-être trop parano. Il faudrait déjà qu'il ait un mobile...

— En effet...

— Sinon comment ça s'est passé aujourd'hui à Caen ? Tu as retrouvé la bague ?

— Je te raconterai. Je dois te laisser, il arrive. Bisous.

Jonathan apparemment calmé, revenait avec un pain au chocolat et un thé pour elle.

— Je me suis dit que tu aurais besoin d'un peu de sucré, comme ça fait longtemps que tu n'as pas mangé de chocolat, dit-il en souriant.

Ses yeux bleus étincelants illuminaient le wagon comme en plein soleil. Elle ferma les paupières, éblouie. Le fou furieux de tout à l'heure avait soudainement disparu pour laisser place à cet irrésistible être de lumière aux mèches châtaigne en bataille à qui on aurait donné le bon Dieu sans confession.

— Oh merci !

— Désolé. Je suis devenu un peu dingue tout à l'heure.

Tout en buvant son thé par petites gorgées, les mains en coupe autour du gobelet, elle l'observa du coin de l'œil.

— Combien tu as vendu ta boîte ? demanda-t-elle à brûle-pourpoint.

— Dix millions d'euros. Dont neuf partis en fumée !

Elle réalisa qu'il avait potentiellement neuf millions de mobiles de tuer Alexandre et crispa fort ses mains autour du verre en carton pour ne pas laisser paraître son trouble. Et si Bettina avait raison ?

— Pourquoi tu me demandes ça ?

— Pour savoir ce qu'il t'aurait éventuellement volé. C'est évidemment moins dramatique que toi, mais je pense que je ne reverrai jamais ma bague.

Il effleura un des anneaux qu'elle portait à l'index du bout de ses longs doigts. Aussitôt, des frissons électriques crépitèrent sur sa peau à l'endroit où il l'avait touchée.

— Tu as des bagues à chaque doigt. Pourquoi est-ce que tu tiens tant à celle-ci ?

— Ce n'est pas pareil ! Le Rayon de lune est magique.

Elle se mit à lui raconter le jour où elle avait cassé la cheminée et découvert son secret. Ce jour-là, Alexandre avait pris la bague, Amanda avait lu les lettres. Elle les avait déchiffrées, dévorées, s'en était imprégnée. À travers elles, elle avait découvert Joséphine, le véritable trésor du coffret. La personnalité de la grisette avait pénétré dans son cerveau et dans son cœur jusqu'à faire partie d'elle-même. C'était sans doute le fruit de son imagination, cela pouvait paraître fou, mais depuis ce jour elle sentait la présence de Joséphine près d'elle. Peut-être avait-elle brisé un sort et permis à son esprit de s'en libérer ? La délicate, courageuse et adorable Joséphine ne quittait pas ses pensées. Elle songeait à son amour, à ses rêves, s'interrogeait sur ses choix, s'extasiait sur son inusable volonté et ses accomplissements. Joséphine avait été combative dans un siècle où les femmes n'avaient légalement aucun droit. Pour Amanda, elle était devenue une source permanente d'émotion et d'inspiration.

— Tu comprends maintenant pourquoi cette bague compte tant pour moi ?

Jonathan l'avait écoutée sans l'interrompre, fasciné et surpris.

— Quelle histoire de dingue ! Ça me donne des frissons. Mais dis-moi, c'est quoi une grisette ?

Il n'y avait pas que la bague qui collait des frissons à Amanda. Un certain regard posé sur elle, un certain sourire qui ne s'adressait qu'à elle, la faisaient frémir jusqu'au sommet du crâne.

— Les « grisettes », c'étaient de jeunes ouvrières parisiennes qui travaillaient souvent dans la mode, chez des couturières, des modistes, des grands magasins… des jeunes femmes coquettes et joyeuses qui avaient envie de s'amuser sans trop penser au lendemain. Elles ont donné naissance au mythe de la Parisienne, mutine, dégourdie, avec de la repartie et du peps.

Il plongea son regard turquoise dans le sien, provoquant une envolée de papillons dans le secret de son cœur.

— Toi aussi tu es une grisette dans ton genre ! La Parisienne du XXIe siècle avec de la repartie et du peps !

— Oh ! c'est adorable.

— Et je te souhaite sincèrement de retrouver ton Rayon de lune. Sinon, tu pourrais le recréer. Après tout, c'est ton métier.

— On ne fait pas de joaillerie. Le Rayon de lune était composé d'une opale et de brillants. Ce ne sont pas des matériaux qu'on utilise aujourd'hui chez *Bettine et Amandine*.

— Alors c'est le signe que vous devez vous lancer dans la joaillerie.

— Tu as peut-être raison, murmura-t-elle.

Elle le regarda intensément, émue par ses mots. Son profil se découpait sur la nuit de la vitre comme une médaille, révélant le charme du front haut, des longs cils recourbés, du nez droit, des lèvres bombées, du menton arrogant avec sa fossette ravageuse. Jonathan était-il le meurtrier de Maréchal, ou sa victime, ou les deux ? Pourquoi était-elle aussi bouleversée par lui ? En sa présence, elle se sentait comme aspirée, ses doigts brûlaient de le toucher, ses yeux ne pouvaient le lâcher, son ventre se contractait douloureusement d'un désir qu'elle ne pouvait assouvir. Elle finit par s'endormir à moitié, bercée par le balancement du train qui fonçait dans la nuit. Sa main posée sur l'accoudoir frôlait parfois celle de Jonathan. Elle l'écartait alors légèrement, mais sa peau, comme attirée par un aimant, finissait toujours par toucher la sienne. Les yeux fermés, le front appuyé contre la fenêtre, Jonathan semblait s'être assoupi sans avoir conscience de ce qui se jouait au bout de son bras. À la faveur d'une secousse du train, il posa comme par mégarde sa main sur celle d'Amanda et la laissa là, sans bouger d'un millimètre. Le cœur battant, elle observa ses longs doigts de gamer en se demandant si c'étaient ceux d'un assassin. Tout son corps tendu à craquer semblait réagir à leur contact. Malgré elle, Amanda se sentit fondre et mollir sous leur caresse immobile. Un sentiment de bien-être absolument inattendu la cueillit par mégarde. Elle hésita, puis décida de s'abandonner et entremêla ses doigts aux siens. Ils terminèrent le trajet en silence, main dans la main.

19.

Oublié le lagon, c'était la banquise tranchante et opaque qui luisait dans son regard

— Tu veux venir jouer à Last chez moi ? demanda-t-il sur le quai de la gare Saint-Lazare.

Amanda se balança d'un pied sur l'autre. Une partie de jeu vidéo chez un homme qui avait neuf millions de mobiles et zéro alibi était-elle une option raisonnable pour la soirée ? Aller chez un mec dont on n'avait pas lâché la main pendant une heure était-il plus sensé ? Les yeux clairs étaient posés sur elle, guettant sa réponse.

— Il faut bien que je vérifie si tu es à la hauteur de ta très grosse e-réputation, répondit-elle.

Le rire en cascade fraîche lui confirma qu'elle avait eu raison d'accepter. Elle ne pouvait camper trop longtemps sur sa position de méfiance alors que tout son être avait soif de lui. Il n'allait quand même pas la tuer, après tout elle ne lui avait rien volé. Au passage, elle put vérifier qu'il n'avait pas menti sur son adresse et vivait bien boulevard Poissonnière. Elle atterrit dans un salon chaleureux principalement meublé d'un canapé extralarge, d'un écran plat gigantesque qui couvrait la totalité du mur et d'une table basse sur laquelle était posé un nombre impressionnant de télécommandes, de manettes et casques de toutes tailles.

C'était bien la première fois qu'un homme l'invitait à venir jouer chez lui, au sens littéral du terme. À peine arrivés, Jonathan lui colla une manette de PS4 dans les mains. Sur l'écran s'afficha le décor d'une ville européenne ravagée par la guerre et la sécheresse sous un soleil de plomb. Le lit d'un fleuve desséché charriait lentement des monceaux de déchets plastiques. Comme il le lui avait raconté, les joueurs étaient les derniers survivants d'une catastrophe écologique majeure, résultante d'un réchauffement climatique accéléré. Les images donnaient immédiatement envie de passer en mode zéro déchet, zéro plastique, zéro pesticide, zéro voiture, zéro viande, zéro tout, pourvu de revoir une plante verte ainsi qu'un être humain et un animal non décharnés. Il se positionna derrière elle et posa les mains sur les siennes pour lui expliquer le fonctionnement des touches.

— Dès que tu vois un humain, tu vises avec L2 et tu tires avec R2. Pour te déplacer, tu te sers du joystick en le faisant tourner dans la direction où tu veux aller. Pour courir, tu appuies sur le joystick et pour sauter, c'est X.

Amanda devait être très fatiguée, ou bien elle avait l'esprit vraiment mal placé, parce que les mots « joystick », « tirer », « viser », « faire tourner » ou « X » évoquaient tout autre chose que ce que Jonathan voulait exprimer. La chaleur de son corps collé au sien et son souffle dans son cou brouillaient toute compréhension de ses conseils. Elle percevait sa présence avec une acuité qui lui faisait perdre la tête. Jonathan continuait, imperturbable :

— Le but, c'est d'atteindre la citerne souterraine de la ville, qui contient le dernier réservoir d'eau potable. Tous les participants sont en train de crever de soif, mais il n'y en a qu'un seul qui pourra y avoir accès quand il aura tué tous les autres.

Une bonne douche froide, voilà ce dont elle avait besoin, songeait-elle en tripotant vaguement sa manette. Malheureusement cela semblait mission impossible dans cet univers desséché.

— Mais pourquoi ils ne partagent pas l'eau ? demanda-t-elle, excédée.

— Parce que c'est le concept du Battle Royale ! Il ne doit en rester qu'un !

— Je préfère Animal Crossing, c'est moins violent.

— Mais moins amusant ! Tu es prête ?

Cela faisait des millénaires qu'elle n'avait pas tenu une manette. C'était quelque chose de s'éclater sur la PS4 de ses neveux, c'en était une autre de voir un pro-gamer en action. Le visage de Jonathan affichait une expression furieuse et concentrée et elle devinait que rien ne pouvait le détourner de sa mission : tuer. Tuer ses ennemis jusqu'au dernier. Très vite, elle abandonna la partie pour le regarder faire, mi-atterrée mi-fascinée. Entre ses mains, la manette n'était plus un accessoire mais une extension de lui-même qui lui obéissait aussi naturellement que ses doigts. Ses yeux bleus fixés sur l'écran étaient devenus froids et pâles comme la glace. Oublié le lagon, c'était la banquise tranchante et opaque qui luisait dans son regard. Elle ne put s'empêcher de penser qu'il avait une attitude de meurtrier. Froid, concentré, précis.

— Tu es la preuve vivante que les gamers sont des tueurs en puissance. Ça ne t'a jamais traversé l'esprit de passer de l'écran à la réalité ?

Il lui jeta un regard du coin de l'œil, tout en continuant à dézinguer à tour de bras.

— Il faut toujours se méfier des idées reçues. Moi par exemple, je n'aurais jamais imaginé qu'une meurtrière pouvait être aussi canon.

Elle lâcha sa manette.

— Moi, une meurtrière ?

— Ben oui ! Tu avais toutes les raisons d'assassiner Alexandre. Il t'a quittée comme une merde et t'a dépouillée d'un objet de valeur. Ce n'est pas très compliqué de pousser un homme à travers une fenêtre ouverte pour le faire tomber…

— C'est exactement ce qui me traversait l'esprit en te regardant jouer. Ton mobile est neuf millions de fois plus valable que le mien. Et c'est évident que tu aimes tuer. Tu as même inventé un jeu vidéo basé sur le meurtre…

Il la défia du regard.

— C'est vrai. Il y a un tueur en moi…

— Je sais.

Il s'approcha tout près d'elle…

— Un assassin…

… encore plus près, jusqu'à ce que leurs lèvres se frôlent.

— Un serial killer… murmura-t-il tout contre sa bouche.

Elle noua les bras autour de son cou pour l'attirer à elle.

— Tu sais comment on m'appelle au bureau ? demanda-t-elle en commençant à l'embrasser.

— Non…

Son ventre se crispa quand sa langue se mêla à la sienne. Ses lèvres étaient aussi douces et fraîches, sa bouche aussi brûlante qu'elle en avait rêvé. Elle l'embrassa encore, incapable de détacher ses lèvres des siennes.

— La pitbull…

— Pourquoi ?

Elle lui mordit la lèvre.

— Parce que je ne lâche jamais ma proie.

— J'ai peur… murmura-t-il avant de la serrer dans ses bras.

Ils basculèrent sur le canapé, écrasant au passage les manettes abandonnées. Sur l'écran continuaient à défiler des images apocalyptiques traversées par des zombies assoiffés, mais l'attention de Jonathan s'en était totalement détournée. Les yeux fermés, il savourait les lèvres d'Amanda et ses mains parcouraient son corps avec avidité. Elle lui arracha presque son tee-shirt pour découvrir ses épaules larges et son ventre plat sur lequel se dessinaient d'affolants abdominaux, souleva sa blouse en dentelle pendant qu'il dégrafait son soutien-gorge. Quand sa peau se colla enfin à la sienne, elle poussa un soupir de soulagement.

L'attente avait été tellement longue qu'elle était ivre de désir. L'embrasser, le toucher, le déshabiller à sa guise en se disant que ce n'était plus un rêve douloureux, mais la réalité du moment présent, la transportait et décuplait son plaisir. Leurs vêtements s'envolèrent, leurs mains se firent caressantes, partant à la découverte du corps de l'autre, leurs jambes se mêlèrent pour répondre à leur désir de se toucher d'encore plus près, de plus en plus près, jusqu'à se fondre l'un dans l'autre. Amanda ferma les yeux, haletante, les joues en feu, la peau brûlante, un râle de plaisir puissant au bord des lèvres, alors que sous ses paupières passait l'image du visage de Jonathan, calme et concentré, en train de tuer tous ses adversaires de la ville dévastée…

LES LETTRES DU COFFRET

Jeudi 10 mai 1866

Joséphine,

Hier, il m'a pris une envie folle, douloureuse et irrésistible de te revoir.

Deux ans après notre affreuse entrevue à la Petite Pinte, tu es toujours dans mes pensées. Tu es la fée Grisette qui se tient assise sur les bords de mon esprit. La tête penchée sur ton ouvrage comme autrefois, tu tisses inlassablement une toile fine et brillante constituée de mes plus beaux souvenirs.

Je me demande où tu es, ce que tu fais, qui a la chance de voir ton merveilleux visage, qui pose ses mains sur ta taille fine, qui entend ton rire charmant.

Parfois je reste planté devant le magasin de Mlle Adèle, les yeux fixés sur sa vitrine, en espérant t'apercevoir en train de préparer l'étalage et me gratifier de ton sourire radieux. Tu semblais toujours si heureuse de me voir. Tu levais les yeux sur moi et aussitôt ton sourire apparaissait comme un soleil. J'en avais le cœur tout réchauffé et cela me donnait du courage pour retourner à mes ennuyeux dossiers.

Les premiers temps, Mlle Adèle m'adressait des regards furieux, mais désormais, elle se contente de me faire un petit signe de la main désolé, comme pour mon dire « Vous savez bien qu'elle n'est plus là, mon pauvre vieux ». Ni mon mariage, ni même la naissance de mon fils Armand n'ont pu me guérir de toi. Hier matin, j'étais tristement assis sur ce rond de cuir duquel je vais probablement finir par prendre racine quand j'ai été pris d'une nostalgie irrépressible. Je me suis levé d'un bond. J'ai pris ma canne et mon chapeau et j'ai dit à Jouve que j'étais appelé par une affaire urgente. J'ai hélé un fiacre et lui ai ordonné de me mener à la gare Saint-Lazare d'où j'ai pris le premier train pour Deauville (m'étant renseigné, j'ai vu que cette nouvelle gare, créée tout exprès pour mener à la villégiature préférée de Morny*, était la plus proche de ton Blonville).

Cinq heures plus tard, me voilà rendu. De la gare, je demande une voiture pour me mener à ton village. Fichtre, quel bourbier ! J'ouvre grand les yeux, le cœur battant. Je te guette, je te cherche, je me demande dans laquelle de ces chaumières tu as grandi, et dans laquelle tu vis désormais.
Mon cœur s'emballe dans ma poitrine dès que j'aperçois un jupon, mais nulle trace de toi... En désespoir de cause, je m'approche d'un établissement qui ressemble vaguement à une auberge et entre pour me sustenter. Après une bolée de cidre, je demande si quelqu'un peut m'indiquer où trouver Joséphine. J'ajoute que j'ignore ton nom d'épouse, mais que je te connais sous le nom de Gallais.
Diable ! J'ai bien cru que j'allais me faire dégager à coups de fourches. Inutile de te décrire les regards soupçonneux qui se sont levés sur moi.
« Quèce vous lui voulez, la Joséphine ?

* Le duc de Morny, demi-frère de Napoléon III, était un des fondateurs de Deauville, et certainement le plus médiatique.

— Je suis un de ses vieux amis de Paris, je passais dans le coin... »

Quelqu'un me répond que tu n'habites plus là, ton père t'ayant chassée. Aussitôt l'angoisse me saisit. Je me demande ce qui t'est arrivé, si tu te portes bien, j'imagine mille romans. Heureusement, une jeune fille à peu près aimable entre alors dans l'auberge, me dévisage longuement et finit sans doute par me trouver digne de confiance.

« Elle est à Deauville. Vous la trouverez au 58, avenue de l'Impératrice. Une maison grise. Vous pouvez pas la manquer », m'a-t-elle dit avec cette même manie que tu avais de toujours manger l'adverbe de négation, et mon cœur se serre de tendresse à ce rappel.

Je paie et pars sans demander mon reste. J'ordonne à la voiture de me ramener à Deauville. J'avoue que je suis heureux de retrouver un environnement plus civilisé, des larges avenues pavées, des villas, des manoirs, des magasins bien achalandés. La voiture s'arrête devant une élégante maison de style anglais. Aussitôt la jalousie me tord le ventre. Je me demande quel notable tu as bien pu épouser pour vivre dans cette demeure confortable. Et puis je lève les yeux sur l'enseigne :

À la grisette de Paris,
Mademoiselle Joséphine Gallais
Bijoux de fantaisie, rubans et colifichets.

En voyant ce « Mademoiselle » fièrement étalé en lettres anglaises, je réalise que tu n'es point mariée ! Une part de moi se réjouit de savoir que tu n'appartiens à personne, l'autre frémit à la pensée de ton imprudence ! Mes 30000 francs n'ont donc pas servi à te constituer une dot mais à te lancer de ton propre chef dans cette affaire dont tu me rebattais les oreilles. Quelle folie ! N'y tenant plus, je m'approche de la vitrine et je te vois !

Ah Joséphine ! Le cœur m'a manqué. J'ai reculé d'un pas.

C'était toi et c'était une autre. Une femme d'allure bourgeoise, mise à la dernière mode, qui présentait un plateau de colliers à un homme de la meilleure société.
Où étaient passées ma grisette et ses mines charmantes, sa coiffure toujours indisciplinée, et les mèches blondes comme les blés qui s'échappaient de son gracieux bonnet ? Où était ma Joséphine au rire perlé ?
Qui était donc cet homme richement vêtu avec lequel tu semblais en si bons termes ? Soudain j'ai eu l'impression d'être face à une étrangère. Je me suis senti trahi et oublié. La voiture attendait, j'ai demandé qu'on me ramène à la gare pour attraper le dernier train vers Paris.
À la nuit tombée, j'étais sur le boulevard. J'ai fait porter un billet à mon épouse pour lui dire que je m'absenterais cette nuit-là. J'ai dormi seul dans ma vieille garçonnière, malheureux comme les pierres.
Ce matin, je me suis traité d'imbécile ! Quoi ? Tu étais là à cinq mètres, plus proche que tu ne l'as jamais été depuis ces deux longues années et je n'ai pas poussé la porte.
Je le sais maintenant. La peur d'être rejeté m'a retenu.
Alors j'attrape mon porte-plume pour te demander si tu es toujours fâchée, et si tu veux me répondre et me raconter un peu ta nouvelle vie.
Cette longue lettre m'a permis de me croire près de toi quelques instants.
À toi pour toujours,
Antoine

Dimanche 20 mai 1866

Antoine,
Ta lettre m'a tout à la fois surprise, fâchée, émue.
C'est tout toi, n'est-ce pas, de ne pas aller au bout de ta démarche ! À Deauville, où tout le monde parle en

termes hippiques pour plaire à notre regretté duc de Morny, on dirait que tu recules devant l'obstacle !
Tu sembles surpris que je ne sois pas mariée. Tu crois qu'après la désillusion que tu m'as causée, j'allais volontairement mettre ma vie entre les mains d'un des vôtres ? Père, mari, amant ou patron, vous avez tous les pouvoirs. La leçon est apprise : je resterai fille.
Tu demandes des nouvelles de ma vie. J'ai quitté Paris quelques jours après notre horrible rendez-vous à la Petite Pinte. Quand j'ai retiré le Rayon de lune de mon doigt pour te le donner, j'ai eu l'impression de m'arracher le cœur. Alors que les larmes me brûlaient les yeux, tu es resté froid comme le marbre. Au moment où ma bague a atterri au fond de ta poche, j'ai vu passer sur ton visage une expression de soulagement lâche qui m'a donné envie de te tuer. Je t'ai tellement haï à cet instant que je me suis félicitée de ne plus avoir affaire à toi. Tu m'as donné l'argent en me faisant comprendre que tu étais bien généreux. Quel sang coule donc dans vos veines d'hommes pour que vous soyez à ce point persuadés d'être supérieurs ?
C'est mon amie Rose, une vendeuse de Mlle Adèle, qui m'a recueillie après mon départ du sixième étage. Pendant une semaine, je suis restée chez elle, sans force, presque sans souffle, sans appétit. Au matin du septième jour, je me suis levée, le cœur recousu, prête à construire ma nouvelle vie. Je suis allée au Bon Marché m'acheter une robe de confection, pas trop somptueuse mais suffisamment cossue, pour mon retour au pays. J'ai fait ma malle en réunissant toute ma garde-robe et j'ai pris le train avec ma Grisette pour Deauville, sans prévenir personne de mon arrivée. Ma mère et ma grand-mère m'ont accueillie avec des cris de joie mais mon père m'a traitée de femme entretenue (inutile de lui expliquer que je revenais justement parce que j'avais refusé d'en être une) et m'a chassée, disant que je déshonorais sa ferme. Alors j'ai demandé à la voiture de faire demi-tour et de me ramener à Deauville.

Cette nouvelle ville surgie en quelques années des marais voisins de Trouville me semblait faite pour moi. On y respire un petit air de Paris mais elle offre de grands ciels clairs et la mer de Normandie.

Tu ne peux pas imaginer comme les choses les plus simples, prendre une chambre dans un hôtel, deviennent compliquées quand on est une femme non accompagnée. L'hôtel des Terrasses m'a refusé son accès, j'ai trouvé refuge chez Désiré Guérin (oui, celui que je rêvais d'épouser autrefois !) qui m'a accueillie en amie avec sa femme Margaux, le temps de me retourner.

Mon plan était prêt : acheter un magasin, bail et murs, pour lancer mon affaire de bijoux de fantaisie. Désiré et Margaux, qui sont désormais bien introduits, ayant investi dans la Société immobilière de Deauville* au bon moment, m'ont parlé d'une maison ayant pignon sur rue à vendre sur l'avenue de l'Impératrice.

Je l'ai reconnue au premier regard, avec ses murs de bois gris clair, sa vitrine en bow window, son joli toit pentu : ma maison.

L'affaire s'est faite sans trop de difficulté. J'ai découvert que l'argent liquide, même venant d'une femme, n'a pas d'odeur ! Après quelques travaux d'aménagement, je me suis retrouvée dans mes meubles au début du mois de mars 1864. Au rez-de-chaussée, j'ai installé mon magasin, au premier étage l'atelier de fabrication et la cuisine, au second et au grenier mes appartements. À la cave mes stocks de bois, de nourriture et de matières premières pour mes créations.

* La Société immobilière de Deauville a été fondée en 1859 par le duc de Morny et une équipe d'associés composée de financiers, d'architectes et d'entrepreneurs qui ont créé une ville vouée à la villégiature et aux loisirs, avec un triptyque emblématique : le casino, l'hippodrome et l'établissement de bains. D'emblée les promoteurs, qui sont aussi les premiers propriétaires et les premiers usagers de la station, lui confèrent une image de résidence luxueuse et prestigieuse que celle-ci a sauvegardée jusqu'à nos jours.

Tu ne peux pas savoir comment les filles des champs ont voulu se faire ouvrières dans mon atelier ! Il m'a fallu cependant les former au travail de précision et leur donner les notions d'hygiène les plus élémentaires. Comme Mlle Adèle l'avait fait pour moi, je leur apprends à lire. Parfois, n'ayant pas comme elle de gros Maurice à fréquenter, je leur fais même classe le dimanche. Certaines sont assidues et d'autres de vraies têtes de mule.
Dès le mois de mai, toute une belle société venue de Paris, de Caen et du monde entier (imagine-toi que nous avons même des Turcs et des Hindous !), se promène dans les rues de Deauville, en particulier sur l'avenue de l'Impératrice et sur la terrasse. Mes bijoux sont partis comme des petits pains ! Mon premier client a été le baron Dauzat, le gentilhomme que tu as aperçu le jour de ta visite manquée, un notable respecté de la région, et cela m'a lancée. Je le soupçonne d'entretenir une danseuse dans les environs tant il dépense en colifichets ! J'ai créé une nouvelle collection, qui, tout en restant dans la fantaisie, est néanmoins plus luxueuse que les précédentes. J'y ai mis des émaux, des camées, du corail et des turquoises du Mexique et même des coquillages que je ramasse sur la plage, et je suis ma foi assez contente de moi... Les cours de comptabilité que tu m'as donnés m'ont été bien utiles. Mon comptable apprécie la tenue de mes livres.
Ici, l'hiver est la morte-saison. Dès les premiers frimas, le magasin tourne au ralenti mais je suis si fière d'être dans mon chez-moi que je m'en accommode fort bien. Pour tromper mon ennui et ma solitude, figure-toi que je me suis mise à lire. Le soir, confortablement installée sur ma bergère au coin du feu, avec ma Grisette roulée en boule sur mes genoux, je dévore des romans ! J'ai découvert les livres de Messieurs de Balzac, Dumas, Hugo, Zola, Flaubert, Musset, Sue et George Sand qui, paraît-il, est une femme ! C'est mon bonheur. On ne peut pas être triste quand on est ami avec les livres.
J'ai lu dans les journaux le compte rendu de ton mariage à la Madeleine et du grand bal qui a suivi. Ton père doit

être content de toi, tu lui as fourni l'héritier mâle qu'il attendait. J'espère qu'il t'a donné un su-sucre (je veux dire un hôtel particulier, un cheval de course, un immeuble). Le monde entier dirait que tu as eu raison, moi je persiste à dire que tu as fait la plus grosse erreur de ta vie.
Joséphine

Vendredi 25 mai 1866

Joséphine,
Diantre ! Quand j'ai lu ta lettre j'ai d'abord cru que c'était une autre qui m'avait écrit ! Où est passée ma grisette avec son parler des boulevards ? Où sont parties tes formules imagées et ta gouaille de moineau de Paris ?
J'ai compris que c'était la bourgeoise bien mise que j'ai aperçue derrière la vitrine de son beau magasin qui me parlait désormais. Tu as fait du chemin depuis le boulevard Montmartre, tu t'es instruite auprès de nos plus grands auteurs, tu écris comme dans les salons parisiens, mais c'est toujours toi et bien toi qui tiens la plume. Car le souvenir affreux de ce jour maudit de la Petite Pinte n'appartient qu'à nous deux : Joséphine Gallais et Antoine Beaulieu.
Tu as cru lire sur mon visage des sentiments qui n'y étaient pas ! Le seul souvenir que je garde de cette horrible entrevue, c'était mon cœur broyé de chagrin et mes yeux qui détaillaient toutes les perfections de ton visage adorable pour le graver dans ma mémoire. Si je suis resté de marbre, c'était pour ne pas m'effondrer et te supplier à genoux de ne pas me quitter.
Mais je ne me chamaillerai pas avec toi.
J'ai fait un choix que tu n'approuves pas, certes. Mais tu as également fait le tien. D'autres femmes auraient accepté ma proposition. Le résultat est là. Nous vivons séparés l'un de l'autre par des centaines de kilomètres et je suis malheureux. Tu me manques à un point

inimaginable. T'apercevoir derrière cette vitrine a ravivé la blessure. Je ne dors plus. Je rêve de toi toutes les nuits. Je pense à toi tout le jour. Je ne puis continuer à souffrir ainsi. Est-ce que tu penses encore un tout petit peu à moi ? Est-ce que tu me hais toujours ? J'aimerais revenir à Deauville si tu m'y autorises.

Pour simplement te voir, te parler, t'avoir à mon bras et nous promener sur la terrasse, au bord de la mer, je donnerais n'importe quoi.

Dis-moi le jour et l'heure. Je serai là.

Antoine

Jeudi 31 mai 1866

Non, ne viens pas !

Je me rends à Paris dans une quinzaine pour acheter des fournitures et présenter mes modèles aux grands magasins. Je passerai saluer Mlle Adèle. Nous pourrons nous croiser.

Joséphine

Samedi 2 juin 1866

Nous croiser ? Hors de question ! Je t'invite à souper au Café Riche.

Antoine

Vendredi 8 juin 1866

Je serai à Paris le 14.

Joséphine

20.

C'était délicieux. Presque autant que sa pâte à tartiner bio sans huile de palme

Mardi 18 février 2020

C'ÉTAIENT LES MÊMES MOULURES AU PLAFOND, le même grondement familier de la circulation sur les Grands Boulevards, la même vue sur la cime des arbres, mais des draps inconnus et un grand écran plat luisant qui lui faisait face comme un œil ouvert. Elle se souvint que la veille, il réfléchissait leurs ébats, éclairé par le néon rouge d'une enseigne lumineuse du boulevard Poissonnière. Elle avait passé la nuit chez Jonathan Auslender, une nuit merveilleuse, et maintenant elle mourait de faim. Elle se leva, enfila un grand tee-shirt qui traînait sur la commode et partit à la recherche d'un petit déjeuner. Le salon était désert, la voix de Jonathan lui parvint de la pièce d'à côté. Torse et pieds nus, simplement vêtu d'un jean, il discutait au téléphone, tout en farfouillant dans les placards de la cuisine, la chevelure en pétard et l'air passablement énervé. Quand il la découvrit dans l'embrasure de la porte, un sourire heureux étira ses lèvres et ses yeux scintillèrent comme le lagon bleu baigné de soleil. Elle décida qu'il ne pouvait pas être un assassin. Il était beaucoup trop lumineux pour ça.

— Vous ne pouvez pas affirmer que c'est faux, maître Andrieux. Je peux vous certifier que votre confrère n'avait pas du tout l'air de plaisanter !

Il sortit son Airpod de l'oreille pour laisser l'avocat vociférer loin de son tympan et lui demanda silencieusement ce qu'elle voulait pour le petit déjeuner.

— Tu as du thé et des tartines ? articula-t-elle.

Il secoua affirmativement la tête et mis de l'eau à chauffer avant de sortir du réfrigérateur du pain tranché bio, de la margarine sans OGM, différentes confitures artisanales bios également, de la pâte à tartiner sans huile de palme et une boîte de thé en vrac. Avec lui, la planète n'allait pas disparaître immédiatement.

— Il n'était pas avocat, ne s'appelait pas Maréchal mais Tabournet… Vous dites que c'est faux, Drouet affirme que c'est vrai. Qui croire ? Où est la vérité ?

L'eau ayant bouilli, il prépara adroitement le thé et mit deux tartines à griller.

— … Sincèrement, je ne sais pas si je peux toujours vous considérer comme mon avocat ! J'ai neuf millions d'euros dans la nature, la banque a porté plainte et votre ex-associé était un gros mytho !

Il se servit un bol de granola aux flocons d'avoine qu'il arrosa de lait d'amande.

— Demande-lui s'il a les coordonnées de la mère d'Alexandre, chuchota Amanda.

— Calmez-vous, maître Andrieux. Bernard. Avez-vous le numéro de téléphone de la mère d'Alexandre ? Elle doit bien connaître le nom de son fils ! Je note… Elle vit à Deauville ? D'accord, merci. Je vous tiens au courant.

Il raccrocha son téléphone et déposa un baiser dans son cou. C'était délicieux. Presque autant que sa pâte à tartiner bio sans huile de palme.

— On va à Deauville aujourd'hui ?

Elle sourit. Quelle excellente idée, promesse d'une nouvelle journée avec lui. Elle risquait d'y prendre goût !

— Il vaut mieux appeler avant. Passe-moi son numéro.

Que dire à une mère qui a perdu son fils ?

— Madame Maréchal ? Bonjour, je suis Amanda, l'ancienne petite-amie d'Alexandre…

— Celle des bijoux ?

Le cœur d'Amanda se serra. Il avait parlé d'elle à sa mère, peut-être l'avait-il aimée finalement, à sa façon d'escroc.

— Oui, c'est bien moi, répondit-elle, émue.

— Parce qu'il y a celle des vêtements qui m'a appelée hier !

Elle ravala son attendrissement. Y avait-il aussi celle des chaussures et celle des chapeaux ?

— Ah d'accord… Je suis à Deauville et je voulais passer vous présenter mes condoléances.

— Vous êtes bien gentille. Ça me fera plaisir de mettre un visage sur votre nom et de parler de mon fils. Vous pouvez passer vers 16 heures ?

— Parfait. À tout à l'heure. Bon ben ça, c'est fait ! ajouta-t-elle en raccrochant.

Jonathan pianotait sur son portable.

— Il y a un train pour Deauville à 12 h 28. J'ai rendez-vous avec mes banquiers ce matin, pour signer les papiers de la plainte.

— Je dois passer chez moi nourrir Scott le chat et répondre à mes mails. On se retrouve à midi sur le quai ?

— OK, mais pas si vite, murmura-t-il en s'approchant.

Son baiser avait le goût du chocolat aux noisettes bio.

21.

Était-il normal de discuter des mérites comparés des différents sex-toys avec sa mère ?

En descendant vers le boulevard Montmartre tout en consultant ses messages, Amanda eut la surprise d'apprendre que sa mère était à Paris. Elle lui avait envoyé un texto pour la prévenir qu'elle se trouvait en ce moment même dans son immeuble et faisait un tour chez *Oh my Gode !* en l'attendant. Mi-émue, mi-inquiète, elle traversa la cour et trouva effectivement Manuela et sa mère en grande discussion devant le présentoir à godemichés. À cette heure-ci, la boutique était déserte et Manuela très disponible. Amanda se demanda comment réagir. Devait-elle lui en conseiller un ? Était-il normal de discuter des mérites comparés des différents sex-toys avec sa mère ? Apparemment, Sylvie ne voyait pas ce que la situation avait de gênant. Elle l'accueillit aussi naturellement que si elles étaient dans un magasin de chaussures, ce qui amena Amanda à penser qu'il lui restait beaucoup de choses à découvrir sur sa mère.

— Je suis entrée par curiosité, en me disant qu'il fallait que j'apporte un peu de piment à ma vie sexuelle.

— Pas de détail, Maman, s'il te plaît !

— Ce n'est pas parce que c'est ta mère qu'elle n'a pas de sexualité ! intervint Manuela.

— En tout cas, c'est très gentil de passer me voir, coupa Amanda. Tu es venue pour le boulot ?

— J'ai pris ma journée pour te soutenir dans cette épreuve ! lança Sylvie. Comme la dernière fois tu m'avais l'air un peu à cran, je me suis dit que ce serait sympa de te faire la surprise et de passer un moment mère-fille.

Amanda se sentit soudain très lâche. Comment lui annoncer sans la blesser qu'elle partait pour Deauville dans deux heures ? Pour une fois que sa mère faisait un véritable effort pour améliorer leur relation.

— Quelle épreuve ? demanda Manuela, curieuse.

— Ma fille est suspectée du meurtre de son ex, balança Sylvie avec le plus grand naturel.

Amanda eut envie de rentrer sous terre. Même deux heures avec elle, ça risquait d'être long !

— À propos de la mort d'Alexandre, la police est venue hier fouiller les bureaux de Laser Finances, annonça Manuela.

Le cœur d'Amanda fit un bond dans sa poitrine.

— Pourquoi ça ?

— Il paraît que c'est une scène de crime ! Max a bien tenté d'en savoir plus, mais on ne lui a pas répondu. En tout cas, les flics ont passé la journée à faire des prélèvements. Ils ont recommencé le coup des combinaisons étanches et tout.

— Et Félix ? Il est suspecté ? demanda Amanda.

— Ça n'en a pas l'air. Il est arrivé au boulot ce matin comme si de rien n'était.

— Il est là aujourd'hui ?

Amanda jeta un coup d'œil vers le deuxième étage. Une scène de crime chez Laser Finances ! Qu'est-ce que ça cachait ?

— Qui est ce Félix ? demanda Sylvie.

— Le président de Laser Finances, la société propriétaire de l'immeuble, précisa Amanda.

— Quand même, ça doit faire bizarre de voir son ex assassiné ! Je croyais que ça n'arrivait qu'aux escorts ce genre de truc !

Manuela avait son franc-parler et le cultivait avec soin. Peut-être justement parce qu'une escort devait sourire et se taire, elle disait aujourd'hui ce qu'elle voulait sans adoucir sa pensée, sans tenter de séduire ni de flatter. Si elle affichait un sourire commercial pour ses clientes, il était rare de voir un véritable éclair de joie allumer son visage. Amanda n'avait vu qu'une fois ses lèvres s'étirer de bonheur : le jour où Mira lui avait remis une lettre d'une de ses filles, celle qui vivait en Australie. Incapable d'attendre, Manuela l'avait ouverte devant elles et le sourire était né, venu du coin préservé de son cœur ; un truc bouleversant, comme de voir un blessé retrouver l'usage de ses jambes après un accident. Le reste du temps, son beau visage était fermé comme une porte sur ses secrets.

— Tu sais que ta boutique était l'atelier d'une modiste en 1860 ? demanda-t-elle à Manuela pour faire diversion.

— Il me semble que Max me l'avait dit.

— Elle s'appelait Mlle Adèle. Ici au rez-de-chaussée, c'était le magasin, et à l'étage, où se trouve ton appartement actuel, l'atelier. Il y avait une dizaine de filles qui travaillaient dix heures par jour à préparer des chapeaux. La première d'atelier s'appelait Mme Modeste. Elle n'était pas très commode. En bas, c'étaient les demoiselles des ventes !

— Ça ne m'étonne pas. Les boutiques des modistes se trouvaient souvent à l'abri des regards, pour ne pas que les passants puissent voir les femmes « en cheveux » quand elles essayaient leurs chapeaux. Il n'y avait alors que les prostituées qui montraient leur chevelure en public. J'ai tout retapé quand je suis arrivée ici. C'était l'atelier d'un vitrier. Autant te dire que tout était enfoui sous la poussière et des fausses cloisons. On a eu un mal fou à récupérer les éléments d'origine, mais on y est arrivé.

— Aujourd'hui ce sont les sex-toys qu'on planque au fond de la cour, ricana Sylvie.

— Et encore, les femmes préfèrent souvent les acheter sur Internet… se plaignit Manuela.

— Je t'ai déjà dit que tu devais absolument te créer un e-shop.

— Oui peut-être… mais ça me saoule ! Raconte encore l'histoire de la modiste, demanda Manuela.

— Il y avait une petite vendeuse qui s'appelait Joséphine. Elle vivait au sixième étage dans une mansarde comme la plupart des ouvrières de l'atelier. J'ai essayé d'y aller un soir par l'escalier de service, mais les combles sont condamnés. La porte était fermée à clé. Ça m'a frustrée, je ne te dis pas !

Emportée par son récit, Amanda regardait autour d'elle avec curiosité. N'étaient-ce les marchandises éminemment contemporaines, la boutique de Manuela était restée dans son jus XIXe siècle : le parquet, les moulures, les doubles portes arrondies avec leurs petits carreaux, les grands miroirs… tout devait se trouver là à l'époque de Mlle Adèle et de Joséphine. Elle en fut étrangement émue. À l'endroit même où elle se tenait, Joséphine avait peut-être conseillé une cliente en crinoline, lui avait fait essayer différentes teintes de rubans…

— Comment sais-tu tout ça ? demanda sa mère.

— J'ai trouvé un paquet de lettres dans ma cheminée…

Elle leur conta l'histoire des lettres du coffret lues et relues maintes fois. Elle s'en était tant imprégnée qu'il lui semblait parfois être une voyageuse du temps et vivre simultanément en 2020 et dans les années 1860. Comme une archéologue, elle repérait d'un seul coup d'œil les objets et les éléments qui avaient traversé les deux siècles. Tout l'émouvait, les immeubles et les bâtiments qui existaient déjà du temps des lettres, la porte cochère, les pavés de la cour, les escaliers, les cheminées, les miroirs et même les poignées de porte ! Quand elle se promenait sur les Grands Boulevards, elle imaginait la silhouette de Joséphine et le balancement léger de ses robes à crinoline ou de sa mince jupe d'ouvrière.

— Vous voulez visiter mon appartement ? proposa Manuela. D'après ce que tu racontes, c'était l'atelier.

— J'adorerais !

Elle les fit monter par un escalier étroit dissimulé derrière un paravent, elles atterrirent dans un grand salon, assez bas de plafond dont les fenêtres en demi-lune donnaient sur la cour. Par une de ces fenêtres, Antoine avait contemplé Joséphine penchée sur son ouvrage. Manuela avait créé un espace contemporain aux couleurs douces et neutres, blanc cassé, beige clair, gris pâle. Le parquet d'origine était dissimulé sous une épaisse moquette écrue qui donnait envie de marcher pieds nus. Amanda contempla longuement la chambre, un cocon douillet aménagé dans les mêmes tonalités reposantes, en se demandant si c'était bien là que Mlle Adèle et le gros Maurice faisaient la bête à deux dos. Parfois, quand elle faisait du feu dans sa cheminée de son salon, elle ne pouvait s'empêcher de penser à Antoine, Joséphine et aux vapeurs chaudes de Mlle Zinc. Le regard vague, fixé sur les flammes, son esprit partait faire un tour dans les années 1860 et elle imaginait les événements vécus par les amoureux du cinquième étage avec tant d'acuité qu'ils lui semblaient se dérouler tout près d'elle.

— Quelqu'un veut un café ? demanda Manuela, la tirant de sa rêverie.

Ayant toutes les deux répondu par l'affirmative, Amanda suivit Manuela jusque dans sa cuisine pour essayer de trouver des vestiges de l'ancien logis de Mlle Adèle mais celui-ci avait été entièrement réaménagé et ne gardait plus aucune trace de son passé. Un peu déçue, elle rejoignit sa mère sur le canapé.

— Si M. Baltimore possède tout l'immeuble, il doit avoir accès aux chambres de bonnes. Tu devrais lui demander de visiter le sixième étage, sur les traces de ta grisette, suggéra Sylvie.

— Excellente idée ! répondit Amanda en envoyant immédiatement un SMS à l'intéressé.

Moins d'une minute plus tard, elle reçut la réponse de Félix lui proposant une visite le lendemain matin. Elle pourrait en profiter pour en apprendre davantage sur ses liens avec la mort d'Alexandre. Se connaissaient-ils ? Pourquoi la police avait-elle fouillé ses bureaux ? Était-il suspecté lui aussi ?

— Alors on peut y aller ? demanda Sylvie. Je suis à ta disposition aujourd'hui.

— Non, désolée, il m'a donné rendez-vous demain matin.

— Tant pis, allons déjeuner. Je t'invite !

Il suffit de quelques secondes de courage pour dire la vérité. Amanda se lança.

— À ce propos... je suis navrée mais je ne savais pas que tu venais et j'ai un train à prendre à 12 h 59. Je ne pourrai pas déjeuner, mais on s'organise absolument pour remettre ça. Ça me fait super plaisir que tu sois venue. Merci, Maman.

— Mais c'est si important ce déplacement ? Pour une fois que je suis là, tu ne pourrais pas annuler ?

— Malheureusement non parce que c'est en lien avec la mort d'Alexandre... c'est vraiment important.

— Vas-y demain !

— Impossible. Je dois y aller aujourd'hui même.

— Je vois ! Je suis sûre que si c'était Violette, tu ne te serais même pas posé la question. Tu aurais tout annulé pour elle.

— Peut-être parce qu'elle m'aurait prévenue !

Sylvie se leva, les lèvres tremblantes.

— Tu ne pourras pas dire que je n'ai pas fait d'efforts. La balle est dans ton camp. Au revoir Manuela, merci beaucoup pour ton accueil.

— Je te raccompagne, passe par l'entrée de l'appartement, c'est moins risqué que l'escalier, dit Manuela.

— Mais... Maman, attends !! Maman !

Elles avaient déjà claqué la porte. Amanda vit Sylvie traverser la cour d'un pas vif en faisant de grands gestes énervés, escortée par Manuela qui écoutait, compatissante. Déchirée entre la nécessité d'aller à Deauville voir la mère d'Alexandre et le devoir de rester à Paris avec la sienne, Amanda ne savait sur quel pied danser. Elle laissa finalement Sylvie quitter l'immeuble sans lui courir après, en se promettant de se rattraper plus tard.

Manuela revint dans la pièce et se rassit sur son canapé, un pli amer aux lèvres. Même son expression désabusée ne parvenait pas à altérer sa beauté. C'était une femme qui avait depuis longtemps dépassé la cinquantaine et demeurait sublime, année après année. D'après la rumeur du 19 bis, boulevard Montmartre, elle avait été une escort girl réputée avant d'arrêter son activité et d'ouvrir sa boutique de sex-toys. D'après Doria, qui était très proche d'elle, Manuela s'était juré que plus un homme ne la toucherait depuis qu'elle n'y était plus obligée. Militante du plaisir solitaire, elle s'était donné pour mission de prouver aux femmes qu'elles pouvaient très bien se passer des hommes. Elle ramena sa longue chevelure brillante d'un seul côté et regarda Amanda d'un air sévère.

— Pas très sympa quand même, tu aurais pu faire un effort. Vous êtes toutes pareilles votre génération : dures et égoïstes. Après tout ce que j'ai fait pour mes filles, il n'y en a pas une qui soit venue me voir depuis que j'ai emménagé ici, il y a plus de sept ans !

22.

Buvez plutôt votre thé, c'est du Earl Grey !

À Deauville, il sembla à Amanda que la présence de Joséphine s'était posée sur son épaule comme un oiseau léger. C'était à la fois troublant et émouvant. D'après Bernard Andrieux, Mme Maréchal vivait rue Olliffe. Arrivés un peu plus tôt que l'heure convenue, ils étaient passés chez *Dupont avec un thé,* un salon de thé-pâtisserie de la place de Morny où Amanda avait pu assouvir son envie de gâteaux et Jonathan se siffler un smoothie à la mangue. Chargés d'une sélection de petits-fours sucrés dûment protégés par un emballage en pyramide que la vendeuse avait accroché au bout un ruban, ils arrivèrent devant une ancienne maison de pêcheur en pierre de taille. Qui découvriraient-ils derrière cette porte ? Une juriste à la retraite qui avait délaissé son fils ou une ex-femme de ménage discrète qui avait servi chez les Drouet ?

Mme Maréchal était une vieille dame menue et dynamique, vêtue avec une élégante simplicité, qui les accueillit avec un sourire charmant dans lequel Amanda reconnut immédiatement celui de son fils.

— Pile à l'heure ! s'exclama-t-elle.

— Bonjour, madame Maréchal, je suis Amanda Abravanel et voici Jonathan Auslender, qui a voulu venir avec moi vous présenter ses condoléances. Votre fils était son avocat.

— En effet, Alexandre m'avait parlé de vous, dit-elle en prenant le paquet de gâteaux des mains de Jonathan.

Dans l'entrée, une bougie parfumée brûlait sur une commode ancienne en bois cirée, à côté d'un bouquet de fleurs fraîches et d'un portrait d'Alexandre dans un cadre. On sentait que la petite maison était briquée et astiquée avec soin.

— Entrez donc ! Merci pour les gâteaux, c'est très gentil. Voulez-vous un peu de thé ? J'ai mis de l'eau à chauffer.

— Avec plaisir !

Ils la suivirent dans un salon confortable et classique agrémenté de quelques meubles anciens. Elle les invita à s'asseoir sur le canapé gris avant de disparaître dans la cuisine. Ils se regardèrent, à la fois curieux et anxieux de ce qu'ils allaient découvrir. La mère d'Alexandre revint quelques instants plus tard les bras chargés d'un plateau et remplit rapidement les tasses d'un thé fumant et parfumé.

— C'est gentil de venir me voir, déclara-t-elle en attrapant un mini-éclair au chocolat. J'hésitais à monter à Paris, mais je n'ai pas le cœur à dormir dans cet appartement vide, au milieu de toutes ses affaires. Ici je peux encore me dire qu'il va débarquer d'un moment à l'autre.

Elle parlait d'une voix claire et posée tout en faisant nerveusement tourner une bague entre le pouce et l'index de sa petite main solide aux ongles discrètement polis, en un geste qui semblait lui être familier. Amanda ouvrit soudain des yeux exorbités. Son cœur s'arrêta de battre. Un petit souffle d'air venu de nulle part lui caressa le front. À l'annulaire de Mme Maréchal brillait la bague qu'elle aurait reconnue entre mille ! Nettoyée, dépoussiérée, ronde et laiteuse, l'opale irradiait doucement ses extraordinaires rayons aux reflets de l'arc-en-ciel. Entourée de brillants qui avaient également récupéré leur éclat, la bague de Joséphine dévoilait désormais toute sa beauté.

Tétanisée, Amanda ne pouvait détacher son regard du bijou tant cherché. Elle avait retrouvé le Rayon de lune !

— Alors, racontez-moi, que dit la police ? Que savent-ils exactement ? demanda Mme Maréchal.

— Tant que l'enquête n'est pas terminée, ils ne divulguent aucune information. Mais une chose est sûre… ils ont relevé ses empreintes, répondit Jonathan.

— Je vois, dit-elle en pinçant les lèvres.

— En revanche, glissa-t-il, nous sommes allés rencontrer Me Andrieux et Me Drouet.

La vieille dame engloutit une mini-tarte au citron d'un coup de dent gourmand et s'essuya la bouche avec une petite serviette en papier.

— Qui vous a parlé de Drouet ?

— Bernard Andrieux, répondit Amanda.

— L'imbécile !

Ne pouvant résister, Amanda se pencha pour attraper une tartelette aux framboises…

— C'est vrai ce qu'il nous a raconté ? Alexandre s'appelait Jérôme ?

Mme Maréchal – ou bien était-ce Mme Tabournet – semblait réfléchir à sa réponse. Elle tourna pensivement le Rayon de lune entre ses doigts et Amanda eut envie de le lui arracher. Il faudrait trouver le bon moment pour lui parler de cette bague…

— Vous savez que les Drouet m'ont chassée de chez eux quand ils ont compris que j'avais parlé de la situation de Philippe à mon fils. Après vingt ans à astiquer leur baraque, allez ouste ! Dehors. C'était pourtant mon petit qui l'avait sorti de la mouise.

— Donc, c'est vrai… insista Amanda.

Elle avait besoin de l'entendre, énoncé clairement.

— Je vais vous raconter comment tout cela est arrivé… J'ai toujours fait des ménages. Mon mari travaillait dans une vitrerie, la paye n'était pas grosse et quand le petit est né, il fallait de quoi faire bouillir la marmite. On vivait à La Guérinière, un grand ensemble construit dans les années 1960. Une cité quoi. J'ai mis une petite annonce dans le quartier Saint-Jean, chez les bourgeois, et c'est comme ça que j'ai été embauchée par les Drouet. Avocats de père en fils depuis 1946 et même avant si vous voulez mon avis. J'y travaillais tous les jours de 14 heures à 18 h 30, sauf le samedi et le dimanche. Quand mon petit garçon est entré au CP, je l'ai laissé à l'étude pour qu'il fasse ses devoirs à l'école. Mais sa maîtresse m'avait dit qu'il était trop indiscipliné, qu'il chahutait avec ses camarades et qu'il vaudrait mieux qu'il puisse travailler au calme. Encore un peu de thé ? C'est du Earl Grey, parfait pour l'après-midi.

Bernard Andrieux avait apparemment étendu ses leçons de savoir-vivre jusqu'à la côte normande. Amanda se retint de dire qu'elle préférait le English breakfast voire le thé vert... juste pour voir sa réaction. La dame semblait bavarde et quelque chose lui disait qu'il ne valait mieux pas l'interrompre.

— Je vais nous servir, continuez...

— Je me suis demandé comment faire et j'ai pensé que si j'allais le chercher à 16 h 30 à la sortie de l'école et que je le ramenais chez les Drouet en lui recommandant d'être bien sage, personne ne s'en apercevrait. Il n'y avait jamais personne dans cette baraque : les deux parents travaillaient tard et le fils avait été mis en pension parce qu'il était du genre agité et le père Drouet voulait le tenir.

Amanda versa le thé dans leurs trois tasses, et s'adossa contre le canapé, comprenant que l'histoire serait longue. Elle étendit légèrement le bras en direction de Jonathan qui lui effleura la main du bout du doigt.

— Pour mon Jérôme, la consigne était claire : se faire aussi discret qu'une petite souris. Alors il laissait ses chaussures dans l'entrée, se lavait les mains et je lui préparais un bon goûter, qu'il mangeait proprement sur la table de la cuisine. Pendant ce temps, moi je cuisinais le repas de la famille et on bavardait gentiment tous les deux. Ensuite, il filait faire ses devoirs dans la chambre de Philippe. Il s'installait à son bureau et travaillait en silence. Moi je continuais mon ménage en me dépêchant parce que j'avais perdu du temps à aller le chercher à l'école et le ramener, mais les Drouet ne se sont jamais rendu compte de rien et ne se sont jamais plaints de mon travail. Au contraire. À 18 h 15, je refaisais le lit sur lequel Jérôme rêvait les yeux ouverts « qu'il était quelqu'un d'autre » comme il disait, je remettais tout en place dans le bureau et on repartait à La Guérinière, main dans la main.

La vieille dame s'arrêta pour prendre un mouchoir dans sa poche et s'essuyer les yeux. Prise de remords, Amanda se demanda s'ils avaient bien fait de la forcer à replonger dans ses souvenirs. Elle n'osait imaginer sa douleur.

— En grandissant, mon Jérôme s'est mis à me poser beaucoup de questions : « Pourquoi on n'est pas comme les Drouet ? Pourquoi ils partent en vacances et pas nous ? Pourquoi ce n'est pas Mme Drouet qui fait le ménage et la cuisine chez elle ? C'est quoi un avocat ? Qu'est-ce qui cloche chez nous ? » Il était déjà très intelligent mon gamin et il avait compris que la vie c'était quand même une sacrée loterie : tout était plus facile si tu avais tiré le bon numéro de rue. Je lui répondais que ce n'est pas l'argent qui rend heureux et lui racontais comment Mme Drouet se plaignait de son fils Philippe, le bon à rien. Il n'aimait que faire la fête, courir les filles et dépenser tout l'argent de ses parents au casino de Deauville. Le père Drouet était très inquiet car si Philippe échouait à ses examens, il ne pourrait pas lui transmettre le cabinet, comme son propre père le lui avait transmis. Sa petite main dans la mienne, mon fiston m'écoutait avec des yeux ronds et vous pensez bien que tout cela n'entrait pas dans l'oreille d'un sourd…

— Il a été très marqué par les Drouet…

— Marqué ? Obsédé, oui ! Il voulait tout faire comme eux !

Jonathan se leva pour faire les cent pas dans la pièce. Amanda avait remarqué que l'énervement le gagnait. Ses longues jambes tressautaient, comme animées par un ressort interne. L'éloge de l'adorable petit Jérôme qui l'avait sans doute dépouillé d'une fortune lui tapait sur le système.

— Asseyez-vous, vous me fichez le tournis ! Vous voulez que je vous raconte ou pas ?

— Bien sûr, continuez s'il vous plaît, je bois vos paroles.

— Buvez plutôt votre thé, c'est du Earl Grey !

— Donc, il était obsédé par les Drouet… relança Amanda.

La mère d'Alexandre ferma les yeux et caressa douloureusement la bague qu'elle portait au doigt.

— Quand il est entré en quatrième, il n'était plus question qu'il vienne tous les jours après les cours et les choses ont commencé à se gâter. Au collège, il s'est fait copain avec des lascars du quartier, sympathiques mais pas très fréquentables. Il arrivait à la maison avec des vêtements de marque que je ne lui avais pas achetés, des doudounes, des baskets… Il nous racontait qu'il faisait des baby-sittings. Je lui faisais la leçon mais c'était comme pisser dans un violon. Il se bagarrait souvent. Il a quand même eu son bac, en tout cas, il nous a montré son diplôme. Ensuite, il nous a fait croire qu'il était inscrit en fac de droit et fréquentait les fils de bourgeois. En fait, il avait une fausse carte d'étudiant. Dans sa tête, Jérôme était déjà quelqu'un d'autre, quelqu'un de riche, d'admiré et respecté, qui sortait avec des belles filles comme vous, aux cheveux longs et blonds qui brillent comme le soleil. Il vivait dans un rêve éveillé. Quand il mentait, il y croyait vraiment, c'est pour cela qu'il était si doué. C'est à cette époque qu'il avait commencé à traîner avec des « grands » de la cité, des voyous qui trempaient dans des affaires vraiment louches. Et il est tombé en prison pour braquage. Et là, je vous dis pas : j'ai connu l'angoisse, le parloir, les colis…

Elle s'arrêta pour manger le dernier petit éclair au chocolat, celui que personne n'avait osé toucher.

— La suite vous la connaissez… En sortant de prison, il m'a demandé des nouvelles des Drouet. Je lui ai appris que Philippe avait des ennuis. Ils ont réglé ça entre eux… et moi, on m'a mise à la porte ! C'est là que mon Jérôme a voulu changer de nom, comme on change de destin. Jérôme, c'était le petit gars de la cité, né dans une famille modeste, le bandit avec un casier. Il est devenu Alexandre Maréchal, « comme Alexandre le Grand avec un bâton de

Maréchal » qu'il nous disait. Alexandre, c'était la perfection : l'avocat qui fréquentait le gratin, casier vierge, et vierge de tout souci. De ce jour, on n'a plus jamais eu le droit de l'appeler Jérôme.

Jonathan consulta sa montre. Mais Mme Maréchal semblait perdue dans ses souvenirs.

— Évidemment, c'était pas pour plaire à mon mari. Pensez, un fils qui renie son nom ! Il continuait à lui donner du Jérôme long comme le bras. Et ce qui devait arriver arriva : Alexandre s'est levé et l'a cogné. Le père est tombé par terre. Quand il s'est relevé, il a pris ses cliques et ses claques et on ne l'a plus jamais revu. J'ai cru que j'aurais du chagrin mais au fond, ça m'a fait des vacances. Alexandre m'a dit que je n'avais plus besoin de travailler. Quelques années plus tard, il m'a acheté cette maison près de la mer. Tout est à mon nom, vous savez. Je ne vais manquer de rien. Vous pensez peut-être que c'était une crapule, mon Jérôme, mais il a été un très bon fils.

Elle se mit à pleurer doucement, sans rien faire pour stopper les larmes qui coulaient sans discontinuer sur son visage fatigué, en suivant les sillons creusés par les rides qu'elle avait au coin des yeux. Amanda n'osait bouger, paralysée par ce chagrin tout nu et immense, qui s'exprimait sans honte, sans retenue, parce que c'était une mère qui avait perdu son fils, une planète qui avait perdu son soleil. Jonathan se leva doucement, mais resta planté dans ce joli salon tout gris, ne sachant comment prendre congé. La nuit était tombée. On entendait la mer au-dehors qui faisait rouler ses vagues glacées sur le sable. Amanda prit la main de la vieille dame et lui demanda si elle pouvait l'aider à ranger ou préparer son dîner…

— Merci bien, ma petite. Je sais encore me débrouiller toute seule. Je vous raccompagne. C'est gentil d'être venue me voir. Ça m'a fait du bien de parler de lui, sans masque et sans mensonge, tel qu'il était vraiment… même si vous allez penser que c'était un voyou.

Elle s'appuya sur Amanda pour quitter son fauteuil et ne lui lâcha pas la main jusqu'au seuil, comme si elle voulait la retenir encore un peu avant de refermer la porte sur sa solitude. Elle surprit le regard d'Amanda posé sur le Rayon de lune.

— Je vois que vous zieutez ma bague !

— Elle est magnifique.

— C'est le dernier cadeau de mon fils. Il me l'a offerte pour Noël, dit-elle en caressant tendrement la pierre. Il m'a toujours énormément gâtée.

Amanda, la gorge serrée, malmenée par des émotions contradictoires, sourit sans dire un mot. Sitôt retrouvé, elle devait renoncer au Rayon de lune pour ne plus le revoir. Jamais il ne serait à elle, ça lui brisait le cœur, comme si elle avait abandonné Joséphine. Jonathan, qui avait compris la situation, la regarda avec surprise. Elle baissa doucement les paupières pour lui faire signe de ne rien dire.

23.

Cette Manche énervée, bouillonnante, qui ne savait pas rester en place

Dehors, ils furent surpris de constater qu'il faisait encore jour. Le ciel du soir s'offrait un coup de soleil, en longs rayons teintés de rose, d'orange et de rouge qui flamboyaient sur la mer. Jonathan proposa de marcher vers la plage. Ils descendirent la fin de la rue Olliffe et s'engagèrent sur le boulevard Eugène-Cornuché en direction du casino qui brillait de tous ses feux, comme un grand château de sable doré. Dès qu'ils arrivèrent sur les planches, cette fameuse promenade de bois qui courait tout au long de la plage, le vent du nord s'engouffra dans les cheveux d'Amanda comme dans les rubans d'un cerf-volant. Grisée, elle écarta les bras et respira à pleins poumons l'air frais chargé d'embruns. Elle avait besoin de se régénérer. La perte de sa bague et la confession de la mère d'Alexandre lui avaient collé le bourdon. Le petit garçon qui rêvait si fort d'être un autre avait fini sur le pavé, dans une mare de sang. Pour accomplir sa transformation en grand avocat parisien, le gamin de La Guérinière était passé par la case malfrat et son passé l'avait rattrapé.

Elle se demanda si le faux avocat n'avait pas été victime d'un règlement de compte, un assassinat réalisé dans son immeuble pour brouiller les pistes ? En tout cas, pour elle, l'opération était un fiasco : elle avait retrouvé la bague sans la récupérer et n'était pas plus avancée pour prouver son innocence.

Sentant un regard posé sur elle, Amanda ouvrit les yeux. Jonathan la contemplait, attentif aux émotions qui affleuraient sur son visage. Il s'approcha, prit ses joues entre ses mains en coupe et déposa un baiser sur ses lèvres. C'était exactement ce dont elle avait besoin, des lèvres chaudes et douces, un cœur bien vivant qui battait vigoureusement contre le sien, des bras qui l'enlaçaient, le vent dans ses cheveux, le goût de sel sur sa bouche. Elle lui rendit son baiser avec fougue et lui prit la main pour l'entraîner sur la plage en courant. Ils s'arrêtèrent juste au bord de l'eau, là où les vagues léchaient le sable à grands coups d'écume mousseuse.

— Je suis complètement perturbé par cette visite. C'est compliqué d'éprouver de l'empathie pour celui qui m'a dépouillé, dit Jonathan, essoufflé.

— Attendons la fin de l'enquête, ce n'est peut-être pas lui.

— Franchement, après ce que j'ai entendu aujourd'hui, je n'ai plus de doute. Et de quelle enquête tu parles d'abord ? Celle du meurtre, ou celle de l'escroquerie ?

Malgré elle, Amanda éclata de rire. La situation était complètement dantesque.

— On sait au moins ce qu'il a fait du Rayon de lune !

— Mais oui !!! C'était bien lui alors. Pourquoi tu ne le lui as pas demandé ?

— Tu as vu dans quel état elle était ? Je n'allais quand même pas priver une mère du dernier cadeau de son fils décédé !

— Elle est peut-être aussi comédienne que son fils. Le seul point positif de mon affaire avec Alexandre, c'est que sans lui, je ne serais jamais allé au Canada.

Amanda s'approcha de la mer aussi près que possible sans tremper ses baskets et plongea ses doigts dans l'eau glacée. Elle avait besoin d'un contact physique avec l'élément marin. Cette Manche énervée, bouillonnante, qui ne savait pas rester en place, était bien différente de sa Méditerranée chérie, mais c'était la Mer, et sa contemplation faisait du bien à l'âme. Une vague malicieuse profita de son extase pour engloutir ses baskets, et donc ses pieds, dans un tourbillon d'écume glacée. Elle poussa un hurlement de surprise. Jonathan qui était prudemment resté loin de l'eau se mit à l'applaudir, un sourire moqueur aux lèvres. Elle se pencha en avant et l'aspergea d'une grande gerbe glacée qui lui trempa le visage, effaçant toute trace d'ironie.

— Attends, tu vas voir ! cria-t-il en courant vers elle.

— Arrête !!

Plongeant sa main dans l'eau, il lui balança une rasade d'eau de mer qui heureusement ne l'atteignit pas. Alors, mains tendues vers elle comme pour l'étrangler, il s'approcha avec un rire sardonique et glissa ses doigts glacés et mouillés dans son cou. Elle poussa un cri strident, lui attrapa le visage et lui mordit la lèvre avant de l'embrasser avec passion, l'eau dégoulinant dans son dos, les pieds trempés et le cœur au paradis. Le grondement d'une cavalcade fit exploser leur bulle. Venant du bout de la plage, un groupe de cavaliers avait lancé ses chevaux au galop. Crinière au vent, les sublimes animaux fonçaient sur le sable mouillé, faisant éclater des gerbes phosphorescentes sous leurs sabots. Ils les regardèrent passer, émerveillés par leur grâce et leur puissance, admirant l'harmonie entre les chevaux et leurs cavaliers. Jonathan les suivit longtemps du regard, jusqu'à ce qu'ils disparaissent dans la nuit, dans un tourbillon d'écume noire. Quand il se tourna vers elle, ses yeux brillaient d'émotion.

— La nuit est tombée, on est trempés, et si on dormait à l'hôtel ? proposa-t-il.

— Attends, laisse-moi réfléchir, la *fashion week* commence dans quelques jours… Est-ce que j'ai une tonne de boulot qui m'attend ? Oui ! Est-ce que je me décharge honteusement sur Bettina et mon assistante ? Oui ! Est-ce que j'ai quand même envie de dormir à l'hôtel avec toi ? Oui et oui.

— Alors, allons-y ! Le Normandy est juste en face.

Quand le concierge du célèbre hôtel deauvillais les vit arriver, claquant des dents, trempés, échevelés, les joues rouges et les chaussures pleines de sable, il leva un sourcil réprobateur. Mais c'était la morte-saison, l'hôtel était vide et leur carte bleue valide. Il leur tendit une clé. Des amoureux sans bagages, il en avait déjà vu passer dans sa carrière. C'était la magie de Deauville.

Après une douche très chaude dont ils avaient terriblement besoin, accompagnée d'ébats brûlants dont ils avaient furieusement envie, ils s'allongèrent sur le grand lit, enveloppés dans de gros peignoirs moelleux.

— Qu'est-ce que tu es allé faire au Canada ? demanda-t-elle en enfouissant son nez dans son cou.

Ce geste de tendresse la surprit elle-même. Avec Jonathan, tout lui semblait facile et évident. Les mots ne leur manquaient jamais et même les silences étaient fluides. Il proposait sans insister, répondait sans fuir, aimait son corps avec générosité. Il avait son monde, elle le sien. Ils n'auraient jamais dû se rencontrer mais s'étaient télescopés dans une sinistre affaire dont elle ne savait pas s'ils sortiraient indemnes. En attendant, autant en profiter sans trop se poser de questions. À l'abri dans cette luxueuse chambre d'hôtel hors du temps, demain était loin. Jonathan faisait défiler des photos sur son smartphone.

— Regarde, dit-il.

Sur l'écran, une vidéo montrait une vaste prairie sur laquelle se traînaient des milliers de chevaux, le ventre gros et l'allure fatiguée. Au loin, on voyait des écuries, et une cabane en rondins. Il fit défiler d'autres photos, des chevaux en gros plans, leur regard doux et profond fixant l'objectif avec curiosité. Des paysages de forêt. Des arbres, et toujours ces chevaux un peu tristes, on ne savait pourquoi.

— Tu as acheté un ranch ? demanda-t-elle.

— Un refuge, où plus personne ne pourra leur faire de mal.

— C'est-à-dire ?

La gorge nouée, il lui raconta comment il avait découvert, au hasard d'une des nombreuses pétitions que lui envoyait sa mère, l'existence d'une « ferme » cauchemardesque qui martyrisait des juments gestantes pour fabriquer un médicament contre les effets de la ménopause appelé le Premarin. Jonathan avait ainsi appris que 10 000 juments étaient maintenues debout dans des stalles pendant les onze mois de leur gestation, avec une sonde urinaire qui recueillait leur urine vingt-quatre heures sur vingt-quatre pour en extraire la progestérone. Ces animaux qui ne sortaient jamais, ne pouvaient ni bouger, ni se coucher, avaient des œdèmes aux pattes et développaient souvent des infections urinaires douloureuses car on ne leur donnait que 17 litres d'eau par jour pour concentrer leur urine, alors qu'un cheval en a besoin de 40. Au bout de leur martyre, c'est-à-dire après le poulinage, elles étaient abattues dans le meilleur des cas, ou si leur état le permettait, repartaient pour un second tour de calvaire. Traumatisées, souffrant dans leur chair, elles étaient dans un état de douleur, d'épuisement et de dépression indescriptible. Alors que la progestérone végétale existe et est tout aussi efficace, le sinistre laboratoire pharmaceutique Pfizer continuait à torturer les juments pour son seul profit*.

— C'est pourquoi, quand Alexandre m'a conseillé de faire quelque chose qui me tenait vraiment à cœur avec la première partie de l'argent, j'ai imaginé ce sauvetage. J'ai commencé à l'élaborer en France d'abord en achetant cet immense terrain, vierge de toute habitation et

* Cette « ferme » existe bel et bien. Malheureusement, ce ne sont pas 10 000, mais 100 000 juments qui y sont torturées chaque jour par les laboratoires Pfizer. J'ai réduit leur nombre pour rendre plus réaliste le sauvetage réalisé par Jonathan. Dans la vraie vie, personne n'est encore venu à leur secours. Pour faire bouger les choses, vous pouvez signer la pétition proposée à la fin du roman. Merci d'avance. Tonic

inconstructible, puis en contactant la SPA Canada et des associations de défense des animaux pour trouver des personnes assez folles, motivées et compétentes pour me suivre dans cette aventure. J'ai rencontré des gens extraordinaires qui sont devenus des amis pour la vie. Je peux te dire que faire sortir en pleine nuit dix mille juments affolées n'a pas été une mince affaire. Sans compter la location des camions, le convoyage...

— Mais c'était une folie !

— En quelque sorte. La plus belle expérience de ma vie. Celle dont je suis le plus fier. Rien que pour ça, je remercierai toujours Alexandre de m'y avoir poussé. Sans lui, je ne l'aurais pas fait. Et il m'a aussi été d'un grand soutien pendant toute la durée de l'opération. J'avais l'impression que sauver ces juments lui tenait autant à cœur qu'à moi.

— Est-ce que tu es recherché par la police canadienne ?

— Non. Grâce à Alexandre encore. Il a négocié un accord avec les laboratoires. On a acheté les juments et payé le manque à gagner. Le sauvetage le plus cher de l'histoire. Tu comprends pourquoi je le considérais comme un ami. Si c'est vraiment lui qui a fait le coup, c'est un coup de poignard dans le dos.

Elle regarda les photos des juments efflanquées avec leurs panses arrondies et leurs regards éteints en frissonnant de pitié.

— Quelle tristesse, murmura-t-elle.

— Les poulains sont censés naître en mai. Je suis trop content à l'idée de les voir ! Ça va être une sacrée intendance encore. On a déjà prévenu des équipes de vétérinaires.

— Ça va te faire un troupeau de 20 000 chevaux ! Tu vas en faire quoi ?

— Rien. Les laisser galoper en liberté et vivre heureux le restant de leurs jours. Ils sont tellement merveilleux.

On frappa à la porte. C'était le room service qui apportait les huîtres et le vin blanc qu'ils avaient commandés. Le sifflement d'un nouveau mail parvint simultanément sur leurs deux smartphones. Jonathan ouvrit le sien, curieux.

— On ne va pas pouvoir faire la grasse matinée demain, je suis convoqué par la capitaine Cordeix à 10 heures, 36, rue du Bastion.

— Et elle m'attend jeudi matin, à 11 heures, ajouta Amanda, le nez rivé sur son écran.

Apparemment, elle restait toujours suspecte aux yeux de la capitaine Cordeix… Amanda frissonna, découragée. Elle était à court d'idée pour s'en sortir. Jonathan posa son téléphone, se leva et l'entraîna vers le lit. Elle s'accrocha à lui, à nouveau bouleversée par sa peau chaude et ses yeux lagon rendus opaques par le désir. Il tira lentement sur le nœud qui retenait son peignoir.

— Viens, on oublie tout jusqu'à demain, chuchota-t-il.

LES LETTRES DU COFFRET

Vendredi 15 juin 1866

Mon Antoine,

Tu dors toujours de ce sommeil de plomb que rien ne trouble ! Je pose ma lettre sur l'oreiller. En ouvrant les yeux, tu la découvriras et y trouveras un peu de moi, comme autrefois.

Quand j'ai quitté Deauville, bien sanglée dans mon corset et raide comme une bourgeoise, je me répétais que nous irions simplement souper comme deux anciens amis qui ont des choses à se raconter, qu'il était bien fini le temps de la fièvre et des amours. Je me mentais bien sûr !

Pourquoi j'avais pressé ma couturière de terminer ma robe à rayures grises et blanches, avec sa coquette crinoline projetée* de dernier cri ? Pourquoi j'avais hésité des heures devant mon miroir à choisir l'ombrelle, le chapeau et le châle parfaits ? (Ma Grisette me dévisageait avec

---

* À partir de 1864, la crinoline s'allège légèrement. Elle se porte aplatie sur l'avant et le volume est projeté en arrière, la jupe formant une traîne caractéristique de cette silhouette. Cette nouvelle forme rend les femmes un peu plus libres de leurs mouvements.

attention pour me donner son avis. Mademoiselle est bien sévère en matière de mode et bat férocement de la queue pour marquer sa désapprobation). Pourquoi ce long bain (oui j'ai installé une Mlle Zinc dans mon nouveau chez-moi), ces gants, ces fines bottines, si ce n'était pour t'en mettre plein la vue dès le premier regard !

Et pourtant, c'est moi qui suis tombée dans le piège à peine je t'ai aperçu.

Tu me guettais sur le boulevard, les pans de ta redingote tournoyant au rythme des cent pas que tu faisais devant la terrasse de la Petite Pinte, ton haut-de-forme allongeant encore ta silhouette élancée et ta chemise blanche qui semblait défier le soleil. Tu t'es précipité vers ma voiture, tu as ouvert la portière avant même que le cocher n'immobilise les chevaux. J'ai posé ma main sur celle que tu me tendais, mes yeux ont croisé ton regard. J'étais cuite.

Je revenais du Printemps, le nouveau grand magasin qui a ouvert en novembre dernier au coin de la rue du Havre et du boulevard Haussmann. Il est tellement splendide que ça m'avait coupé le souffle. Le responsable des achats avait refusé de prendre mes bijoux. J'étais déçue et de méchante humeur. Mais quand je me suis retrouvée face à tes yeux de café brûlant, à ton sourire qui tremblait sous cette nouvelle moustache conquérante, j'ai tout oublié. Il s'en est fallu de peu pour que je me jette à ton cou, effaçant d'un élan ces deux années si tristes.

Ma visite au magasin de mode a été plus rapide que prévu. Mlle Adèle a cru que ma fébrilité était causée par le fait de la revoir et en a été tout émue.

L'air était si doux que nous sommes allés déguster une glace chez Tortoni, et là sur le boulevard, pendue à ton bras, au milieu de la cohue des fiacres, des omnibus, des charrettes marchandes et des riches attelages, dans le claquement des sabots des chevaux, le brouhaha de cette foule incessante qui monte et descend à toute heure du jour et de la nuit, je me suis sentie heureuse à en mourir. À ma place pour l'éternité. Qu'importe que je sois née paysanne et toi grand bourgeois, qu'importe même que tu sois marié. Ici, nous sommes l'un à l'autre et nous sommes chez nous.

Je sais bien que pour ton monde, je ne serai jamais une honnête femme, mais une ouvrière enrichie par la grâce de ses charmes, comme toutes les autres filles du quartier : grisettes, lorettes, danseuses, actrices, courtisanes, tout un peuple de femmes qui n'a pas droit à votre respect, même si vous partagez avec nous les moments les plus joyeux de vos vies.
Nuit et jour, vous hantez les boulevards, leurs restaurants, leurs cafés, leurs théâtres et leurs maisons closes, pendus à nos cous, mais jamais au bras de vos légitimes. On dirait que les hommes de ton milieu ne conçoivent pas de rire, aimer et manger avec leurs épouses, comme si ces activités étaient trop dégradantes pour leur condition.
Alors soupons, dansons, aimons-nous ici tant que nous le pourrons.
Je reviendrai dans quinze jours.
Je t'embrasse (partout)
Joséphine

Lundi 18 juin 1866

Joséphine,
Mon Impératrice. Ma vie. Ma joie et mon tourment.
Cette nuit a été plus belle que toutes nos nuits réunies. Je n'ose encore croire au bonheur d'avoir retrouvé ta peau douce et tes longs cheveux qui se mêlaient à nos corps comme des franges de soie dorée. Tu as rallumé dans mon cœur et dans mes reins le feu endormi. J'attends ton retour avec impatience.
Préviens-moi que je m'organise.
Antoine

Samedi 23 juin 1866

Je serai à Paris le 28.
Joséphine

Samedi 7 juillet 1866

Billets pris ! Je serai à Paris le 12 juillet.
Joséphine

Lundi 23 juillet 1866

Ma Joséphine,
Comme chaque année, je pars pour Biarritz. Nous avons fait construire une villa et toute la société Beaulieu-Rougeard y descend pour un mois. Il me sera impossible de revenir à Paris durant cette période. Je m'en désole à l'avance.
Je t'aime

Jeudi 26 juillet 1866

Mon Antoine, ne t'inquiète pas.
La saison deauvillaise bat son plein et je n'aurais pas pu venir à Paris. J'ai du travail par-dessus la tête jusqu'à la fin août.
Écris-moi si tu peux.

Mercredi 15 août 1866

Joséphine,
L'été s'étire à l'infini. Je perds régulièrement l'argent de ma femme au casino. Elle et ma mère manigancent toute la journée pour se faire inviter chez l'Impératrice,

c'est usant. Biarritz est belle mais désormais rien ne vaut pour moi les embruns du boulevard Montmartre.
Je t'aime
Antoine

Télégramme de M. Antoine Beaulieu pour Mlle Joséphine Gallais daté du jeudi 30 août 1866

Suis rentré à Paris. Stop. Je t'attends. Stop. Je n'en puis plus. Stop. Antoine

Télégramme de Mlle Joséphine Gallais à M. Antoine Beaulieu daté du vendredi 31 août 1866

Serai à Paris dimanche matin. Stop. Joséphine

Lundi 3 septembre 1866

Antoine chéri,
Évidemment, tu dors encore. J'ai posé sur tes lèvres des baisers qui ne t'ont pas réveillé ! J'ai quitté notre lit sur la pointe des pieds pour m'installer à ton bureau sur ce fameux rond de cuir que tu détestes. Je prends une de tes plumes et je me sens puissante comme toi ! Le soleil est déjà levé sur le boulevard. C'est drôle, du côté de « notre appartement » et de ma mansarde d'autrefois, nous avons les yeux sur les quatre murs de la cour, et le ciel bleu par-dessus la mer des toits de Paris, grise comme la Manche. De ce côté-là, je découvre la cime verte des arbres et par la fenêtre ouverte de ce gentil matin de septembre, j'entends déjà tout le boucan du boulevard, les cris des marchands ambulants, le claquement des sabots. C'est le côté pile et le côté face d'un même lieu.
Comme il a été long ce mois sans toi !
Mon fameux rendez-vous de 10 heures avec le responsable des achats des Grands Magasins du Louvre me fait peur. Je vais encore tenter de lui vendre mes bijoux,

avant de prendre mon train pour Deauville. Mais j'ai bien peur de ne pas réussir à les placer. Ces messieurs n'apprécient pas que je ne représente que moi-même. Ils me demandent toujours qui est mon patron, pour quelle compagnie je travaille. C'est affolant. D'autant plus que j'ai absolument besoin de remplir mon carnet de commandes. L'hiver à Deauville devient de plus en plus sinistre et je ne survivrai pas à la morte-saison sans nouveaux clients parisiens. Souhaite-moi bonne chance.
Je t'embrasse.

Jeudi 6 septembre 1866

Ma Joséphine chérie,
Décidément à tes côtés j'en apprends chaque jour un peu plus sur le caractère féminin. Je découvre votre force et votre volonté que rien n'arrête. Ah ! Qui peut encore vous qualifier de faibles créatures quand on voit ce que vous êtes capables d'accomplir malgré les mille et une contraintes que l'on impose à votre sexe ?
Sais-tu que, par curiosité professionnelle, je me suis intéressé à votre statut ? Juridiquement, vous n'avez pas plus d'autonomie qu'un nouveau-né.
De la tutelle du père qui a sur vous tous les droits, vous êtes censées passer à celle du mari qui en aura encore plus et surtout celui de s'approprier votre fortune, si par hasard vous en avez une. Ainsi de la manière la plus injuste, tous les biens de ma femme m'appartiennent et j'ai le droit d'en disposer à ma guise sans la consulter.
Quand vous n'avez point de mari, la société se charge d'y suppléer : patron, amant protecteur, asile, hôpital ou couvent.
On s'accorde communément à dire que vous êtes vénales ? C'est parce que l'argent est aux mains des hommes et que vous devez passer par nous pour y avoir accès.
Manipulatrices ? N'étant pas libre d'agir par vous-même, vous vivez votre destin par procuration.

Fragiles ? Parce que vous n'avez aucun autre droit que celui de nous obéir.

De haut en bas, la société est construite sur le pouvoir des hommes.

Et puis il y a toi qui tentes de suivre la voie très étroite de l'indépendance, mais là encore on te met mille bâtons dans les roues.

Alors il m'est venu une idée. Créons notre compagnie, appelons-la par exemple « Beaulieu & Gallais ». Munie du passe-droit que t'apportera mon nom, toutes les portes s'ouvriront et tu pourras te développer comme tu le souhaites. Je te rassure, il ne s'agira que d'un prête-nom. Je ne souhaite toucher aucun dividende sur ton travail. Qu'en dis-tu ?

J'attends ton retour sur notre boulevard Montmartre,

Je t'aime

Antoine

Mercredi 12 septembre 1866

Antoine chéri,

Si c'était possible, je t'aimerais encore plus fort d'avoir eu cette idée. Quel grand avocat tu ferais si tu te mettais à défendre la cause des femmes (et des sans-le-sou, et des enfants perdus) ! Quand est-ce que tu te lances ?

J'accepte avec soulagement car j'ai encore fait chou blanc avec Les Grands Magasins du Louvre, comme avec le Printemps, le Bazar de l'Hôtel de Ville et le Bon Marché.

Et puis ça me plaît d'unir nos deux noms sur cette affaire. Ce n'est que justice car c'est avec tes capitaux que je me suis lancée. Ainsi nous aurons construit quelque chose ensemble, même ce n'est ni un foyer ni une famille, il y aura quand même une maison qui portera nos deux noms réunis. Ce sera notre mariage à nous !

Je serai à Paris samedi 22.

Joséphine

Samedi 15 septembre 1866

Ma Joséphine,

Tu as toujours de ces idées amusantes !

Certes, ce sera une maison de papier, mais ce sera la nôtre. Je prépare les actes, tu n'auras qu'à signer à ta prochaine visite et nous célébrerons dignement notre mariage d'affaires !

À toi pour toujours,

Antoine

Lundi 24 septembre 1866

Mon Antoine,

Nous étions vraiment à la noce samedi à la Maison Dorée ! Décidément, cette maison est faite pour célébrer nos faux mariages !

Quelle gentille idée tu as eue de convier Mlle Adèle et son Maurice, Mme Modeste, Detaille et sa Julia, ton cousin Élie Blum et l'adorable Clara, ainsi que Rose et Mariette dans ce cabinet privé. Je repars pour Deauville avec un mal aux cheveux terrible.

J'ai bien signé tous les papiers ! Dis donc, je comprends enfin ton métier. Tu es un avocat d'affaires !

Je serai à Paris le 6 octobre.

Je t'aime

Ta femme du boulevard

Lundi 15 octobre 1866

Je serai à Paris le samedi 20 octobre.

Joséphine

Lundi 29 octobre 1866

Je serai à Paris le samedi 3 novembre et je compte rester deux nuits auprès de toi. J'ai un rendez-vous important lundi après-midi.
J'ai hâte
Joséphine

Mardi 6 novembre 1866

Mon chéri !
C'est plié pour les Grands Magasins du Louvre ! Une belle commande de 300 pièces ! Je vais devoir trouver de nouvelles ouvrières !
Comme dirait mon père, ce fils de grognard fidèle à Napoléon Ier (tu sais que c'est par fidélité à son Bonaparte qu'il m'avait appelée Joséphine ?), « Voilà le soleil d'Austerlitz » !
Je t'aime
Joséphine

Lundi 12 novembre 1866

Ma Joséphine !
Te voilà donc sacrée Impératrice du bijou de fantaisie !
Je t'attends au plus tôt pour célébrer cette victoire à notre façon.
Ton mari du boulevard

Vendredi 16 novembre 1866

Serai à Paris le 25.
J'ai décidé de venir tous les deux dimanches.
Qu'en dis-tu ?

Mardi 20 novembre 1866

Meilleure idée de l'année
À dimanche
Antoine

Lundi 6 mai 1867

Antoine chéri,
Je ne pourrai venir dimanche comme prévu, Désiré m'a trouvé un local parfait pour le nouvel atelier mais j'ai pris du retard dans la fabrication des commandes. Les ouvrières me rendent folles par leur incompétence. Je dois les former une par une.
Nous nous rattraperons la semaine prochaine.
Crois bien que je suis la plus triste des femmes.
Je t'embrasse (partout)
Joséphine

Lundi 22 juillet 1867

Ma José-fine,
Le mois prochain, je pars pour Biarritz.
J'ai pour projet de louer ensuite une maison à Deauville afin de t'avoir tout à moi pendant quinze jours.
Qu'en dis-tu ?
Antoine

Vendredi 12 juillet 1867

Mon Antoine,
En août, Deauville est une fourmilière et le magasin ne désemplit pas. Je dois également veiller à la fabrication des nouvelles commandes de septembre à l'atelier. Je n'aurai pas une minute à moi.

Et puis mon chéri, ici, je me tiens à carreau.
Arrivée à Deauville comme une fille de fermier chassée par son père pour un passé scandaleux et une fortune d'origine douteuse, j'ai peu à peu réussi à me forger une réputation de commerçante respectable. C'est que je suis devenue une notable par ici !
Alors si on voit débarquer mon amant de Paris, un homme marié et de la haute, ça jasera dans les chaumières et mon patient travail n'aura servi à rien. Pense aussi que ta femme pourrait avoir vent de notre liaison.
Je préférerais te retrouver à Paris en septembre. Peut-être je pourrais prendre une semaine et nous irions à la campagne ?
Je t'aime
Joséphine

Mercredi 17 juillet 1867

Ma parole tu as les dents qui te poussent !
Je savais bien qu'il n'était pas sain pour une femme de travailler autant. J'ai l'impression que cela te monte au cerveau. Que crois-tu ? Que les gens sont dupes quand ils voient nos deux noms accolés sur tes carnets de commandes ? Ta couverture de respectabilité est un leurre, Joséphine. Crois-moi, personne ne serait surpris de me voir à Deauville. Et comme sur les boulevards, tout le monde saurait exactement de quoi il en retourne !
Mais j'ai ma fierté et je ne m'imposerai pas si je ne suis pas désiré. D'autres plaisirs m'attendent ailleurs.
Antoine

Dimanche 21 juillet 1867

Mon chéri
Te voilà bien fâché pour pas grand-chose !
Tu crois que je n'aimerais pas partir en villégiature dans une villa au bord de la mer avec toi et me tourner les

pouces pendant tout un long mois ? Seulement voilà, je ne suis pas ta femme et cette vie-là, je n'y ai pas droit. Alors oui, je travaillerai cet été, comme j'ai travaillé tous les étés de ma vie, aux champs, puis à l'atelier et dans mon magasin.

J'ai pensé que tu serais fier de notre réussite, mais par une étonnante tournure de pensée, tu te sens menacé par elle. Oui, le travail prend du temps. Mes ouvrières s'usent les yeux plus de dix heures par jour sur nos bijoux. Ma tâche aujourd'hui est bien plus aisée et je m'en réjouis.

Je te souhaite bien du plaisir ailleurs.

Dis-moi si tu souhaites que je revienne dans notre foyer du boulevard Montmartre en septembre.

Joséphine

24.

C'est quand on est dans la merde qu'il faut parier sur l'avenir

Mercredi 19 février 2020

ILS S'ÉTAIENT SÉPARÉS sur le quai de la gare Saint-Lazare, encore un peu endormis, avec sur les lèvres un sourire qui ne s'effaçait pas. Amanda et Jonathan flottaient dans une petite bulle de brume rapportée de Normandie, le cœur palpitant d'une joie qui n'osait pas dire son nom.

— Tiens-moi au courant de ton entrevue avec la capitaine Cordeix.

— Bien sûr. Je t'appelle tout à l'heure.

Un baiser échangé, doigts entrelacés, puis leurs mains s'éloignèrent, leurs corps se séparèrent, l'espace entre eux s'agrandit comme un gouffre glacial. Amanda suivit la silhouette de Jonathan filer vers le 36, rue du Bastion. Elle enfonça son bonnet sur ses cheveux blonds et prit un taxi en direction du boulevard Bonne-Nouvelle. Elle voulait parler à Bettina.

— Tiens, une revenante ! lança son associée quand elle la vit débarquer au bureau en jean et baskets, les yeux encore flous et les joues roses.

— Je prends deux jours et c'est la fin du monde ?

Amanda fila dans son bureau et s'empara du carton à dessins qui dormait depuis des mois dans sa pile de choses à traiter.

— Je voudrais te montrer un truc, on peut se voir dans ton bureau ? demanda-t-elle à Bettina en revenant dans le showroom le dossier sous le bras.

— Bien sûr !

Elle la suivit, les yeux fixés sur sa taille fine et ses hanches sanglées dans une de ses éternelles jupes crayon, ses mèches coulant dans son dos comme une soie rousse. La pièce dévolue à son associée était lumineuse avec des murs blancs, un épais tapis crème, un bureau de bois clair, des fleurs, une bougie au parfum de tilleul et des dossiers bien classés dans des boîtes beiges.

— Comment ça s'est passé à Deauville ?

— C'est la mère qui a la bague. Alexandre la lui a offerte pour Noël. Je n'ai pas pu la récupérer.

— Oh merde ! Du coup, rien pour te disculper ?

— Non.

Bettina ferma la porte et regarda attentivement Amanda.

— Ce n'est pas une bonne nouvelle. Comment tu te sens ?

— Étonnamment, plutôt très bien.

Elle ne put s'empêcher de sourire devant la mine affligée de Bettina.

— J'ai passé une nuit merveilleuse.

— Non !

— Si.

— Mais ce type est sans doute le meurtrier d'Alexandre… qui, en plus, essaye de te faire porter le chapeau. Et tu t'envoies en l'air avec lui, c'est de l'inconscience !

Amanda savait que Bettina se méfiait de Jonathan, mais elle avait la conviction profonde que son amie se trompait.

Jonathan était une victime d'Alexandre, comme elle, comme Andrieux, comme Drouet, elle était désormais sûre qu'il ne l'avait pas tué.

— Je ne pense pas que ce soit un criminel. Bettina, c'est un type génial. Tu sais qu'il a sauvé 10 000 juments d'un laboratoire pharmaceutique qui les faisait souffrir le martyre ?

— Et alors ? Hitler aussi était végétarien, ça ne l'empêchait pas d'être la pire ordure de l'univers.

Amanda pâlit sous l'injure. Le coup était cruel et ne ressemblait pas à Bettina. Son associée vit qu'elle lui avait fait mal et rougit violemment, les larmes au bord des yeux.

— Excuse-moi, je ne sais plus ce que je dis.

— Je te le confirme !

Bettina se passa les mains sur le visage.

— Je suis morte d'inquiétude avec cette histoire et j'ai l'impression que tu prends tout à la légère. Tu t'imagines si on t'inculpe ? Tu ne veux pas chercher un avocat ?

— J'en prendrai un si je suis accusée… J'en saurai plus demain de toute façon.

Elle hésita avant d'ajouter :

— Je suis convoquée au commissariat.

— Oh putain ! Et si elle t'arrête ? Ne fais pas comme si ce n'était pas grave !

Amanda balança le dossier qu'elle tenait sous le bras sur le bureau de Bettina.

— Que veux-tu que je te dise ? Tu crois que je n'ai pas peur avec cette flic qui ne me lâche pas ? La piste du Rayon de lune n'a rien donné. Je suis coincée !

— On risque de tout perdre avec cette histoire.

— Mais non !

Bettina s'assit derrière son bureau, le visage blême.

— Je ne peux pas me permettre de me retrouver sans boulot, Amanda, j'ai demandé le divorce.

La jeune femme encaissa la nouvelle comme une douche froide. Bettina et Julien, c'était le couple parfait, ensemble depuis douze ans, avec l'appartement super bien décoré, les enfants beaux à croquer et des vacances dans des endroits de rêve. Jamais elle n'aurait imaginé que Bettina passerait à l'acte et détruirait ce qu'elle avait si patiemment construit.

— Non ! Depuis quand ? Pourquoi tu ne m'as rien dit ?

— Une semaine environ, j'allais t'en parler et puis il y a eu cette abominable histoire. Je n'ai pas voulu t'inquiéter davantage.

— Comment tu te sens ? Tu es sûre que ce n'est pas juste une énième dispute ?

— Je me sens mal, évidemment, mais ma décision est prise. Je veux le quitter. Je l'ai annoncé ce week-end à Capucine et Martin… Ça va être chaud.

Et Bettina, l'altière et fière Bettina, qui menait son petit monde à la baguette et savait exactement comment garder le contrôle sur tout son univers, se mit à pleurer comme une enfant perdue. Dévastée, Amanda prit son amie dans ses bras.

— Ne t'inquiète pas, ça va bien se passer. La boîte est solide, tout ne va pas s'écrouler du jour au lendemain.

— Merci, renifla Bettina. Excuse-moi si je ne suis pas le meilleur des soutiens. Mais j'ai des sueurs froides à l'idée de me retrouver dans la même galère qu'il y a sept ans, quand on essayait de percer en tant que comédiennes avec Doria. Le jour où tu m'as proposé de partager ce stand au salon Première Classe avec toi, tu as changé ma vie. On s'est tellement battues toutes les deux, on a bossé comme des malades pour en arriver là. J'ai l'impression que tout est en train de se casser la gueule.

Elle se moucha bruyamment, s'essuya les yeux, ce qui eut pour effet d'étaler la totalité de son mascara et se tourna vers Amanda avec un regard de panda.

— De quoi tu voulais me parler ?

Elle hésita. Était-ce le bon moment pour aborder le sujet ? Elle se souvint qu'elle n'était venue que pour ça et s'était promis d'aller au bout de sa démarche. Elle se jeta à l'eau.

— C'est notre future collection de joaillerie. Je voulais que tu jettes un coup d'œil aux premiers croquis.

Bettina éclata de rire.

— On peut dire que tu choisis ton moment !

Elle ouvrit le dossier et se pencha sur les croquis soigneusement exécutés par Amanda. Sur l'un d'eux s'épanouissait une bague composée d'une opale délicatement entourée de brillants, comme les pétales d'une fleur précieuse. L'éclat des diamants se reflétait sur la pierre ronde, la faisant scintiller comme un astre blanc.

— Le Rayon de lune, murmura Bettina.

— Oui... répondit Amanda.

— Elle est magnifique.

Subjuguée, Bettina fit défiler les dessins les uns après les autres. La collection était totalement fidèle à l'univers de *Bettine et Amandine*, tout en emportant les bijoux vers un ailleurs enthousiasmant.

— C'est Joséphine qui m'a inspiré cette collection. Quand je vois ce qu'une petite nana sans le sou comme elle a été capable d'accomplir toute seule à une époque où les femmes n'avaient pas plus de pouvoir qu'un enfant de sept ans, je me dis qu'on serait bien naze de ne pas tout baiser !

— Alors... je dis « Merci Joséphine » !

Bettina admira le croquis d'une chaîne au maillage délicat au bout de laquelle pendait une émeraude taillée en poire. Elle sourit à Amanda.

— Tu as raison : c'est quand on est dans la merde qu'il faut parier sur l'avenir. On va se sortir de tout ce bordel et se lancer dans la joaillerie ! Je te le promets !

25.

Comme chaque fois qu'elle marchait sur les traces de sa grisette

AMANDA QUITTA LES LOCAUX DE SA SOCIÉTÉ à la fois ébranlée par leur conversation mais soulagée d'avoir crevé l'abcès avec Bettina. Si la porte de la prison ne se refermait pas sur sa liberté, elle porterait un nouveau Rayon de lune à son doigt !

Arrivée au 19 bis, boulevard Montmartre, elle trouva Mira qui sirotait un thé sous le porche en compagnie de Dimitri. L'homme aux cheveux blancs et au sourire d'enfant était apparu dans la vie de la gardienne depuis les fêtes de fin d'année. On savait peu de choses sur lui à part qu'il était divorcé, mélomane et rendait Mira heureuse, ce qui était suffisant pour l'apprécier.

— Félix t'attend pour monter au sixième, l'informa la gardienne.

— Ah merci.

— Qu'est-ce que vous manigancez tous les deux ? Ce n'est pas en rapport avec cette affreuse affaire ?

— Mais non Mira ! T'inquiète !

Au fil des années, Félix le proprio et Mira la gardienne avaient développé une relation particulière et elle le protégeait comme une mère poule défend son petit. Les locaux de Laser Finances, situés au deuxième étage, faisaient tout le tour de l'immeuble, occupant à la fois l'escalier A et l'escalier B. Le propriétaire de l'immeuble se tenait sur le seuil de sa société. Il secoua le gros trousseau de clés qu'il tenait à la main.

— Prête ? demanda-t-il.

— Oui. Passons par chez moi, proposa-t-elle, on aura moins d'étages à monter à pied.

— Tu as la clé de l'escalier de service ?

— Oui, c'est bon.

Comme chaque fois qu'elle marchait sur les traces de sa grisette, Amanda était profondément émue. Pour la deuxième fois depuis qu'elle s'était installée dans cet appartement, elle déverrouilla la porte au fond de la cuisine qui donnait sur l'escalier de service. C'était par cette ouverture que Joséphine était apparue un jour de 1860 à Antoine, dans la fraîcheur de ses vingt ans. En fermant les yeux, Amanda pouvait presque imaginer le jeune Antoine faisant l'inventaire avec son commis dans la réserve, la porte ouverte sur le froid de novembre, et son coup au cœur en découvrant la jeune fille en cheveux qui se tenait timidement devant lui pour récupérer son chat.

L'escalier de service avec ses marches et sa rampe de bois se révéla à eux dans toute sa vétusté. Félix siffla, impressionné par son état de délabrement. Apparemment l'entretien de cette zone oubliée de l'immeuble ne faisait pas partie des fonctions de Mira. Ils s'aventurèrent lentement sur le palier, qui craqua sous leurs pas. Leurs chaussures laissaient des empreintes précises sur l'épaisse couche de poussière. Le cœur battant, Amanda monta les marches qui menaient au sixième. Une grosse porte à la peinture grise écaillée bloquait l'accès aux mansardes, Félix éternua plusieurs fois de suite dans son coude avant d'introduire une grosse clé dans l'antique serrure.

— Pourquoi tu veux visiter les combles déjà ? demanda-t-il.

— Je te l'ai dit : j'ai découvert un paquet de lettres dans ma cheminée, une correspondance entre une petite ouvrière qui vivait dans une mansarde sous les toits et un jeune avocat dont le cabinet se trouvait dans l'appartement que j'occupe.

— Incroyable ! dit-il en s'acharnant sur la serrure qui ne voulait pas tourner.

— Tu crois qu'il faut mettre du dégrippant ?

— Trop la flemme de redescendre !

Il donna un grand coup de pied dans la porte qui gronda de douleur sans bouger d'un pouce.

— Attends ! dit Amanda en sortant de son sac un tube de crème pour les mains dont elle fit gicler une grosse noisette dans la serrure.

Elle fit lentement jouer la clé qui accepta finalement de tourner, la porte s'ouvrit en grinçant sur ses vieux gonds.

— Bien joué, Miss Gyver !

Ils découvrirent un corridor le long duquel s'alignaient une dizaine de portes. Félix tourna un interrupteur en porcelaine. Une ampoule poussiéreuse clignota faiblement avant de se stabiliser. Son halo jaune révéla quelques valises en carton rangées le long du mur, une pile de revues de cinéma datant des années 1940, deux fauteuils à l'assise défoncée, sans doute rongée par les souris, un lampadaire doté d'un abat-jour en verre dépoli. Il flottait dans l'air une odeur de moisi et de vieux papiers qui prit Amanda à la gorge.

— Ça alors ! Mais c'est immense ! s'exclama Félix qui devait penser au nombre de mètres carrés inexploités qui dormaient là depuis des années.

Amanda avait l'impression de pénétrer dans le décor d'un vieux film très triste. Elle se dirigea lentement vers la deuxième porte qui, elle le savait, avait été celle de la chambrette de Joséphine et tourna la poignée en tremblant. C'était là qu'elle vivait ! Mon Dieu comme c'était petit ! Il y avait une cheminée minuscule qui devait faire à peine la moitié de la taille des siennes. La pièce était encombrée de vieux papiers. Sur un lit en fer, une pile de draps s'était écroulée. Amanda s'approcha de la fenêtre par laquelle Grisette aimait s'échapper. Son cœur battait à tout rompre. Elle imaginait la mansarde du temps de Joséphine, l'espace si petit qu'il y avait juste la place pour un lit étroit, une table de toilette avec son broc d'eau sur laquelle Joséphine aimait écrire. Elle regarda autour d'elle, cherchant des indices, une trace de sa présence. Laquelle de ces vieilleries datait du temps de la grisette ? Une série d'éternuements annonça la venue de Félix.

— C'était la chambre de Joséphine, le renseigna-t-elle la gorge nouée. À droite, c'était celle de Mariette, à gauche celle de Julia et un peu plus loin, celle de Mme Modeste.

— Tu vas pas chialer, quand même ? demanda Félix en s'asseyant précautionneusement sur le bord du lit, ce qui provoqua un nouvel éternuement.

— Tu es allergique ?

— À mort !

Elle ne put s'empêcher de pouffer de rire. Malgré sa position de patron d'une société de placements financiers et son aura de propriétaire de l'immeuble, Félix avait un potentiel de sympathie surprenant. Doria lui avait raconté qu'il était arrivé de Martinique pour suivre des études de mathématiques financières qui l'avaient mené à la Banque Générale puis à la direction de Laser Finances. En 2013, après moult péripéties, il avait racheté l'immeuble. Il paraît qu'il avait alors une tête chafouine que le port d'une barbe bien taillée avait grandement améliorée (toujours selon les dires de Doria). Amanda le trouvait plutôt séduisant.

— Il paraît que des gens étaient cachés ici pendant la guerre, confia-t-il à Amanda. D'ailleurs tu sais qu'on n'a plus accès à l'escalier de service depuis la cour ? L'accès a été muré en 42 ou 43 pour que la police ne puisse pas soupçonner l'existence du sixième étage. Ce sont les locataires qui leur montaient à bouffer via l'escalier de service.

— Comment tu sais tout ça ?

— C'est le notaire qui me l'a raconté le jour où j'ai signé le compromis de vente. Ils m'ont montré les plans. La Banque Générale avait oublié l'existence de ces chambres et laissé tout l'étage à l'abandon. Regarde-moi ça, ajouta-t-il en désignant le décor autour d'eux. Ça doit coûter une fortune à restaurer.

— Oui mais tu pourrais faire un super appart et le louer.

— Pff ! Je mettrais des années à amortir les frais.

Il se leva et colla son nez contre la vitre sale qui donnait sur une mer de toits de zinc gris.

— Tu t'imagines… rester planqué ici pendant des jours sans pouvoir bouger ! Je me demande s'ils ont réussi à s'en sortir. J'ai trouvé un ours en peluche dans la chambre du fond et… – sa voix s'étrangla – et une poupée.

— Tu ne vas pas pleurer quand même ! le taquina-t-elle.

— Non ! répondit-il en s'essuyant les yeux.

Dans le sac d'Amanda, son smartphone sonna. C'était Jonathan. Elle décrocha en souriant.

— Alors ? Comment ça s'est passé ?

— Je suis en garde à vue pour le meurtre de Jérôme Tabournet.

— Quoi ?

Elle avait hurlé sans s'en rendre compte. Félix ouvrit grand ses yeux comme pour lui demander ce qui se passait.

— Je n'ai pas le temps de parler, répondit Jonathan. Je veux juste te dire trois choses. Un : ce n'est pas moi qui ai tué Alexandre. Deux : j'ai besoin d'un avocat. Je ne veux pas d'Andrieux. Trois : hier, j'ai passé la plus belle nuit de ma vie.

— Mais enfin je ne comprends pas ! Pour quelle raison est-ce que tu es accusé ?

Mais c'était trop tard. La conversation avait été interrompue.

— Qu'est-ce qui se passe ? demanda Félix.

— Mon copain a été arrêté pour le meurtre d'Alexandre Maréchal. Il est en garde à vue.

— C'est qui, ton copain ? demanda-t-il, surpris.
— Jonathan Auslender.
Sa déclaration provoqua une crise d'éternuements pharaoniques chez Baltimore.
— Amanda, il faut que je te parle mais je ne peux plus rester ici, c'est un enfer pour mes narines. Allons dans mon bureau.

26.

Elle a dû penser qu'elle avait couché avec un psychopathe

Les locaux de Laser Finances étaient une source de fantasmes et de bavardages parmi les locataires du 19 bis, boulevard Montmartre qui formait une population atypique, assez peu portée sur la performance économique. Or l'équipe de Félix était composée d'une dizaine de jeunes gens en costume cravate dont le job était de créer des produits financiers (forcément toxiques) pour les fourguer à des clients de la Banque Générale (forcément naïfs). Ils inspiraient aux locataires de l'immeuble une méfiance instinctive. De l'avis général, ces financiers des Grands Boulevards, qui se prenaient pour des loups de Wall Street, avaient un goût de chiotte. On glosait sans vergogne sur leurs affreuses fenêtres en PVC sans aucun découpage en menuiserie, l'air conditionné qui tournait en permanence hiver comme été, la destruction des cheminées de marbre, leurs faux plafonds incrustés de spots agressifs qui dissimulaient les anciennes moulures et la moquette grise qui recouvrait le parquet d'origine. En traversant l'open space divisé par de grossières structures d'acier noir et de verre, Amanda se dit que c'était encore plus laid que ce qu'elle imaginait.

Félix continuait à éternuer tout ce qu'il pouvait. Amanda le suivit, intriguée, jusqu'à la grande cabine vitrée qui lui servait de bureau. Elle remarqua qu'il était situé au même endroit que le sien et donnait directement sur la cour. Baltimore se moucha et avala un cachet, sans doute un antihistaminique, avec un grand verre d'eau. Elle s'assit dans un des fauteuils qui faisaient face au grand bureau.

— Un café ? proposa-t-il.

— Non merci. Qu'est-ce que tu voulais me dire, Félix ?

Il se leva pour baisser les stores vénitiens dont les fines lamelles de métal gris étaient destinées à lui apporter un peu d'intimité et revint s'asseoir derrière son imposant bureau de verre surchargé de dossiers. Il se racla la gorge comme si quelque chose le gênait ou qu'il avait du mal à parler.

— Jonathan Auslender était bien un client d'Alexandre Maréchal ? demanda-t-il.

— Oui, comment le sais-tu ?

Il détourna le regard.

— Alexandre a dû l'évoquer lors d'une conversation.

— Tu le connaissais ?! demanda-t-elle, surprise.

— Ben évidemment ! Il était venu me trouver de ta part !

— Pardon ??? s'exclama-t-elle en se soulevant à moitié de son fauteuil.

— Tu ne le savais pas ?

Abasourdie, Amanda n'arrivait plus à prononcer un mot. La perversité d'Alexandre n'avait donc aucune limite. Son cerveau échauffé moulinait un essaim d'hypothèses qui se télescopaient dans tous les sens. Une idée s'imposa à son esprit comme une évidence : *elle n'était donc pas la seule habitante de l'immeuble à avoir un lien avec Alexandre* ! Voilà qui devait détourner les soupçons de sa seule personne !

— Quand l'as-tu connu ? demanda-t-elle.

— En mars ou avril, l'année dernière. Il a sonné à la porte en fin de journée, en demandant à me parler.

La standardiste est venue me chercher. Il s'est présenté en me disant que tu lui avais conseillé de venir me voir.

— Première nouvelle ! grinça Amanda.

— Je l'avais croisé plusieurs fois sous le porche ou chez Karim avec toi, j'étais sûr que tu étais au courant.

Elle secoua la tête, poings serrés. Même mort, cet enfoiré continuait à la mettre en rage.

— Et que voulait-il ?

Félix Baltimore soupira avant de répondre.

— Il rencontrait quelques problèmes de trésorerie et m'a demandé si je pouvais lui donner un coup de main pour l'aider à obtenir un prêt auprès de la Banque Générale. Ce que j'ai fait.

— Mais ce n'est pas ton job ça ! Pourquoi aurais-tu fait une chose pareille ?

— Effectivement, ce n'est pas mon boulot, mais j'ai beaucoup de contacts là-bas, évidemment. Je l'ai fait pour deux raisons... D'une, c'était pour te rendre service. Tu sais que je fais toujours tout ce que je peux pour les habitants de l'immeuble et Alexandre était ton mec...

— Putain Félix ! Je ne t'ai jamais demandé le moindre service pour ma propre boîte ! Jamais je ne t'aurais envoyé Alexandre ! Pourquoi tu ne m'en as pas parlé ?

— J'ai voulu me montrer discret, pour que tu ne te sentes pas mal à l'aise. Et l'autre raison, c'est qu'Alexandre a tout fait pour que je l'apprécie immédiatement. J'ai bien sûr été flatté que ce grand avocat, mondain connu dans tout Paris, vienne me trouver. Et puis j'ai découvert qu'en fait c'était un type très simple, issu comme moi d'un milieu ultra-modeste – il m'a confié sous le sceau du secret que sa mère avait été femme de ménage – ayant fait des études brillantes pour réussir à se faire embaucher dans le plus grand cabinet de Caen.

Encore un qui s'est bien fait embobiner par Alexandre ! songea Amanda avant de répondre sobrement :

— J'ai appris récemment pour sa mère.

— Écoute Amanda, il faut que tu saches qu'Alexandre n'était pas tout à fait le type charmant qu'il prétendait être...

— Que veux-tu dire ? demanda-t-elle le cœur battant.

— Je pense qu'il était très fort pour raconter à chacun ce qu'il avait envie d'entendre, pour obtenir ce qu'il voulait. Une sorte de manipulateur...

Amanda était soudain persuadée que Félix en savait beaucoup plus qu'il ne voulait bien l'admettre. Son instinct lui souffla de marcher sur des œufs. Elle devait le pousser aux confidences sans l'effrayer. Devait-elle lui faire une confidence pour l'amadouer ? Mais il semblait focalisé sur sa propre expérience avec Alexandre. Elle préféra le laisser parler sans le brusquer.

— On est restés en contact, on buvait un verre de temps en temps pour refaire le monde... Il me donnait l'impression de me considérer comme un ami, m'écoutait, me donnait des conseils. Il m'a même suggéré de refaire la déco de mes locaux.

Félix se leva, sous le coup d'une agitation extrême. Elle l'observa tourner tout autour de la pièce comme un lion en cage. Finalement, il revint s'asseoir sur son énorme fauteuil présidentiel, posa les coudes sur la table et appuya son visage sur ses deux mains jointes dans une attitude méditative en inspirant et soufflant bruyamment plusieurs fois de suite. Il semblait réfléchir à ce qu'il pouvait lui révéler.

— J'ai quelque chose de très confidentiel à t'avouer. Je compte sur toi pour que ça reste entre nous.

— Je serai muette comme une tombe, Félix.

Il se versa un verre d'eau qu'il but d'un trait, lui demanda si elle avait soif, mais elle avait surtout envie de boire ses paroles et déclina poliment d'un geste de la main et d'un sourire, sans prononcer un mot de peur de rompre le charme.

— Tu te souviens le jour où on s'est croisé à la PJ ?

— Oui très bien, chuchota-t-elle.

— Les flics m'ont retenu en garde à vue pendant quarante-huit heures. Les deux jours les plus atroces de ma vie.

Il se passa les mains sur le visage comme pour effacer le souvenir de ces heures cauchemardesques. Elle se pencha lentement vers lui.

— Ils ont cru que c'était toi qui l'avais tué ?

— Oui ! Ça a été atroce. Heureusement que j'ai réussi à m'en sortir. Tu sais que je me réveille encore en sursaut la nuit, le visage dégoulinant de sueur. Je touche mes poignets pour être bien sûr que je ne porte plus ces putains de menottes.

Il serra ses mains l'une contre l'autre pour les empêcher de trembler et elle vit qu'il avait les larmes aux yeux, l'air complètement traumatisé. Amanda pensa à Jonathan qui devait être en train de vivre le même cauchemar en ce moment même. Un gros nœud vint lui bloquer la gorge, elle crut qu'elle allait se mettre à sangloter, mais il fallait faire parler Félix. Elle pleurerait plus tard.

— Mais pourquoi tu as été arrêté ?

— On dirait que cet enfoiré d'Alexandre a tout fait pour me faire accuser.

— Quoi ? Mais comment ça ?

Il but une nouvelle rasade d'eau et cette fois-ci elle accepta de l'accompagner pour tenter de faire passer la boule qui continuait à lui bloquer la gorge. Sa fureur contre Alexandre, déjà bien costaude, grossissait au fur et à mesure des confidences de Félix. Celui-ci soupira avant de poursuivre :

— Quelques jours avant sa mort, Alexandre m'a appelé pour me dire qu'il avait de gros ennuis et me demander d'intervenir auprès de la Banque Générale pour obtenir un nouveau prêt. Cette fois, j'ai répondu que je ne pouvais rien faire. La veille de sa mort, à l'heure de la fermeture, il a débarqué à mon bureau, dans un état de dingue. Je pense qu'il avait bu. Il semblait terrifié et m'a presque supplié de l'aider. J'ai répété que ce n'était pas en mon pouvoir. Il est devenu comme fou, limite violent. Je lui ai demandé de partir et j'ai attendu d'être sûr qu'il n'était plus dans les parages pour rentrer chez moi vers 21 heures. Dans la nuit, il m'a envoyé des textos chelous du genre « Tes menaces ne me font pas peur. Tu n'auras pas ma peau ». Le lendemain, il était mort.

— Mais tu l'avais menacé ?

— Non ! Je lui ai juste dit de partir ! Mais cela a suffi à convaincre la policière chargée de l'enquête que j'avais tué Maréchal.

Amanda leva la main pour lui demander de s'arrêter. Elle avait besoin d'intégrer ce qu'il venait de lui révéler. Un drame dont elle ignorait tout s'était donc joué ici même, dans ce bureau, la veille de la mort d'Alexandre. C'était énorme ! Elle regarda Félix d'un œil méfiant... Et si c'était vraiment lui le tueur ?

— Calme-toi ! lança Félix comme s'il lisait dans ses pensées. Ce n'est pas moi qui l'ai tué. Sinon je ne serais pas là en train de te parler. Ils m'ont gardé jusqu'au lundi quand j'ai pu prouver mon innocence, grâce à mon alibi en béton armé.

— Et c'est ?

Il fit une petite grimace gênée.

— Une meuf de Tinder. Je n'avais même pas ses coordonnées ! Les condés l'ont contactée via l'appli pour lui demander où elle se trouvait dans la nuit du jeudi 13 au vendredi 14 février. Elle a mis du temps à réagir, mais j'ai eu de la chance qu'elle réponde et dise la vérité. Et c'est comme ça que j'ai été relâché. La pauvre ! Elle a dû penser qu'elle avait couché avec un psychopathe.

Amanda était perplexe. Il y avait donc trois suspects dans cette affaire : Félix, Jonathan et elle. Trois personnes qu'Alexandre Maréchal avait escroquées et roulées dans la farine à des degrés divers. Félix l'avait vu la veille de sa mort, mais il avait un alibi. Elle n'avait pas eu de ses nouvelles depuis des mois, mais elle n'en avait pas. Elle se demanda ce que Jonathan avait fait dans la nuit du 13 au 14 février dernier. Qui donc avait tué Alexandre Maréchal ? Elle se leva pour mettre fin à l'entretien avec Félix. Sa tête menaçait d'exploser et elle avait encore beaucoup des choses à faire.

— Et maintenant c'est Jonathan qu'elle soupçonne, conclut-elle. Je te laisse, je dois lui trouver un avocat.

Félix s'était mis debout et avait contourné son bureau pour la raccompagner. Il avait retrouvé son masque de propriétaire de l'immeuble souriant et bienveillant.

— Bon courage pour Jonathan. Et je compte sur ta discrétion. Le patron de Laser Finances en gardav pour meurtre, ça la foutrait vraiment très mal.

Elle le quitta avec l'impression désagréable qu'il ne lui avait pas dit tout ce qu'il savait.

27.

La radio diffusait une page de pub longue comme un roman de Joël Dicker

SCOTT LE CHAT l'accueillit avec des miaulements chargés de reproche et se posta devant sa gamelle vide en la fixant de ses yeux jaunes, brillants comme des topazes. Elle se demanda si Doria n'avait pas oublié de passer le matin et lui servit des croquettes. Peut-être devrait-elle créer un bijou en l'honneur du chat pour se faire pardonner : des topazes bien sûr, montées sur or avec aussi une touche d'onyx… Après avoir mangé, Scott daigna se frotter contre ses jambes pour lui montrer qu'il n'était plus si fâché. Elle se pencha et le prit dans ses bras, plongea son nez dans sa fourrure toute douce, rassurée par la chaleur de son petit corps élastique qui se laissait caresser avec confiance. Soudain lassé, le mini-félin s'échappa d'un mouvement souple et partit régner dans un autre lieu de l'appartement.

Amanda se débarrassa de ses chaussures, et ouvrit son réfrigérateur à la recherche de quelque chose à grignoter. Son entretien avec Félix lui avait donné une fringale qui lui tordait le ventre et son petit déjeuner au Normandy avec Jonathan lui parut dater du siècle dernier. Les clayettes criaient famine sous la lumière froide et bleutée. Elle y trouva une boîte d'œufs entamée, un poivron et une tomate trop mûre. Quand elle était perturbée, elle aimait se préparer un plat réconfortant que son père lui préparait quand elle était petite. Amanda alluma la radio et se mit à râper le poivron pendant qu'un peu d'huile d'olive chauffait dans une poêle. Elle versa le poivron râpé dans l'huile frémissante et râpa la tomate qu'elle mélangea au poivron, ajouta une pincée de sucre en poudre, sala et poivra. À la radio, un journaliste annonçait que des ressortissants français allaient être rapatriés de Wuhan en Chine pour fuir l'épidémie de coronavirus et placés en quarantaine dans un village vacances pendant quatorze jours. Amanda cassa deux œufs sur la sauce odorante et les brouilla vivement avec une spatule en bois. Le parfum méditerranéen de la préparation lui caressa les narines. Elle servit les œufs dans une assiette et s'assit pour les déguster avec un morceau de baguette croustillante qu'elle avait réchauffée dans le grille-pain. La radio diffusait maintenant une page de pub longue comme un roman de Joël Dicker. Elle éteignit pour savourer son déjeuner en silence et réfléchir aux découvertes du jour. Certaines révélations de Félix ne collaient pas avec ce qu'elle savait.

Si Jonathan était inculpé, c'était sans doute parce qu'Alexandre avait, d'une manière ou d'une autre, détourné l'argent de la vente de sa société. C'était un motif imparable. Mais dans ce cas, pourquoi serait-il allé demander un prêt à Félix Baltimore ? À moins que Jonathan ne lui ait pas tout dit ? Lui aurait-il menti ? Était-il l'assassin malgré ses déclarations ? La méfiance de Bettina était-elle fondée ?

Amanda termina ses œufs et rinça son assiette avant de se préparer un café et le savoura en laissant son regard s'échapper par la fenêtre. Tout lui parut terne, le ciel, les toits, les murs. Cela faisait cinq jours qu'Alexandre s'était éclaté le crâne sur les pavés de la cour et depuis sa vie avait pris l'allure d'un carrousel infernal. La sonnerie du téléphone la tira de sa rêverie grise. La lieutenante Agostini lui annonça d'un ton sec que sa confrontation du lendemain était avancée à 9 heures du matin. Elle eut à peine le temps de répondre que son interlocutrice avait raccroché.

Aussitôt ses pensées virèrent au noir. Jonathan lui avait demandé de lui dénicher un avocat, mais l'urgence était peut-être d'en trouver un pour elle-même. L'ironie du sort étant que cette affaire était un repaire d'avocats mais qu'elle ne pouvait faire appel à aucun d'eux. Il était 5 heures du matin à San José, mais Violette ne lui en voudrait pas de la réveiller. Amanda composa le numéro de sa sœur.

— J'étais en train de rêver de toi ! Tu étais dans le brouillard et tu m'appelais. Ne me dis pas que tout va bien, je ne te croirai pas. Que se passe-t-il ?

— Tu pourrais me donner les coordonnées de l'avocate qui s'est occupée de Joachim en 2015 ?

— C'est pour toi ?

— Peut-être...

— Amanda, parle ou je débarque par le premier avion !

Le smartphone collé à l'oreille, elle alla se blottir dans son canapé pour raconter à sa sœur tout ce qui s'était passé depuis ce matin cauchemardesque où Mira avait découvert le corps d'Alexandre dans la cour de l'immeuble. Elle lui parla de la personnalité trouble de son ex, sa mythomanie, son passé d'escroc, s'étendit sur sa rencontre avec Jonathan et le fait qu'il se trouvait en ce moment même en garde à vue au 36, rue du Bastion comme meurtrier présumé d'Alexandre. Elle évoqua également les révélations de Félix Baltimore et réalisa qu'elle claquait des dents comme une playmate en maillot sur la banquise. Violette l'avait écoutée en silence pour lui laisser le loisir de s'exprimer sans être interrompue. Seules quelques exclamations de surprise lui avaient échappé au fil des révélations.

— Appelle Me Ganancia-Cohen de ma part et raconte-lui tout. Elle est extraordinaire. Tu seras entre de bonnes mains en cas de souci. Demande-lui éventuellement les coordonnées d'un confrère pour ton ami. J'arrive.

Amanda appela l'avocate immédiatement après avoir raccroché. C'était une jeune femme à la voix chaleureuse et dynamique qui l'écouta avec attention en posant des questions précises. Elle lui fixa rendez-vous le lendemain à 7 h 30 chez elle puis lui donna les coordonnées d'un confrère pour Jonathan. Ce serait à celui-ci de se mettre directement en contact avec la capitaine Cordeix pour l'informer que Jonathan Auslender serait désormais son client. Ce dernier coup de fil passé, Amanda se sentit mieux, comme toujours quand elle avait pris une décision. Elle détestait subir les événements, ballottée comme un bouchon sur les flots. Épuisée nerveusement, elle se traîna jusqu'à sa chambre, se roula en boule sous sa couette et sombra dans un sommeil sans rêve. Scott le chat vint se lover à ses pieds.

LES LETTRES DU COFFRET

Jeudi 15 août 1867

Ma Joséphine,
Me voilà à Biarritz où la saison bat son plein.
Je te souhaite un bel été plein de succès et de fortune. Fais briller la compagnie Beaulieu & Gallais de tous ses feux. Nous nous reverrons en septembre.
À toi pour toujours
Antoine

Lundi 19 août 1867

Mon Antoine,
Je serai à Paris le 8 septembre. Je me suis languie de toi chaque jour. J'espère que tu as été sage.
Je t'aime
Joséphine

Lundi 2 septembre 1867

Ma Joséphine,
J'ai été très sage.
Je ne t'ai trompée qu'avec ma femme qui attend un heureux événement pour mai. Elle est encore plus grasse qu'à l'accoutumée, on dirait une oie gavée pour Noël. Je suis fou de joie.

Lundi 9 septembre 1867

Joséphine,
Je t'ai attendue hier toute la journée. Que se passe-t-il ?

Lundi 16 septembre 1867

Antoine,
J'ai dû rester à Deauville pour cause de soucis à l'atelier.
Joséphine

Vendredi 20 septembre 1867

Ma Joséphine, je ne suis qu'un imbécile.
Pardonne mon indélicatesse.
Je me suis senti affreusement rejeté quand tu m'as refusé l'accès à Deauville. J'ai cru que tu ne m'aimais plus. Oui j'avoue, j'ai voulu me venger en te faisant mal comme tu m'as fait mal. Je sais où le bât te blesse et j'ai frappé comme une brute.
Comme un idiot.
Pardonne-moi.

Mercredi 25 septembre 1867

Antoine,

Il ne peut pas y avoir de combat entre nous.

C'est trop inégal.

Tu as gagné d'avance, tu comprends ?

Tu as tout.

J'essaie de ne pas avoir rien.

Si tu veux me mettre à terre à la moindre contrariété, je préfère en rester là.

Tu ne te rends pas compte de la solitude où je me trouve, ni des difficultés que je traverse pour gagner le moindre sou.

Je me débats dans une société qui ne veut m'accorder aucun droit.

Je ne peux pas aussi lutter contre toi que je pensais mon allié.

Cet été, j'étais à la fois au magasin, à l'atelier, sur le champ de courses, dans certaines manifestations caritatives où la présence d'une femme célibataire et sans appui familial est tolérée, si elle paye son écot. J'essayais d'être divertissante sans paraître légère. Je portais en public les bijoux que je crée pour convaincre les élégantes de les porter à leur tour.

Le soir, je m'écroulais parfois sur mon lit sans avoir eu le temps de me défaire.

Je n'ai jamais posé les yeux sur un autre homme que toi.

À la fin de l'été, les nouvelles commandes pour les magasins réunis sont prêtes après mille difficultés. La Grisette de Paris est le magasin à la mode de l'avenue de l'Impératrice.

Je suis tellement fatiguée que j'en pleure. Je pensais goûter un peu de tendresse et de repos entre tes bras.

Tu préfères me faire la guerre.

Je ne peux pas me permettre ce luxe.

Joséphine

Lundi 30 septembre 1867

Ma Joséphine,
Je te demande pardon. Je ne suis qu'un imbécile. En juin, tu évoquais la possibilité de fermer le magasin et de partir une semaine à la campagne.
Dans cette enveloppe, tu trouveras deux billets de chemin de fer pour Florence, puis pour Naples, d'où nous pourrions même aller découvrir Pompéi. J'ai réservé des suites dans les plus beaux palaces d'Italie sous le nom de M. et Mme Gallais.
Il n'y aurait que toi et moi. Nous ferons comme si la vie ne nous avait jamais séparés.
Est-ce que ce programme te tente ? Pourrais-tu envisager de confier le magasin pendant quinze jours à ta demoiselle des ventes ?
Je te jure sur l'honneur que jamais plus je ne jouerai avec tes sentiments.
À toi pour toujours,
Antoine

Vendredi 4 octobre 1867

Antoine chéri,
Tu serais vraiment un grand avocat si tu choisissais d'exercer ton métier. Tu m'as mise dans ta poche en un seul mot. L'Italie ! Quelle idée merveilleuse !
Oui ! Oui ! Oui ! Je pars avec toi ! J'ai tout organisé. Je laisse ma chatte à ma grand-mère. J'espère que la première d'atelier et la demoiselle des ventes pourront me suppléer sans soucis.
Je viens à Paris vendredi prochain me faire une nouvelle garde-robe pour le grand voyage, je l'ai bien mérité.
Joséphine

Lundi 7 octobre 1867

Ma Joséphine,
À nous l'Italie. Ti amo bellissima.
À toi pour toujours,
Antoine

Mardi 29 octobre 1867

Antoine chéri,
J'ai vécu la quinzaine la plus extraordinaire de ma vie.
Nous avons fait comme si... pendant quinze jours nous avons été mari et femme aux yeux du monde. Du jour où tu as passé le Rayon de lune à mon doigt, la réalité a été abolie.
Je retrouve maintenant ma vie : ma Grisette que j'avais confiée à ma grand-mère, le magasin, l'atelier, les commandes, ma maison, le ciel et la mer normands.
Je garderai ces jours bénis à jamais chéris dans mon cœur.
Je serai à Paris samedi en quinze et je pense y rester jusqu'au lundi.
Je te rendrai le Rayon de lune. Dans cette vie-là, il n'est pas à moi.
Je t'aime.
Joséphine

Lundi 4 novembre 1867

Ma Joséphine,
Oui, Dieu en a été témoin, l'harmonie entre nous est totale.
Pas une seule fois en sept ans, ni durant ces quinze jours, je n'ai éprouvé auprès de toi le moindre sentiment de lassitude ou d'ennui. Je crois que cela s'appelle l'amour.
À toi pour toujours,
Antoine

Lundi 18 novembre 1867

Mon Antoine,
J'ai tenté de te réveiller sans succès. Tu es le plus grand dormeur de Paris !
Souhaite-moi bonne chance, j'ai rendez-vous aujourd'hui au Bon Marché !
Je t'aime
Joséphine

Mardi 19 novembre 1867

Antoine !
Ça y est nous avons le Bon Marché !!
Je reviens samedi 30 pour acheter des fournitures et dormir dans tes bras.
Je t'aime
Joséphine

Mardi 24 décembre 1867

Joyeux Noël Antoine chéri,
Cette année encore, je ne serai pas seule. J'ai invité ma maman et ma grand-mère à souper chez moi après la messe de minuit !
Mon vilain papa ne souhaite toujours pas me parler. Tant mieux. Nous serons entre nous et je pourrai les gâter de tout mon saoul !
Je t'aime
Joséphine

Mardi 24 décembre 1867

Joyeux Noël ma Joséphine,
Cette nuit, j'ai voyagé en rêve dans ce monde imaginaire où nous sommes unis pour la vie et libres de passer les fêtes ensemble.
Je vais te faire une confidence : ma mère déteste célébrer Noël. Elle est née israélite et s'est convertie pour épouser mon père. Mais au fond de son cœur, elle reste fidèle à son peuple… et moi je suis fidèle à ma petite maman. C'est pourquoi cette fête, ô combien sacrée pour toi, revêt pour moi une importance toute relative !
À toi pour toujours
Antoine

Dimanche 29 décembre 1867

Oh mon chéri !
Pourquoi ne me l'as-tu pas dit plus tôt ? D'un coup, je suis toute consolée. Cela me paraît soudain bien moins dramatique d'avoir passé Noël séparés si cela ne compte pas tant pour toi !
Je serai dimanche à Paris : rendez-vous avec Le Bazar de l'Hôtel de Ville lundi !
Bonne année 1868 !
Je t'aime

Mardi 7 janvier 1868

Le Bazar de l'Hôtel de Ville est pris ! Il ne me reste plus que le Printemps et les établissements Beaulieu & Gallais auront conquis tous les grands magasins de Paris.
Il me vient l'envie de venir à Paris tous les dimanches durant la morte-saison.
Cela te convient-il ?
Je t'aime

Vendredi 10 janvier 1868

OUI !
À dimanche

Vendredi 15 mai 1868

Joséphine, mon second fils est né cette nuit. La mère et l'enfant se portent bien. Nous l'avons appelé Samuel en hommage à mon grand-père maternel Samuel Blum.
À toi pour toujours
Antoine

Lundi 18 mai 1868

Toutes mes félicitations pour cette naissance, mon chéri.
Il faut se réjouir d'une nouvelle vie qui arrive dans ce monde. Même si ce soir, j'ai mal. Oui, je l'avoue, mon cœur saigne, car moi, je n'aurai jamais la chance de devenir mère. J'envie ta femme, qui porte ton nom sans t'aimer et qui porte tes enfants sans réaliser sa chance.
Je serai là dimanche en quinze. Sois gentil, ne me parle pas de ton bonheur familial. Faisons « comme si », encore une fois. Comme si nous étions les époux du boulevard, comme si ta femme et tes enfants n'existaient pas et que nous vivions heureux dans notre petit ménage parisien.
Joséphine

Mardi 26 mai 1868

Je te le promets. Il n'y a et il n'y aura jamais que toi dans mon cœur.
À toi pour toujours
Antoine

Mardi 2 juin 1868

Joséphine,
Voici l'été qui approche à grands pas. Hortense compte s'installer à Biarritz avec mes fils pour deux mois. Que dirais-tu d'une quinzaine à la campagne avant notre longue séparation de l'été ? Mon cousin Élie et sa femme Clara nous invitent dans leur maison de L'Isle-Adam. Qu'en dis-tu ?
Antoine.

Samedi 6 juin 1868

Quelle idée merveilleuse.
Quand partons-nous ? Le plus tôt sera le mieux pour moi !
Je t'aime
Joséphine

Mardi 9 juin 1868

Je t'attends samedi prochain pour notre départ dimanche.
Prépare-toi à une grandiose partie de campagne !
À toi pour toujours,
Antoine

Lundi 29 juin 1868

Mon chéri,
Je t'ai regardé dormir de ton grand sommeil heureux sans vouloir te réveiller.
Le fiacre est en bas, je reprends le train ce matin pour Deauville avec ma Grisette qui dort aussi profondément que toi dans son panier. Il y a plus de place en seconde qu'en troisième classe, je pourrai la mettre sur mes genoux. Elle a pris bien du bon temps à la campagne.

Son petit ventre tout doux, qui sent encore l'herbe des prés et les fleurs des champs, va une nouvelle fois me servir de mouchoir dans le train, je le sens ! Je suis si malheureuse de te quitter. Ces mois d'été vont me paraître interminables.
Au revoir mon chéri, merci pour ces quinze jours de bonheur. Tu remercieras encore Clara et Élie pour leur accueil. Ce sont vraiment des êtres adorables d'amour et de simplicité et leur petit Paul a définitivement conquis mon cœur. Cela va être dur de ne plus dormir dans tes bras toutes les nuits.
Écris-moi si tu peux car je ne pourrai le faire pendant que tu seras en famille.
Et retrouvons-nous en septembre.
Je t'aime
Joséphine

Mercredi 1er juillet 1868

Ma Joséphine,
Je ne te l'ai jamais dit, mais il n'y a qu'auprès de toi que je dors aussi profondément. Le reste du temps, j'ai un sommeil agité.
Nous partons demain pour Biarritz. Il y a des malles jusque sur le toit de la voiture. J'entends ta voix qui murmure « pauvres chevaux ! ». Et effectivement, depuis que tu m'as ouvert les yeux sur leur souffrance, je les regarde différemment, je vois le souffle qui manque parfois sous leur large poitrail, la sueur et les plaies sur leurs flancs, et leurs regards tristes de bêtes de somme.
Je me languis déjà de te retrouver.
À toi pour toujours,
Antoine

Mardi 1er septembre 1868

Antoine,

C'est avec une grande émotion que je t'annonce mon mariage qui a lieu cet été à Deauville.

Par respect pour celui qui m'a donné son nom, je ne peux plus continuer à te voir. Mon nouvel époux souhaite que je coupe tous les ponts avec mon passé. J'ai vendu La Grisette de Paris et ma maison.

Avant de te dire adieu, j'écris ces mots pour que tu les gardes dans ton cœur :

Je t'ai aimé, je t'aime et je t'aimerai jusqu'à mon dernier souffle.

Joséphine

(Billet à motif professionnel et confidentiel)

Voici les livres de compte de la compagnie Beaulieu & Gallais dont tu es aujourd'hui le seul gérant. Je n'ai pas mentionné son existence dans mes avoirs, car ainsi que tu le sais, tous les biens d'une femme reviennent à son mari, or je tiens à conserver une partie du fruit de MON travail.

Beaulieu & Gallais a cessé son activité. Les ouvrières ont reçu leur dernière paye. La compagnie disposait d'un capital de 20000 francs auquel doit s'ajouter le règlement des dernières commandes livrées aux grands magasins et aux boutiques, qui équivaut à 50 000 francs de bénéfices. Je comptais en réinvestir une partie pour l'achat des fournitures de la prochaine collection… qui ne verra jamais le jour.

Certaines de ces commandes ont été réglées, d'autres non. Tu en trouveras la liste dans les documents joints. Peux-tu, s'il te plaît, t'occuper de récupérer les impayés ? Tu conserveras ensuite 30 000 francs qui correspondent au remboursement de ta mise de départ, car c'est avec l'argent du Rayon de lune que je me suis lancée.

Place ensuite les 40 000 francs restants sur un compte à ton nom avant de fermer définitivement la compagnie.

Cet argent sera une sécurité que je souhaite conserver en cas de besoin.
Ce sera la dernière faveur que je te demande.
Joséphine

Mardi 8 septembre 1868 (Lettre retournée à l'envoyeur)

Joséphine,
Je suis encore dévasté, ulcéré et abasourdi par tes dernières lettres.
Quelle est cette folle histoire de mariage ?
Il me semble que la moindre des politesses entre nous aurait été de m'informer de ce projet avant qu'il n'ait lieu. Depuis quand préparais-tu le coup ? Je comprends mieux maintenant pourquoi tu travaillais ta respectabilité locale ! Ah tu m'as bien fait marcher !
Fou que j'étais de croire que tu resterais fille, fière de ton indépendance chèrement acquise. Des mots ! Du vent ! Tu es bien comme les autres, calculatrice, menteuse, vénale, incapable de vivre sans l'appui d'un homme.
Lequel de ces fermiers enrichis as-tu épousé ? À moins que ce ne soit un commerçant deauvillais ou bien un de ces responsables des achats des grands magasins dont tu me rebattais les oreilles ?

Quand je suis rentré de Biarritz, exsangue après deux mois de futilités mondaines et familiales, et frémissant de te retrouver, tes lettres m'attendaient sur mon bureau ainsi qu'une pile impressionnante de courrier que j'ai mis de côté pour te lire.
Je suis tombé des nues en découvrant tes mots. Impossible de croire à ce que tu racontais : je me suis rendu à Deauville toutes affaires cessantes.
À la Grisette de Paris, j'ai trouvé porte close. Des ouvriers étaient déjà en train de faire des travaux pour l'ouverture d'un nouveau commerce. Évidemment, personne

n'a pu me renseigner sur ce qu'il était advenu de l'ancienne propriétaire. Je me suis ensuite rendu à Blonville pour apprendre que tes parents avaient vendu leur ferme. Là encore personne ne savait où ils étaient allés. À croire que vous vous êtes tous volatilisés !
Au bord du désespoir, je suis allé marcher au bord de cette mer glacée que tu aimais tant. J'ai regardé le ciel en espérant y trouver une réponse. Les larmes me brouillaient la vue. Nous sommes élevés dans l'idée que les hommes ne peuvent pleurer, mais ce jour-là, Joséphine, à genoux sur les coquillages brisés trempés par les vagues, j'ai sangloté comme un enfant.
Peux-tu simplement imaginer l'état de détresse dans lequel je me trouve ? Où es-tu ? Qu'as-tu fait ? Pourquoi cette disparition ? Pourquoi me punir ainsi ? Ne savais-tu pas combien j'allais souffrir ?
Même Mlle Adèle ne sait pas ce que tu es devenue. Elle est bien fâchée de ton ingratitude.
La mort dans l'âme j'ai fait ce que tu m'as demandé. Toutes les factures ont été acquittées. L'argent est en sécurité sur un compte à la Banque Générale. Il t'attend. Je ne veux pas de tes 30000 francs qui sont la juste réparation de ma faute première. Si seulement je n'avais pas ôté cette bague de ton doigt !
Joséphine, c'est un homme désespéré et perdu qui t'écrit à la poste restante de Deauville. J'espère que tu auras l'humanité de me répondre.
Si seulement je pouvais connaître le nom de ton époux, si je pouvais être sûr que tu te portes bien, que tu es heureuse de ton sort, il me semble que je supporterais mieux la situation. Mais cette disparition est pire que la mort.
À toi pour toujours.
Antoine

28.

Mais c'est quoi ce frigo de célibataire ?

Jeudi 20 février 2020

LA VEILLE, Amanda avait mis ses affaires en ordre. Dans l'après-midi, au cours d'une longue réunion téléphonique, elle avait mis Bettina au courant de la situation. Apaisées, les deux associées avaient établi un plan de travail englobant toutes les éventualités. Elles avaient établi la longue « to do list » d'Amanda puis avaient réparti ses tâches entre les différentes collaboratrices. Heureusement, la collection d'été était finalisée, et la scénographie pour la *fashion week* lancée. Elles avaient réfléchi à une communication de crise et choisi la professionnelle à laquelle faire appel au besoin. Amanda était ensuite descendue voir Doria pour lui confier Scott le chat et était restée dîner chez les Klein. Pour une fois, son amie avait mis en veilleuse sa curiosité légendaire et s'était contentée de se blottir avec elle sur son canapé à tissu autocicatrisant avec quelques épisodes d'*Entourage*, leur série réconfortante préférée depuis *Friends*. Léo s'était occupé d'Elias avant de se réfugier dans son bureau pour travailler sur un de ses innombrables projets. Elle était remontée chez elle pour se coucher en essayant de ne pas laisser son esprit partir dans les effrayantes contrées des complications judiciaires.

Me Ganancia-Cohen sonna à la porte à 7 h 30 précises, avec un sachet de croissants à la main. C'était une femme d'une quarantaine d'années, avec une masse de cheveux bruns très bouclés qui encadraient un visage énergique et soigneusement maquillé. Elle dévisagea Amanda de pied en cap et secoua la tête. Amanda avait pris sa douche, s'était attaché les cheveux et s'était vêtue de manière à être le plus à l'aise possible pour la confrontation : un jean, des baskets et un gros sweat-shirt à capuche, moelleux comme un doudou, dans lequel elle aimait se lover les jours de cafard.

— Ça ne va pas du tout, déclara l'avocate d'une voix grave de grosse fumeuse. Jamais de chaussures à lacets ou ils vous demanderont de les enlever et ça peut être très humiliant. Vous serez déjà dans la peau d'une coupable.

— Ah bon, mais pourquoi ? demanda Amanda abasourdie par cette entrée en matière.

— Ils n'autorisent rien qui puisse vous permettre de vous suicider. Avec des lacets attachés bout à bout, ça peut être facile de se pendre. Vous avez des bottes ?

— Euh… répondit Amanda, totalement déstabilisée.

— Vous avez mangé ? demanda l'avocate.

— Je n'ai pas faim.

— Ne jamais aller à une audition le ventre vide. Vous n'aurez pas droit à un plateau-repas, là-bas. Leur objectif sera de vous faire crever la dalle pour vous affaiblir physiquement et mentalement. Où est la cuisine ?

Amanda lui indiqua la direction sans ajouter un mot. L'avocate ouvrit le réfrigérateur et en inspecta le contenu, légèrement désarçonnée.

— Mais c'est quoi ce frigo de célibataire ? C'est la misère ! Vous mangez à votre faim ?

Amanda allait répondre qu'elle n'avait pas été souvent chez elle ces derniers temps, mais l'avocate ne lui en laissa pas le loisir. Elle avait sorti la boîte d'œufs et vérifiait la date de péremption d'un air méfiant. Rassurée, elle lui demanda si elle avait des fruits.

— Je dois avoir des clémentines quelque part.

— Parfait. Croissant, œuf et clémentine, avec ça vous devriez pouvoir tenir le coup. Il faut boire aussi. Ils feront exprès de ne pas vous donner d'eau.

— J'étais en train de me faire un thé…

— OK, préparez-vous un bon petit déjeuner, j'arrive dans deux minutes et on va discuter. Je dois juste passer un coup de fil. Au fait, je m'appelle Catherine.

Catherine Ganancia-Cohen s'éloigna et Amanda l'entendit prendre une petite voix toute douce pour expliquer à quelqu'un à l'autre bout de la ligne comment préparer ses céréales. Amusée, elle remplit sa théière d'eau frémissante et se prépara deux œufs à la coque, prit une clémentine dans le compotier, sortit du sachet un croissant moelleux et croustillant puis disposa tous ces éléments sur la table de la cuisine. L'avocate revint et rangea son smartphone dans son sac.

— Désolée, c'était mon fils. Je ne peux pas l'accompagner à l'école, ce matin.

— Oh, je suis confuse…

— Pas de souci. Bon, asseyez-vous. Faut qu'on parle. J'ai bien regardé votre convocation. En fait, il s'agit d'une confrontation. Ça veut dire qu'on va confronter votre récit avec celui d'une autre personne, vraisemblablement Jonathan Auslender, puisqu'il est actuellement en garde à vue…

Elle laissa Amanda boire une tasse de thé et terminer son œuf à la coque avant de poursuivre.

— Il sera certainement menotté, lacets et ceinture défaits et sans doute pas très frais. Je préfère vous prévenir à l'avance pour ne pas vous déstabiliser.

— Oui bien sûr... murmura Amanda qui n'avait soudain plus très faim.

— Mangez ! Il ne faut pas que ça vous coupe l'appétit. Vous devez prendre des forces. Ça ne va pas être une partie de plaisir.

Elle se força à avaler son croissant qui lui sembla soudain pâteux comme du papier mâché.

— Mais vous croyez vraiment qu'ils vont m'inculper ? demanda-t-elle à l'avocate.

— Je ne sais pas ce qu'il y a dans le dossier, donc je ne peux rien affirmer. J'ai une seule consigne : dites-en le moins possible. Ne mentez pas, répondez aux questions sur votre identité, votre emploi du temps, mais ne vous laissez pas entraîner dans des discussions glissantes.

— Vous ne venez pas avec moi ?

— Comme vous n'êtes ni en garde à vue, ni mise en examen, je pense que le mieux est de vous présenter seule, pour bien leur montrer que vous n'avez rien à vous reprocher. Si vous voyez que ça dérape, demandez la présence de votre avocate.

— OK.

— Mangez votre clémentine. Vous avez des questions ?

— Votre confrère a-t-il pu se mettre en contact avec Jonathan ? Il va bien ?

Me Ganancia-Cohen se leva et fit quelques pas jusqu'à la fenêtre, légèrement agacée. Elle se tourna vers Amanda :

— Écoutez, je ne sais pas ce qu'il y a entre vous mais là, ça ne va pas être possible. Il faut que vous compreniez : il y a deux suspects. Donc le coupable, c'est lui ou vous. Vous ne devez penser qu'à votre pomme.

— Mais il m'a juré qu'il était innocent !

— Ce sera à la police d'en juger. Vous ne devez pas vous laisser déstabiliser, quoi qu'il arrive. Si vous voyez une brèche dans ce que raconte l'adversaire, foncez, démontez-le avec vos faits, votre vérité.

L'avocate prit son ton le plus rébarbatif pour l'interroger sur le déroulement de l'affaire depuis le début, appuya où ça faisait mal : textos de menace, découverte du corps dans son immeuble, manque d'alibi, disparition de la bague…

— Je peux dire ce que j'ai découvert sur Alexandre ? Le fait qu'il soit un escroc ? demanda Amanda.

— Ils doivent le savoir. Ne vous étendez pas trop dessus. À mon avis, ça peut vous desservir. Un type comme ça, on a d'autant plus envie de le tuer.

— OK.

— Venez. On va choisir ce que vous allez porter. Il faudra aussi vous maquiller un peu, pour avoir le teint frais.

Vingt minutes plus tard, chaussée de ses boots à talons les plus confortables, d'un chemisier et d'un long cardigan en cachemire sur son jean, les cheveux lâchés et les yeux rimellisés, Amanda se retrouva assise dans la voiture de son avocate qui s'était tranquillement garée sur le trottoir juste devant la porte d'entrée. Celle-ci alluma la radio sur une station musicale diffusant des chansons françaises des années 1980. Elles traversèrent Paris au petit matin et, malgré son angoisse, Amanda se laissa peu à peu gagner par l'entrain communicatif de sa conductrice qui secouait ses boucles brunes en chantant les refrains à tue-tête. Elles arrivèrent devant le siège de la PJ au son de *Résiste* de France Gall, qui lui sembla parfaitement à propos.

— N'oubliez pas ! Ne lâchez aucune info inutile. Coordonnées, emploi du temps et basta. Je vais à mon cabinet qui ne se trouve pas très loin. En cas de souci, appelez-moi, et je débarque. Allez go ! Résiste !

29.

Vous jouez *Un homme et une femme* sur la plage de Deauville

PRÉPARÉE COMME UN JOUEUR DE FOOT AVANT UNE FINALE, le dos droit et le menton levé, Amanda pénétra dans le bureau de la capitaine Cordeix, qui abritait toujours la même grande table en bois clair, les mêmes murs blancs, la même vue sur le périphérique. Son regard accrocha immédiatement les yeux lagon de Jonathan qui s'étaient posés sur elle à peine la porte ouverte. Ses paupières étaient flétries après deux nuits sans sommeil, des cernes bleutés creusaient ses orbites, mais c'était toujours le même regard clair comme l'enfance qui la fixait entre ses cils sombres. Il cligna des yeux et lui sourit, comme pour lui dire de ne pas s'inquiéter. Ainsi que le lui avait annoncé son avocate, ses baskets étaient dépourvues de lacets et on lui avait ôté sa ceinture, mais heureusement il n'était pas menotté. Une barbe de deux jours ombrait son visage. Elle fut soulagée de constater qu'il ne semblait pas abattu, mais plutôt déterminé. À côté de lui se tenait un homme très mince aux cheveux gris et au visage bronzé qu'elle supposa être son avocat, Me Hazan.

La lieutenante Agostini s'assit derrière son petit bureau équipé d'un gros ordinateur et Amanda s'installa face à la capitaine Cordeix sur une inconfortable chaise en métal, séparée de Jonathan par l'avocat de celui-ci.

— Nom, prénom, date de naissance, adresse ? demanda la lieutenante.

Alors qu'elle déclinait son identité, le regard d'Amanda se posa sur le bureau de Madeleine Cordeix où s'empilait un nombre imposant de dossiers prouvant que l'enquête avait nécessité un gros travail d'investigation. La capitaine rectifia l'alignement de sa gourde d'eau, son paquet de mouchoirs et sa boîte de Tic Tac, tira sur sa queue-de-cheval pour la remonter et fit craquer ses doigts.

— Maddy, tu veux un café avant de commencer ? demanda la lieutenante.

— Non merci, Sophie, ça ira pour le moment.

La capitaine se tourna vers Amanda.

— Connaissez-vous monsieur, ici présent ?

— Oui.

— Pouvez-vous me donner son identité ?

— Jonathan Auslender.

— Quand l'avez-vous rencontré ?

— Le jour de ma première visite ici, c'est-à-dire le 15 février dernier.

— Dans quelles circonstances ?

Amanda essaya de croiser le regard de Jonathan en contournant son avocat mais c'était mission impossible sans attirer l'attention de la policière.

— Je l'ai rencontré à la machine à café à l'accueil, il m'a expliqué comment elle fonctionnait.

— Et ensuite ?

— Je l'ai revu après mon audition, il m'a proposé de me raccompagner.

— Vous voyez que mon client n'a pas menti ! intervint l'avocat de Jonathan.

Madeleine Cordeix tourna vers lui un visage sévère.

— Merci de ne pas m'interrompre.

— Veuillez m'excuser, mais comme vous avez mis sa parole en doute à de nombreuses reprises...

— Je reprends. Madame Abravanel, cela ne vous a pas semblé louche que ce monsieur soit toujours là à la sortie de votre audition, trois heures plus tard ?

— Non...

Un pincement désagréable étreignit le cœur d'Amanda, car elle s'était posé la question à de nombreuses reprises.

— Madame Abravanel, pourquoi ne pas reconnaître que Jonathan Auslender vous a attendue parce qu'il est votre petit ami ?

— Parce que c'est faux.

— Monsieur Auslender, pourquoi avez-vous attendu Mme Abravanel ?

Elle ne pouvait pas voir le visage de Jonathan, mais à son silence, elle devina qu'il était gêné par la question.

— Je ne l'ai pas précisément attendue. J'étais venu à la PJ pour obtenir des infos sur la mort de l'avocat en charge de la vente de ma société. Je vous rappelle qu'à ce jour, je ne sais toujours pas où se trouve mon argent.

La capitaine ne put retenir son agacement.

— Nous avons bien compris, monsieur Auslender, que vous pleurez sur vos millions perdus. La victime, elle, a perdu la vie et je suis là pour savoir qui la lui a prise. Veuillez poursuivre, s'il vous plaît.

— Je vous ai déjà raconté cent fois comment les choses se sont passées : j'arrive à la PJ. Je cherche des yeux un guichet où je pourrais me renseigner. Mon regard est attiré par une très belle jeune femme blonde qui semble avoir des difficultés avec la machine à café. Surpris, je reconnais l'ex petite amie de mon avocat. Je m'approche pour l'aider, en me disant qu'elle pourra peut-être me donner quelques infos, quand une policière vient la chercher pour l'accompagner à son audition. Entre-temps, j'ai demandé à parler à la personne chargée de l'enquête, et je me suis fait envoyer sur les roses à plusieurs reprises. Quand cette jeune femme est réapparue, elle semblait pâle et sur le point de s'évanouir. Je suis allé la voir et je lui ai proposé de la ramener…

Amanda retint de justesse une exclamation de dépit. *Il savait qui elle était et ne lui avait rien dit !* Jonathan l'avait donc manipulée, lui aussi. Ce n'était pas par sollicitude ou bienveillance qu'il l'avait ramenée boulevard Montmartre. Elle se sentit affreusement trahie. Les réticences de Bettina étaient donc fondées. Comme un cheval fou, son esprit partit au triple galop dans les hypothèses les plus sinistres : Jonathan était un menteur. Il avait peut-être du sang sur les mains et essayait de la faire accuser. Après tout, il avait lui aussi une double identité. Elle pensa à Lender qui aimait virtuellement tuer. La capitaine se tourna vers Jonathan.

— Comment saviez-vous qu'il s'agissait d'Amanda Abravanel alors que vous affirmez ne l'avoir rencontrée que le 15 février ?

— Alexandre m'avait montré sa photo sur Instagram. Il semblait très fier d'elle et m'avait suggéré de suivre son compte, ce que j'ai fait. C'est ainsi que je l'ai reconnue ce jour-là. Mais je ne l'avais jamais rencontrée auparavant.

Jonathan se pencha en avant et força son avocat à se reculer pour parler en face à face à Amanda.

— Je suis désolé, je ne t'avais pas présenté les choses de cette façon. Mais je tiens à ce que la capitaine Cordeix comprenne bien que nous ne sommes pas de mèche dans quelque sombre complot. Nous ne nous connaissions pas avant le 15 février. Je le répète, c'était la première fois que nous nous adressions la parole.

Il se racla la gorge avant de marteler :

— Et tout ce que je t'ai dit par la suite est vrai. Mes sentiments sont réels.

La policière sembla ne pas prêter attention à ce qui venait d'être dit. Elle fixa longuement Amanda :

— Un inconnu sorti de nulle part vous propose de vous ramener chez vous et vous acceptez ?

Énervée, elle faillit se lancer dans une tirade bien sentie à l'adresse de la policière dans laquelle elle expliquait qu'elle faisait ce qu'elle voulait de sa vie, mais se contint à temps en se remémorant les conseils de Catherine Ganancia-Cohen et se contenta de répondre simplement :

— Oui.

— De votre côté, saviez-vous qui était Jonathan Auslender ?

— Non.

— Quand l'avez-vous découvert ?

— Quand nous avons déjeuné ensemble, après qu'il m'a raccompagnée chez moi.

Madeleine Cordeix tapa du poing sur la table.

— Vous vous rencontrez miraculeusement le 15 et vous déjeunez immédiatement ensemble. Vous vous rendez ensuite de concert chez Me Andrieux le 16, puis à Caen chez Me Drouet le 17, et à Deauville chez la mère d'Alexandre Maréchal le 19. Vous ne vous connaissez pas, mais vous jouez *Un homme et une femme* sur la plage de Deauville ! Vous vous foutez de moi ?

L'avocat de Jonathan leva les mains en signe d'apaisement.

— Mon client vous a déjà expliqué, ils…

— Taisez-vous ! Je veux la version de Mme Abravanel.

— Vous nous avez fait suivre ? demanda Amanda, choquée.

— C'est une enquête de police ! Évidemment que j'ai fait suivre des suspects ! Votre version des faits, s'il vous plaît, hurla la capitaine.

Amanda se ratatina sur sa chaise, totalement bouleversée par la tournure que prenait l'interrogatoire. C'était bel et bien une confrontation qui l'opposait à l'homme pour lequel elle commençait à éprouver des sentiments. Son avenir et sa liberté dépendaient de cette furie déchaînée. Comme l'avait dit son avocate, c'était lui ou elle.

— Au cours de ce déjeuner, nous avons… sympathisé. J'ignorais que M. Auslender savait déjà qui j'étais. J'étais assez perturbée et il a réussi à me faire parler et à me convaincre que si je retrouvais la bague qu'Alexandre m'avait volée, je réussirais peut-être à prouver mon innocence. Il m'a proposé de contacter Me Andrieux, et c'est comme ça que tout a commencé.

— Mais je ne t'ai convaincue de rien ! C'est toi qui me l'as demandé ! Je n'avais pas besoin de toi pour aller voir Andrieux !! s'énerva Jonathan en repoussant son avocat du bras pour se pencher vers Amanda.

— Silence ! hurla la capitaine. Donc vous déjeunez ensemble et vous confiez à un inconnu qu'Alexandre Maréchal vous a volé une bague…

— Je vous ai déjà expliqué que j'étais perturbée après l'audition. M. Auslender m'a tendu une oreille compatissante et je me suis épanchée, peut-être de manière imprudente, je vous l'accorde.

En racontant les circonstances de sa rencontre avec Jonathan Auslender, Amanda réalisait qu'elle avait fait preuve d'une rare imprudence. Elle ne savait effectivement rien de l'inconnu qui l'avait raccompagnée chez elle. Il avait suffi de deux yeux lagon et d'un sourire charmeur pour qu'elle plonge tête baissée dans cette aventure abracadabrante. Avec le recul, elle voyait tous les signaux qui auraient dû l'alerter et auxquels elle avait délibérément choisi de ne pas prêter attention. L'esprit à la dérive, elle n'entendit pas que la capitaine Cordeix s'adressait à nouveau à elle.

— Madame Abravanel ! Alexandre Maréchal vous avait-il parlé de Jonathan Auslender ?

Perdue, elle regarda la policière avec des yeux flous. Était-ce une question piège ? Si elle répondait la vérité, comment sa déclaration serait-elle interprétée ? Si elle répondait par l'affirmative, la capitaine risquait d'être confortée dans son délire de complicité.

— Amanda, je crois que la capitaine t'a posé une question, prononça doucement Jonathan.

— Il avait évoqué un client qui vendait une société de jeux vidéo, mais n'avait jamais prononcé son nom, répondit-elle.

La capitaine Cordeix accueillit cette réponse avec une moue dubitative. Elle consulta certains documents de son volumineux dossier, semblant réfléchir intensément.

— Admettons. Racontez-moi ce que vous avez découvert lors de cette enquête menée à deux.

Comme elle l'avait raconté à Violette, puis à son avocate, Amanda déroula toute l'histoire en tâchant de coller au maximum aux faits sans se risquer à la moindre interprétation. Elle raconta la rencontre avec Andrieux, puis avec Drouet, évoquant l'histoire du briquet Dupont, qui l'avait marquée. Madeleine Cordeix l'interrompit, sourcils froncés.

— De quel briquet parlez-vous ?

— Un S.T. Dupont en or qu'Alexandre avait volé à Philippe Drouet quand il était petit. Ce briquet, c'était son porte-bonheur et sa boussole. Il lui montrait la direction à prendre pour avoir la vie dont il rêvait. Il ne le quittait jamais.

— Merci. Poursuivez, s'il vous plaît.

Amanda enchaîna sur la rencontre avec la mère d'Alexandre/Jérôme et la découverte de sa bague, le Rayon de lune, à son doigt. La lieutenante Agostini tapait presque aussi vite qu'elle parlait. La capitaine l'écouta avec attention en buvant de temps en temps une gorgée d'eau à même sa gourde. Amanda remarqua qu'elle alternait eau et Tic Tac. Elle en déduisit que Madeleine Cordeix devait être une grosse fumeuse en manque, qui ne devait avoir qu'une envie : se tirer d'ici pour aller en griller une.

— Donc si on résume : vous avez retrouvé votre bague et avez eu la confirmation que votre ex-compagnon vous l'avait volée pour l'offrir à sa mère. Vous avez également découvert, si vous ne le saviez pas déjà, que celui qui se faisait appeler Alexandre Maréchal était un faux avocat doublé d'un escroc, dont la véritable identité était Jérôme Tabournet.

— C'est à peu près ça.

La policière se tourna vers Jonathan Auslender qui écoutait, les dents serrées.

— Qu'est-ce que cela vous fait de savoir que votre avocat n'en était pas un ?

— Cela m'a passablement énervé, évidemment.

— Vous vous êtes senti trahi ?

— Qui ne le serait pas ?

— N'essayez pas de faire dire à mon client quelque chose qu'il n'a pas dit, capitaine, intervint Me Hazan.

— Pas la peine, j'écoute juste ce qu'il me dit.

Jonathan se pencha vers son avocat pour lui murmurer quelque chose. Celui-ci hocha la tête et lui posa la main sur le bras comme pour l'inciter à patienter.

— Vous voulez savoir ce que je pense de tout ça, madame Abravanel ? demanda doucement la capitaine.

— Oui, parce que je ne vois pas du tout où vous voulez en venir.

Madeleine Cordeix écrivait une série de notes sur une grande feuille posée sur son bureau. Elle releva la tête pour fixer tour à tour Jonathan et Amanda qui retenaient leur souffle.

— Je pense que M. Auslender et vous-même êtes complices et que vous avez prémédité le meurtre de Jérôme Tabournet, alias Alexandre Maréchal... Et peut-être même n'étiez-vous pas seuls.

L'avocat de Jonathan s'était levé.

— Vous n'avez aucune preuve de ce que vous avancez, capitaine Cordeix ! Vous voyez bien que Mme Abravanel confirme toutes les déclarations de mon client. Ils ne peuvent en aucun cas être complices d'un crime qui a été commis avant leur rencontre. Ils ne se connaissaient pas. Les circonstances dramatiques de cette malheureuse affaire les ont rapprochés. Je vous rappelle que mon client est avant tout une victime. Il s'est fait dépouiller d'une somme importante qui semble s'être évaporée dans la nature.

Madeleine Cordeix écoutait la plaidoirie de l'avocat d'un air impassible. Seuls ses doigts pianotant compulsivement sur le bureau montraient son agacement.

— Et moi, je vous rappelle que Jonathan Auslender a reconnu avoir vu son avocat quelques heures à peine avant son décès. Je vous rappelle également que ni lui ni Mme Abravanel n'ont d'alibi. Je vous rappelle que la police scientifique a trouvé des cheveux appartenant sans doute possible à M. Auslender ainsi que les empreintes de Mme Abravanel sur le corps de la victime.

Amanda s'était liquéfiée sur place. Un scénario diabolique était en train de se jouer dans son cerveau : Jonathan se battant avec Alexandre, le menaçant, le tuant en laissant sur lui une touffe de ses cheveux fins, et l'emmenant en pleine nuit dans son immeuble pour le déposer dans sa cour. Elle respira profondément en réalisant que ce film noir ne tenait pas la route. Alexandre s'était défenestré sans aucun doute possible. Elle se souvint de son crâne éclaté sur le pavé, le sang noir autour de son crâne, son corps disloqué. Il était forcément tombé d'un étage. Quelqu'un avait ouvert une fenêtre pour le pousser. Et c'est elle qui était soupçonnée ! Il lui semblait évoluer dans un cauchemar qui n'en finissait pas.

— Je réclame la présence de mon avocate ! énonça-t-elle d'une voix forte.

Madeleine Cordeix lui adressa un regard froid accompagné d'un demi-sourire.

— Vous avez l'autorisation de la contacter. Lieutenante Agostini, donnez son téléphone à Mme Abravanel.

La policière se leva et étira ses bras vers le ciel.

— Nous allons faire une pause dans la confrontation.

30.

Il fallait toujours compter sur la susceptibilité de Félix Baltimore

À PEINE LA CAPITAINE AVAIT-ELLE QUITTÉ LA PIÈCE qu'Amanda bondit sur ses pieds, prête à crever les yeux de Jonathan.

— Espèce de fils de pute manipulateur ! siffla-t-elle. Tu m'as utilisée. Tu as profité de ma situation pour servir tes propres intérêts. Tu m'as baladée, tu m'as menti, tu…

— Amanda, calme-toi ! Tu te trompes complètement. Oui, je le reconnais, je savais qui tu étais ce premier jour. Mais je n'ai jamais cherché à te manipuler ! Quel intérêt avais-je à retrouver le Rayon de lune, sauf celui de passer le maximum de temps avec toi ?

— Ça t'a bien arrangé pour découvrir qui était vraiment Alexandre !

— Et alors ? Ça m'avance à quoi pour me disculper ? Écoute, il faut rester soudés et jouer à fond sur le fait qu'on ne se connaissait pas. C'est imparable.

— Je vous entends, les informa Sophie Agostini qui était en train de se préparer un expresso.

— Stop ! Ce n'est pas du tout le moment pour une querelle d'amoureux ! s'énerva Me Hazan.

— J'appelle mon avocate. Puis-je récupérer mon téléphone, lieutenante Agostini ?

Amanda se réfugia dans un coin de la pièce pour composer le numéro de téléphone de Catherine Ganancia-Cohen. Elle s'aperçut que ses mains tremblaient.

— Allô... j'ai demandé la présence de mon avocate, prononça-t-elle d'une voix chevrotante.

L'avocate comprit la situation en une fraction de seconde.

— Ne vous inquiétez pas, je suis là dans vingt minutes.

— C'est bon elle arrive ? demanda Jonathan.

— Fous-moi la paix !

Amanda cala sa chaise de manière à pouvoir appuyer une partie de son dos contre le mur, rabattit la capuche de son cardigan sur sa tête et ferma les yeux, se forçant à faire abstraction de tout ce qui l'entourait. Elle ordonna à son esprit de l'emmener très loin de là, sur un bateau en Méditerranée. Elle était allongée sous une voile blanche qui battait doucement sous le vent. Tout autour, la mer étincelait sous le grand soleil de juillet. Le ciel était bleu cobalt, l'air sentait le sel et le monoï. Elle pouvait presque sentir les mains bienfaisantes de son père étaler la crème solaire dans son dos. Elle se laissa voguer sur les flots jusqu'à ressentir la force de la mer monter en elle. Elle ne se laisserait pas abattre.

La porte s'ouvrit sur Madeleine Cordeix, teint pâle et queue-de-cheval en bataille, accompagnée de Catherine Ganancia-Cohen. L'avocate se dirigea vers Amanda avec son sourire éclatant et sa masse de cheveux spectaculaires. Chaleureuse et solaire, il sembla à Amanda qu'elle apportait un peu d'oxygène à l'air saturé de la pièce. Elle prit un siège pour s'installer à côté de sa cliente. Il fallut se serrer un peu plus en décalant les chaises. Jonathan en profita pour lui frôler la main. Elle le repoussa sèchement.

— J'ai eu accès au dossier, je l'ai regardé vite fait. Ça va aller ! chuchota l'avocate à l'oreille d'Amanda.

La capitaine regagna son bureau d'un pas lourd. Amanda détecta sur elle une odeur de tabac, prouvant que la policière était allée fumer une cigarette. Son intuition ne l'avait donc pas trompée. En revanche, tous ses signaux étaient brouillés en ce qui concernait Jonathan. Il semblait énervé, prêt à en découdre, et poussa du coude son avocat pour l'encourager à prendre la parole. Pendant la pause, Me Hazan avait préparé une pièce extirpée de l'épais dossier de l'enquête qu'il avait pu longuement analyser depuis que son client avait été mis en garde à vue. Il attaqua bille en tête.

— Pardonnez-moi, capitaine, mais quelque chose ne colle pas avec vos suppositions. Ce document – il montra la photographie d'une semelle de chaussure dont une grande partie semblait avoir été dessinée par ordinateur – représente l'empreinte de la chaussure que portait Alexandre Maréchal au moment de sa mort. Elle a été photographiée sur le rebord d'une fenêtre au deuxième étage, escalier A. Or, Mme Abravanel, d'après le document dressant la liste des locataires, vit au cinquième étage. Comment voulez-vous qu'elle et/ou mon client aient pu pousser M. Maréchal du second étage ?

— Yes ! Il commence fort ! murmura Me Ganancia-Cohen.

Amanda n'en croyait pas ses oreilles ! Alexandre avait été défenestré de l'étage de Félix Baltimore ! Elle frémit de rage en pensant que le propriétaire de l'immeuble s'était bien gardé de lui révéler cette information pourtant capitale. Effectivement, l'avocat de Jonathan avait raison : il devenait matériellement impossible pour elle comme pour Jonathan d'avoir tué Alexandre. Cette empreinte était une pièce à conviction majeure qui devait la laver de tout soupçon.

— C'est une question à laquelle j'ai sans doute une réponse, maître Hazan, répondit la policière.

— Eh bien, je serais curieux de la découvrir, capitaine Cordeix, parce que votre argumentation me paraît pour le moment hautement hasardeuse.

— Lieutenante Agostini, veuillez appeler la troisième personne de la confrontation.

La policière se leva et sortit dans le couloir pendant que tout le monde attendait en silence, curieux de découvrir l'invité mystère. Amanda écarquilla les yeux en voyant entrer Félix Baltimore accompagné d'une femme corpulente aux cheveux coupés très court qui était vraisemblablement son avocate. Un agent de sécurité installa deux nouveaux sièges dans la pièce.

— Bonjour, tout le monde ! lança Félix. Je vous présente Me Montlouis, mon avocate.

La capitaine aligna une nouvelle fois sa gourde d'eau, son paquet de mouchoir et sa boîte de Tic Tac, tira sur sa queue-de-cheval pour la remonter et fit craquer ses doigts. La lieutenante Agostini lui apporta un café, qu'elle but d'un trait en faisant claquer sa langue.

— Connaissez-vous cet homme ? demanda-t-elle à Jonathan Auslender.

— Vaguement.

— Et en étant moins vague ?

— Il me semble l'avoir croisé dans l'immeuble d'Amanda.

— C'est tout ?

— Euh… oui.

— Et vous, monsieur, continua-t-elle en se tournant vers Baltimore, connaissez-vous cet homme ?

Baltimore jeta un coup d'œil inquiet à son avocate qui l'encouragea à répondre.

— Je l'ai effectivement croisé dans l'immeuble dont je suis propriétaire.

Il sembla à Amanda que la policière levait discrètement les yeux au ciel.

— Savez-vous qui il est ?

Nouveau coup d'œil inquiet vers l'avocate.

— Oui. C'est Jonathan Auslender. Je savais que je le trouverais ici en venant. Amanda m'a informé qu'il était en garde à vue.

— Quoi ?

Jonathan se pencha en avant pour interpeller Amanda.

— Sympa, merci pour la discrétion !

Son avocat le fit reculer d'un geste nerveux du bras.

— Tout ce petit monde est joyeusement consanguin. J'en déduis que vous connaissez ce monsieur, madame Abravanel.

— Je le connais en effet.

— Bien. Pouvez-vous décliner vos nom, prénom, date de naissance et adresse ?

— Félix Baltimore, né le 4 août 1983 à Fort-de-France, résidant 4, boulevard Saint-Martin, Paris 10e.

La lieutenante Agostini tapa les informations à toute vitesse. Madeleine Cordeix consulta certains documents posés sur son bureau et se tourna vers Félix Baltimore.

— Que savez-vous de Jonathan Auslender ?

— Je sais déjà qu'il est le compagnon d'Amanda !

— Compagnon, c'est un grand mot. Nous avons eu une aventure de quelques jours, on ne va pas non plus en faire un roman, précisa Amanda.

— Ce n'est pas ce que tu disais hier quand tu as parlé de « ton copain » avec des trémolos dans la voix !

L'avocat de Jonathan leva la main.

— Il a été précédemment établi que mon client et Mme Abravanel ne se connaissent que depuis le 15 février…

Madeleine Cordeix fronça les sourcils. Avec ses cheveux en pétard et ses yeux perçants, elle ressemblait à une araignée tissant patiemment sa toile et ne supportant pas d'être dérangée. Amanda se demanda quel piège elle était en train de leur tendre et comment ils pourraient éviter de tomber dans ses filets bien tissés.

— Il n'a rien été établi du tout, maître Hazan ! Ce sont de simples déclarations qui peuvent être facilement contrées.

Elle se tourna derechef vers Félix.

— Un instant, capitaine ! lança Catherine Ganancia-Cohen. Je me permets de revenir sur ce point précis. M'accordez-vous deux minutes ?

— Je vous en prie, répondit la policière de mauvaise grâce.

— Vous semblez tenir pour acquis que ma cliente et Jonathan Auslender se connaissaient avant la mort d'Alexandre Maréchal, voire qu'ils entretenaient déjà une relation amoureuse...

— C'est en effet une probabilité.

— Je suppose que durant la garde à vue de M. Auslender, vous avez analysé le contenu de son smartphone...

— Évidemment.

— Dans ce cas, comment expliquez-vous n'avoir trouvé aucun échange entre eux avant le 16 février ?

Madeleine Cordeix leva les yeux au ciel.

— Il existe aujourd'hui des messageries totalement sécurisées, comme Skred, que n'importe qui peut télécharger gratuitement sur son portable. Il devient alors impossible à quiconque d'avoir accès à ces échanges. Nous avons d'ailleurs noté que M. Auslender avait cette appli dans son smartphone.

— Peut-être... mais je voulais juste vous faire remarquer que vous n'avez aucune preuve venant confirmer votre intuition.

Amanda échangea un regard entendu avec son avocate, certaine que celle-ci venait de marquer un point. La capitaine but une gorgée d'eau et fit craquer ses doigts avant de se tourner vers Félix Baltimore.

— Vous qui semblez bien informé, que savez-vous d'autre au sujet de M. Auslender ?

— C'est un pro-gamer de haut niveau connu sous le nom de Lender. Il a créé un jeu vidéo célèbre appelé Last. Il a fait appel à Alexandre Maréchal pour la vente de sa société.

— Je vous rappelle que mon client ne connaît pas personnellement M. Baltimore ici présent ! intervint Me Hazan.

La capitaine but une gorgée d'eau, prit un Tic Tac et se frotta les mains.

— Monsieur Baltimore, vous avez beaucoup d'informations sur quelqu'un qui prétend ne rien savoir de vous.

L'intéressé releva le front légèrement vexé. Il fallait toujours compter sur la susceptibilité de Félix Baltimore.

— Enfin, il sait quand même que je suis le patron de Laser Finances ! Je suis même intervenu auprès de la Banque Générale pour tenter de régler son problème de transfert !

Un silence de plomb suivit sa déclaration qui fit l'effet d'une bombe. Tous les regards convergèrent dans sa direction.

— Quel problème de transfert ? demanda la capitaine.

— Vous voulez parler du transfert de neuf millions d'euros qui ne sont jamais arrivés sur le compte de M. Auslender ? intervint Me Hazan.

— J'ai dû confondre avec une autre affaire, balbutia Félix en se rongeant un ongle.

Il était devenu tout gris et écoutait son avocate penchée à son oreille qui semblait le tancer de sa maladresse. Dans la pièce surchauffée et surpeuplée, on aurait pu entendre voler une mouche. Tout le monde avait compris qu'un gros lièvre venait d'être levé, mais personne ne savait encore sur quoi on allait déboucher. La capitaine Cordeix se pencha lentement vers Félix et plongea son regard dans le sien. Elle semblait à ce moment précis l'image même de la bienveillance et de la compréhension.

— Monsieur Baltimore, si nous sommes tous réunis ici, c'est pour découvrir la vérité. La vérité, c'est mon métier, ma raison de vivre. Toutes ces auditions, ces interrogatoires n'ont pour moi qu'un seul but : faire jaillir la vérité des ténèbres où on veut l'ensevelir. Où est votre vérité, monsieur Baltimore ? Que pouvez-vous nous dire qui pourrait éclairer le chemin ?

Voyant son visage crispé par la peur, elle ajouta :

— Rassurez-vous, vous ne risquez rien. Vous avez un alibi qui a été vérifié et confirmé.

Félix semblait hésiter, comme déchiré par un dilemme intérieur.

— Mon client a le droit de garder le silence, intervint son avocate.

— Il a aussi le devoir de parler si cela peut aider à éclaircir cette affaire. D'autant plus qu'un mensonge lors d'une garde à vue est un délit qui peut lui attirer de gros ennuis aux assises…

— Quel genre d'ennuis ? demanda Félix.

Le nez plongé dans un de ses nombreux dossiers, la capitaine Cordeix sembla ne pas l'entendre.

— Monsieur Baltimore, il ne me semble pas que vous ayez évoqué cette affaire de transfert lors de votre interrogatoire…

— J'ai sa déposition au passage qui nous intéresse, si tu veux ! lança Sophie Agostini.

— Oui merci : tu peux nous la lire ?

Sophie Agostini se pencha vers son écran.

— Capitaine Cordeix : Quand avez-vous vu Alexandre Maréchal pour la dernière fois ?

Suspect Félix Baltimore : Le 13 février vers 20 heures.

Capitaine Cordeix : Dans quelles circonstances s'est déroulée cette entrevue ?

Suspect Félix Baltimore : Il m'avait demandé de le soutenir pour obtenir un prêt auprès de la Banque Générale. Je l'ai informé que ce n'était pas possible. Il a débarqué le 13 au soir à mon bureau. Il semblait dans tous ses états. J'ai l'impression qu'il avait bu. Je lui ai confirmé que je ne pouvais rien faire pour lui et lui ai demandé de partir.

Capitaine Cordeix : Avez-vous souvent été en affaire avec Alexandre Maréchal ?

Suspect Félix Baltimore : Deux fois. La première fois en mars 2019. Il m'a demandé de l'aider à décrocher un prêt auprès de la Banque Générale et je le lui ai obtenu grâce à mes contacts privilégiés avec la banque. La seconde fois en février 2020. Mais cette fois, je n'ai pas pu l'aider…

Capitaine Cordeix : Pourquoi ne l'avez-vous pas aidé la seconde fois ?

Suspect Félix Baltimore : Je ne l'ai pas senti. Il avait l'air en panique. J'ai eu peur de m'attirer des ennuis.

— Merci Sophie, l'interrompit la capitaine.

Puis, se tournant vers Baltimore :

— Pouvez-vous nous dire ce qui s'est vraiment passé ce soir-là ?

Félix se passa la langue sur les lèvres. Son avocate chuchota quelque chose à son oreille qu'il approuva de la tête. Les yeux fixés sur lui, Jonathan retenait son souffle en se demandant s'il allait enfin apprendre quelque chose concernant son argent disparu. Amanda soupira bruyamment. Elle mourait de soif, il lui semblait qu'elle n'avait jamais vécu pareil cauchemar. Catherine Ganancia-Cohen posa une main apaisante sur son bras pour l'encourager à rester calme.

— Alexandre Maréchal m'a appelé le 12 février. Il m'a informé que son client Jonathan Auslender n'avait pas reçu sur son compte l'argent de la vente de sa société, c'est-à-dire neuf millions d'euros. Et semblait très inquiet. Il m'a demandé si je pouvais me renseigner auprès de la Banque Générale pour comprendre ce qui se passait.

— Jusqu'ici, ça colle ! lança Jonathan. J'ai moi-même appelé Alexandre du Canada le 12 pour le prévenir que je n'avais pas reçu l'argent et il m'a dit qu'il allait demander à son ami Félix de se renseigner ! Je me souviens que ce nom m'avait marqué.

Madeleine Cordeix griffonna rapidement quelque chose sur son grand cahier. Encouragé par cette reconnaissance, Félix poursuivit :

— Alexandre avait l'air véritablement aux abois, j'ai accepté de lui rendre service et le 13, j'ai contacté mon ami Nicolas Perrin à la Banque Générale qui m'a promis de se renseigner. Effectivement, une heure plus tard, il m'a annoncé que la BG avait constaté une escroquerie sur ce transfert et qu'elle avait saisi la brigade financière.

— Ça alors ! Mon banquier s'est bien gardé de me donner cette info ! Il ne me l'a annoncé que le 16…

— Procédure normale, ils ont cherché à gagner du temps, expliqua Baltimore.

La lieutenante Agostini tapait à toute vitesse. Le cliquetis des touches semblait résonner dans toute la pièce. Les yeux plissés, Félix semblait faire un gros effort de mémoire. Il poursuivit :

— J'ai immédiatement rappelé Alexandre pour lui annoncer la nouvelle. Je pensais le rassurer en lui disant que la police était sur l'affaire et que cela devrait se régler rapidement. Il est devenu très violent verbalement et m'a harcelé pour que je lui donne le maximum de détails, me rcprochant même de ne pas avoir demandé des informations plus précises et me disant que ça ne se passerait pas comme ça. J'ai fini par lui raccrocher au nez.

Il s'essuya le front pour en chasser quelques gouttes de sueur et Amanda constata que ses doigts tremblaient.

— Vous voulez dire qu'il vous a menacé ? demanda la capitaine.

— Je ne l'ai pas perçu comme ça sur le moment, mais c'est le soir que j'ai eu vraiment très peur...

Le souffle coupé, Amanda se demanda s'il n'allait pas finir par leur avouer le meurtre d'Alexandre. Jonathan, très pâle, avait agrippé le bras de son avocat.

— Que s'est-il passé le soir du 13 février ? demanda la capitaine.

— Vers 20 heures, après le départ du dernier de mes collaborateurs, j'entends sonner à la porte. J'ouvre et me retrouve nez à nez avec Alexandre. J'étais sur le point de partir, mais je vois qu'il est super mal et le fais entrer. Il avait bu, j'en suis sûr, il sentait le whisky. Il s'assied en face de moi, et là il me fait la confession la plus incroyable que j'aie jamais entendue de ma vie... et que j'aurais préféré ne jamais entendre.

— Pouvez-vous nous en dire plus ?

Ils étaient tous pendus à ses lèvres, oubliant la faim, la soif, la fatigue, la chaleur.

— Il m'a avoué qu'il avait imaginé un plan imparable pour escroquer Jonathan Auslender.

— Je le savais ! Cet enfoiré ! s'écria Jonathan.

— Veuillez noter que mon client est une victime que l'on traite en coupable ! C'est absolument inadmissible ! s'indigna Me Hazan.

— Vous a-t-il révélé quel était ce plan ? demanda Madeleine Cordeix.

Malgré sa position inconfortable, Félix devait s'avouer qu'il goûtait particulièrement ce moment où tout le monde était suspendu à ses lèvres. Un de ses professeurs d'université lui avait enseigné que « l'information, c'est le pouvoir ». Toute sa vie, il avait tenté d'appliquer ce précepte qui lui avait été très utile, mais qui l'avait parfois poussé à se mettre dans des situations périlleuses. Celle où il se trouvait aujourd'hui était la plus dangereuse de toutes.

— Son plan était de détourner l'argent de la vente à son profit. Grâce à des faux papiers fabriqués par des amis d'enfance à Caen, il avait ouvert un compte à la Banque Générale sous le nom de Jonathan Auslender. Il avait réalisé cette opération sur Internet quelques semaines plus tôt et m'avait confié que cela avait été un jeu d'enfant car la Banque Générale est quasiment devenue une banque en ligne. Les dangers de la digitalisation...

— Poursuivez, je vous prie ! coupa la capitaine.

— Le jour de la vente, il a donc inscrit le numéro de ce compte sur le contrat, à la place de celui de Jonathan. Le 11 février, l'acheteur a donc viré l'argent... à Alexandre !

Jonathan bondit, fou de rage.

— Comment la Banque Générale a pu laisser faire une chose pareille ? Est-ce que l'argent s'y trouve toujours ? Comment est-ce que je peux le récupérer ?

— Calmez-vous, monsieur Auslender. Il faut d'abord clôturer cette enquête, et nous sommes loin d'en avoir terminé. Pour l'instant, vous êtes toujours suspecté de meurtre. Laissez M. Baltimore poursuivre !

Félix semblait hésiter. Il chuchota quelque chose à l'oreille de son avocate qui lui répondit par le même moyen. Il redressa son dos endolori avant de continuer.

— Alexandre avait tout prévu dans les moindres détails : il avait créé une compagnie d'investissements offshore aux îles Caïmans et une autre à Guernesey. Son projet était de virer les neuf millions vers les Caïmans, puis de fermer le compte vide comme s'il n'avait jamais existé. Il comptait ensuite transférer l'argent de la société des Caïmans vers celle de

Guernesey, puis injecter cet argent au compte-gouttes dans son cabinet d'avocat en facturant des prestations fictives à la société de Guernesey. Il comptait ainsi éponger ses dettes qui étaient très importantes, et continuer à mener grand train jusqu'à la fin de ses jours. Malheureusement pour lui, son plan a foiré au moment du transfert vers les Caïmans.

— Comment cela ? demanda la capitaine.

— Quand Jonathan Auslender a donné l'alerte en prévenant immédiatement la Banque Générale qu'il n'avait pas reçu l'argent. En traçant le transfert, la BG a constaté que la somme avait bien été envoyée… mais sur le compte d'un autre Jonathan Auslender ! Ils ont alors découvert que cet Auslender venait d'effectuer une demande de virement vers les Caïmans. Ils lui ont envoyé un message privé lui demandant de justifier la provenance de cette somme et ont bloqué le transfert.

Félix s'interrompit pour éternuer violemment plusieurs fois de suite. Amanda se dit que l'atmosphère surchauffée de la pièce avait déclenché une grosse crise d'allergie. Si c'était comme dans les chambres de bonnes, ils n'étaient pas près d'entendre la fin de l'histoire !

— AAAtchoum ! Excusez-moi, c'est l'émotion. Je peux avoir à boire s'il vous plaît ? Atchoum ! J'ai besoin de prendre mon antihistaminique !

Madeleine Cordeix répondit par l'affirmative et la lieutenante se leva pour lui apporter un verre d'eau. Ils regardèrent tous avec envie Félix le vider d'un trait avec son médicament.

— Merci beaucoup ! J'étais donc assis à mon bureau, choqué, à écouter cet escroc m'expliquer comment il avait arnaqué son client, et c'est là qu'il m'a fait une proposition délirante… Atchoum !

La capitaine lui tendit un mouchoir en papier dans lequel il se moucha bruyamment.

— Alexandre m'a supplié de me porter garant auprès de la Banque Générale pour débloquer la somme et permettre le transfert aux Caïmans. Il m'a promis un million d'euros en échange de mon aide. Le type était tout bonnement en train de me demander d'être son complice ! Je lui ai répondu qu'il déraillait complètement et qu'il ferait mieux de se rendre à la police, parce qu'il était cramé. Il s'est levé et a essayé de me frapper. Je lui ai ordonné de partir en lui disant que j'allais le dénoncer pour escroquerie.

Félix attrapa un autre mouchoir pour s'éponger le front.

— La suite, vous la connaissez. J'ai attendu qu'il soit parti pour rentrer chez moi. J'ai contacté une fille sur Tinder pour me changer les idées. On est allés boire un verre, puis on a passé la nuit ensemble. Entre-temps, Alexandre m'avait envoyé des textos disant qu'il n'avait pas peur de mes menaces Le lendemain matin, quand je suis arrivé au bureau, j'ai appris qu'il était mort.

Un grand silence suivit sa déclaration. Chacun digérant à sa manière la révélation du plan diabolique d'Alexandre Maréchal.

— Vous avez donc tous les trois menacé Alexandre Maréchal peu de temps avant sa mort. Et c'est exactement pourquoi j'ai organisé cette confrontation, prononça lentement Madeleine Cordeix.

31.

Un univers où on ne pouvait plus pisser sans surveillance

AMANDA NE SAVAIT PLUS DEPUIS COMBIEN DE TEMPS ils étaient enfermés dans ce bureau, sans boire ni manger. Il lui semblait avoir basculé dans une autre dimension, un monde beige et gris, un monde menaçant et hostile. Sa famille, ses amies, son entreprise, l'agitation des Grands Boulevards, la plage de Deauville, lui semblaient appartenir à une autre vie, gaie, brillante et colorée à laquelle elle n'aurait plus jamais accès. Autour d'elle, tout le monde semblait hébété.

La soif continuait à la tenailler. Elle leva la main pour demander à la lieutenante Agostini si elle pouvait aller aux toilettes. Peut-être pourrait-elle boire un peu d'eau du robinet et se rafraîchir le visage. La lieutenante appela une femme chargée de la sécurité pour l'escorter. Elle évoluait désormais dans un univers où on ne pouvait plus pisser sans surveillance. Par miracle, la cabine des WC était équipée d'un lavabo dans lequel elle se lava longuement les mains, puis s'aspergea le visage avec l'émerveillement de celle qui n'avait jamais connu l'eau courante, avec une pensée émue pour Joséphine dans sa mansarde. Elle en profita pour se recoiffer et ressortit de là légèrement requinquée.

À son retour, elle découvrit qu'un nouveau personnage s'était joint à leur petit groupe ; un homme aux cheveux noir coupés court, vêtu d'un blouson de cuir ouvert sur un tee-shirt noir, que la capitaine leur présenta comme l'inspecteur Ferri de la brigade financière, chargé de l'affaire Banque Générale/Auslender. Il était plongé dans la lecture d'un document que venait d'imprimer la lieutenante Agostini. Félix lui souffla avec une certaine appréhension qu'il s'agissait de sa récente déposition.

— Monsieur Baltimore, pourquoi n'avez-vous pas jugé utile de parler de cette escroquerie lors de votre garde à vue ? reprit Madeleine Cordeix comme si elle n'avait pas interrompu son interrogatoire.

— À votre avis ? Avec la trace de chaussure retrouvée sur le rebord de ma fenêtre, les SMS que m'a adressés Alexandre et ses empreintes trouvées dans mon bureau, j'avais déjà l'impression d'être cuit ! Je n'ai pas eu envie d'en rajouter une couche en vous laissant imaginer je ne sais quoi. Et puis je savais que la brigade financière avait été saisie et lui faisais confiance pour résoudre l'affaire sans que j'aie à me manifester.

— Et qu'est-ce qui vous a fait changer d'avis ?

— Comme vous l'avez dit : j'ai un alibi qui me protège. Je me suis dit que je ne pouvais plus cacher une information aussi importante, surtout vis-à-vis de Jonathan Auslender.

L'inspecteur Ferri avait terminé sa lecture. Il retira ses lunettes rectangulaires à monture métallique et s'adressa à Madeleine Cordeix.

— Effectivement, cela semble correspondre à nos propres conclusions.

— Merci inspecteur. Puis-je vous demander comment vous avez fait le lien entre votre affaire et la nôtre ?

— Totalement par hasard ! Un exemplaire du journal *Le Parisien* était ouvert sur mon bureau à la page des faits divers. On y annonçait la mort de l'avocat d'affaires, Alexandre Maréchal. En se penchant sur la photo, un de mes gars a trouvé qu'il avait la même tête que le type qui avait ouvert le compte au nom de Jonathan Auslender. Après vérification, il s'est avéré qu'il avait eu le nez creux. C'est comme ça qu'on vous a contactée.

— Vous voulez dire que, sans ce hasard, personne n'aurait jamais fait le rapprochement entre les deux affaires ? demanda Jonathan.

— Le témoignage de M. Baltimore nous aurait été d'autant plus précieux, répondit Ferri.

— Et voilà ! Une fois de plus, je suis un héros ! déclara Félix.

Me Hazan se leva théâtralement de sa chaise, l'air furieux.

— Je demande que mon client soit immédiatement remboursé et relâché. Il est en garde à vue depuis plus de vingt-quatre heures et subit un énorme préjudice moral, sans compter le préjudice financier avéré. J'espère que la justice française sauvera son honneur en cessant sur-le-champ cette privation injuste de liberté.

En le regardant faire des effets de manche, même sans sa robe, Amanda pensa qu'il en faisait un peu trop dans la grandiloquence. Elle préférait le style de son avocate.

— Encore un peu de patience, maître Hazan, nous arrivons bientôt au bout. Dois-je vous rappeler que votre client n'a pas d'alibi, mais un mobile gros comme neuf millions d'euros et ses cheveux retrouvés sur le corps ?

— Justement, capitaine Cordeix, intervint l'avocate de Félix, j'aimerais comprendre où vous voulez en venir. Vous avez souhaité une confrontation entre ces trois personnes. J'avoue ne pas comprendre ce que mon client fait encore ici. Il a un alibi, aucun mobile et, contrairement aux deux autres personnes, il n'a jamais menacé l'intégrité physique de la victime. Le seul avertissement qu'il ait proféré à l'encontre de Maréchal a été de le dénoncer à la police.

— Jonathan a menacé Alexandre ?! intervint Amanda.

— « Débrouille-toi pour récupérer cet argent ou ça va très mal se passer pour toi », je pense qu'on peut considérer ça comme une menace, la renseigna obligeamment Sophie Agostini.

Madeleine Cordeix lui adressa un regard noir, pour lui signifier de ne pas interférer dans son interrogatoire. Elle se tourna vers Baltimore et son avocate.

— Un homme brillant comme M. Baltimore pourrait avoir très envie de se débarrasser de quelqu'un de compromettant et de possiblement dangereux.

— Arrêtez de me flatter pour me faire dire ce que je ne veux pas dire, madame Cordeix ! Je sais que je peux paraître vaniteux, par besoin d'être rassuré. Je suis conscient de souffrir d'un complexe social, mais cela ne fait pas de moi un con fini !

— Loin de moi cette idée, monsieur Baltimore, répliqua Madeleine Cordeix en souriant.

— Il est vrai que nous aimerions comprendre votre point de vue, renchérit Me Ganancia-Cohen. De quoi suspectez-vous ma cliente et les personnes présentes ?

La capitaine Cordeix aligna une nouvelle fois sa gourde, son paquet de mouchoirs et sa boîte de Tic Tac. Elle semblait soudain fatiguée et déterminée.

— Je dois passer un coup de téléphone. Sophie, peux-tu appeler deux agents de sécurité et m'accompagner ?

À l'arrivée des deux hommes, la capitaine et la lieutenante se levèrent. Les sept personnes présentes dans le bureau les suivirent du regard alors qu'elles quittaient la pièce.

— Elles vont faire le point dans le bureau à côté. À mon avis, on sera bientôt fixés, prononça Me Hazan.

— Bon. Il ne reste plus qu'à attendre, ajouta Catherine Ganancia-Cohen. Ça ne devrait pas être très long.

— Pas d'inquiétude, Félix. Ça va être tout bon pour vous, déclara son avocate avec un manque évident d'empathie pour les deux autres personnes concernées.

Amanda croisa les bras sur sa poitrine et étendit ses jambes devant elle pour tenter de détendre ses muscles et son dos. Jonathan s'était mis debout et tournait en rond autour de la rangée de chaises en murmurant :

— Je n'en peux plus. Il faut que ça s'arrête. Je n'en peux plus !

— Ce n'est pas le moment de craquer, Jonathan. Venez vous asseoir. Prenez de grandes inspirations.

— Je peux pas ! Ça pue trop ici !

— Mais tellement ! s'exclama Félix.

— C'est vrai qu'on a eu un choc quand on est entrés, confirma un des agents, déclenchant le rire de son acolyte.

— J'avoue ! pouffa Amanda malgré elle.

Il valait mieux en rire qu'en pleurer.

La porte s'ouvrit sur les deux policières et une odeur de cigarettes.

— Qu'est-ce que vous avouez ? demanda la capitaine en s'installant à son bureau.

— Rien.

Madeleine Cordeix prit son temps pour boire le restant d'eau et refaire sa queue-de-cheval. Elle regarda Félix, Amanda et Jonathan tour à tour avant de prendre la parole. C'était à son tour de donner sa version des faits.

— Je suis passée par bien des phases au cours de cette enquête, commença-t-elle. Certaines hypothèses se sont annulées d'elles-mêmes, d'autres me semblaient probables, mais il y avait toujours quelque chose qui ne collait pas. Finalement, il m'est resté deux options.

Sophie Agostini s'était remise à taper. Seul le bruit de son clavier venait perturber le discours de la capitaine. Toutes les personnes présentes étaient pendues à ses lèvres.

— Ma première option est une association de malfaiteurs impliquant Jonathan Auslender, Amanda Abravanel et Félix Baltimore, dans le but d'assassiner Alexandre Maréchal. Pourquoi une association ? Parce qu'ainsi chacun de vous est protégé. Le crime a été commis au deuxième étage, MAIS Mme Abravanel vit au cinquième. La mort est survenue à 2 heures du matin MAIS Félix Baltimore a un alibi. On a retrouvé le cadavre 19 bis, boulevard Montmartre MAIS M. Auslender n'habite pas à cette adresse. La conclusion est qu'aucun de vous n'a pu commettre le crime seul. Mais ensemble, tout devient possible. D'après moi, le plan a été établi par Jonathan Auslender après avoir découvert, à son retour du Canada, que son avocat lui avait volé les neuf millions d'euros correspondant au fruit de la vente de sa société. Pro-gamer et créateur de jeux vidéo, familier avec le concept de meurtre virtuel, Jonathan Auslender a le profil parfait pour élaborer un scénario violent et le mettre à exécution. Ainsi Félix Baltimore a pu donner les clés de son bureau aux inséparables Amanda Abravanel et Jonathan Auslender, qui ont attiré la victime sur place et l'ont poussée par la fenêtre. Mme Abravanel avait même pris soin de mettre de la musique et de laisser la fenêtre ouverte pour laisser croire à ses voisins qu'elle était chez elle alors qu'elle se trouvait trois étages en dessous. On a d'ailleurs retrouvé ses empreintes sur le corps, ainsi que les cheveux de M. Auslender. C'était quasiment la preuve que l'un des deux, voire les deux, l'avait poussé.

— Je vous ai déjà expliqué qu'Alexandre m'avait serré dans ses bras quand je suis passé le voir en rentrant du Canada.

— Oui, bien sûr. Mais vous avez pu également accompagner votre avocat jusqu'au 19 bis, boulevard Montmartre où l'attendait son ancienne maîtresse, qui se trouve également être votre actuelle fiancée et le défenestrer parce qu'il vous avait escroqué.

Amanda l'écoutait dérouler son scénario, tétanisée. Racontée comme cela, son histoire était terriblement plausible.

— Ça ne tient pas la route et vous le savez bien ! lança Catherine Ganancia-Cohen.

La capitaine Cordeix afficha un demi-sourire.

— Effectivement, au cours de cette confrontation, certaines déclarations m'ont convaincue que cette hypothèse était finalement peu probable. J'étais par exemple convaincue que M. Baltimore avait également été escroqué par Jérôme Tabournet. Or sa dernière déclaration prouve que ce n'est pas le cas et m'a contrainte à aborder le problème par un autre prisme : qui avait un mobile suffisamment puissant pour vouloir détruire Alexandre Maréchal ? Auslender ? Il dispose d'autres moyens pour récupérer son argent. Abravanel ? Sa relation avec Auslender prouve qu'elle est passée à autre chose. Baltimore ? Aucun mobile véritable et pourtant au départ tout semblait l'accuser...

Elle fouilla dans son tiroir et en sortit un sachet de plastique transparent doté d'une étiquette portant le numéro 33 tracé au marqueur et le posa sur la table.

— Reconnaissez-vous cet objet ? demanda-t-elle.

— Oui, c'est le briquet fétiche d'Alexandre, répondit Amanda.

— Exactement, répondit la capitaine. Ce briquet m'a aidée à comprendre que l'assassin d'Alexandre Maréchal n'était autre que... Jérôme Tabournet.

Choquée, Amanda crut avoir mal entendu. La capitaine avait-elle oublié qu'il s'agissait d'une seule et même personne. Ou bien insinuait-elle qu'Alexandre s'était suicidé ? Cela paraissait à la fois fou... et tellement logique.

— C'était... un suicide ? demanda Jonathan, aussi abasourdi qu'elle.

Madeleine Cordeix posa lentement le briquet sur la haute pile de ses dossiers. Un tout petit objet qui résolvait une de ses plus grosses énigmes.

— Jérôme Tabournet s'est tué, continua-t-elle, pour protéger Alexandre Maréchal, sa création, sa créature, son chef-d'œuvre. Toute sa vie, il a soigné la réputation de cet avocat brillant, tout droit sorti de son imagination. C'est pourquoi, quand il a compris que tout était perdu, qu'il ne toucherait jamais les millions volés à son client, et pire encore, qu'Alexandre Maréchal serait sali à jamais, il a préféré le faire mourir. Mais jusque dans la mort, il fallait protéger le grand avocat parisien. Un homme comme Alexandre Maréchal ne pouvait pas se suicider tel un loser au bout du rouleau. C'est pourquoi il a décidé de faire croire qu'il avait été assassiné.

Elle leur montra un cliché d'Alexandre Maréchal pris par la police scientifique, allongé dans la cour le cou tordu et les bras en croix, élégant jusque dans la mort avec ses vêtements de prix. Seules détonnaient ses étranges baskets. Des chaussures d'escalade.

— Il a choisi de faire accuser Félix Baltimore, l'homme qui avait refusé de l'aider.

— Oh le fils de pute ! s'écria l'intéressé.

— En quelques heures, il a tout mis en scène avec un brio extraordinaire. Après son entrevue houleuse avec M. Baltimore, il lui a envoyé des SMS destinés à faire croire que celui-ci l'avait menacé. Il a pris soin de laisser son smartphone chez lui pour être sûr qu'on y trouve ces messages. Puis vers 2 heures du matin, il s'est rendu au 19 bis, boulevard Montmartre, a grimpé le long de la gouttière jusqu'au deuxième étage, s'est positionné devant la fenêtre du bureau de Félix Baltimore et s'est laissé tomber en arrière. Il s'est écrasé au sol sur le dos, les bras en croix, dans la position d'un homme qu'on a poussé, incitant immédiatement la police à se diriger vers la thèse d'une mort délictuelle.

Elle attrapa délicatement le sachet plastique entre le pouce et l'index et observa le briquet scintiller dans la lumière de sa lampe de bureau.

— Il suffit parfois de peu de chose pour résoudre une affaire. Ce briquet m'a convaincue que l'hypothèse du suicide était la bonne. Il s'agit du modèle « pointe de diamant », le classique de la maison S.T. Dupont. Un symbole de chic à l'ancienne. Un objet de luxe un peu oublié, mais connu des initiés. Il était l'emblème d'une certaine bourgeoisie cossue et privilégiée à laquelle Jérôme Tabournet aspirait à appartenir. Ce briquet a été trouvé à un mètre environ de sa main ouverte. D'après la police scientifique, à qui j'ai demandé de calculer sa trajectoire, Tabournet l'a lâché à la toute dernière seconde. Le médecin légiste a découvert, incrusté dans sa paume, l'empreinte de tout petits picots. Je me suis demandé ce que ça pouvait bien être. Et puis, j'ai compris qu'il s'agissait des fameuses

« pointes de diamant ». C'est ainsi que j'ai eu la conviction qu'il s'était lui-même jeté dans le vide. Si on l'avait poussé, il n'aurait pas eu le temps de prendre son briquet. Or il a serré l'objet de toutes ses forces dans sa main, pour se donner le courage de mourir.

LIBRES. Il faisait nuit quand ils quittèrent le bureau de Madeleine Cordeix après avoir signé leur déposition, lavés de tout soupçon, libérés de toute accusation. Épuisés, soulagés, traumatisés mais libres comme l'air. Dans le hall de la PJ désertée, Amanda crut avoir une hallucination. Violette et sa mère se tenaient côte à côte et la regardaient approcher en souriant. Ses jambes l'emportèrent avant que son esprit n'enregistre l'information. Elle leur tomba dans les bras en pleurant.

LES LETTRES DU COFFRET

Jeudi 16 août 1877

Joséphine,

J'ai d'abord cru voir un fantôme, mais c'était bien toi ! Après toutes ces années à te chercher, à t'apercevoir au coin d'une rue, à courir vers toi et réaliser que c'était une autre ; après des nuits à me demander si tu avais survécu au siège de Paris, aux Prussiens, au choléra ; des soirées à t'imaginer surgir au théâtre, au restaurant ou chez Mlle Adèle… te revoir là !!

Tu n'avais donc pas bougé, ou si peu. Quelques kilomètres à l'intérieur des terres normandes ont suffi à te faire disparaître de ma vie pendant neuf longues années. Je n'étais jamais revenu dans la région depuis ta disparition. Et puis cet été, Hortense a souhaité aller sur la côte normande. Elle a choisi Trouville. Depuis la chute de l'Empire, Deauville n'a, paraît-il, plus le même éclat. Les chalets de villégiature des amis de Morny sont désertés, les galets ont envahi la plage, la terrasse se détériore et la mer s'éloigne. Mais une de ses amies lui a assuré que Trouville avait conservé son charme. Nous avons loué une villa au bord de la plage.

Les garçons sont ravis. Depuis leur tendre enfance, ils raffolent des bains de mer. Hortense est rassurée : la vie mondaine se poursuit ici, presque aussi dense qu'à Paris. Nous sommes allés visiter Étretat, Honfleur et Cabourg. Et puis nous avons reçu l'invitation.
Hortense en avait déjà entendu parler. Il paraît que c'est l'événement de la saison. Chaque année au 15 août, le grand bal. Elle piaffait d'impatience.
En arrivant devant le château, j'avoue, le cœur m'a battu. Les lanternes accrochées aux arbres se reflétaient dans le grand plan d'eau rectangulaire, la bâtisse d'allure moderne et confortable était illuminée sur toute sa façade. Dans cette foule élégante composée d'aristocrates d'empire devenus républicains convaincus, de grands bourgeois, de riches étrangers et de notables de la région, malgré moi, je te guettais. Il m'a même semblé apercevoir parmi les invités un bourgeois cossu aux grosses paluches de paysan dans lequel j'ai imaginé reconnaître ton fameux ami Désiré. Mon épouse m'a pris le bras, pressée et curieuse d'aller saluer le couple qui se tenait sur les marches du perron pour accueillir ses invités. J'ai vu passer une robe de bal à tournure gris perle, sa propriétaire promenait sa silhouette fine et dansante dans une allée illuminée. Elle s'est retournée et j'ai ravalé ma déception. Soudain par un brusque mouvement de la foule, nous nous sommes retrouvés devant nos hôtes, le baron et la baronne Dauzat. Et c'était toi.
Toi, Joséphine. Ma petite grisette du boulevard Montmartre, devenue baronne !
Toujours fine et majestueuse dans une robe de faille ivoire au corsage brodé de perles, tu ressemblais à une femme sirène dont la longue traîne glissait sur les marches de marbre clair de son palais. Tes cheveux blonds relevés très haut au-dessus du front brillaient comme un casque d'or.
Ton regard a glissé sur moi sans me voir, il est passé sur le visage d'Hortense et s'est posé un instant sur sa main. Elle portait ce jour-là au petit doigt, par un caprice ou par un instinct féminin effrayant, le Rayon de lune. Cette bague

qu'elle avait dédaignée des années durant, lui préférant les créations modernes des joailliers de la place Vendôme, la charmait soudain par son allure romantique et bohème.
« Vous avez une bien jolie bague, as-tu prononcé calmement.
— Une babiole offerte par mon mari », a minaudé mon épouse d'une voix haut perchée qui m'a fait dresser les cheveux sur la tête.
Tu n'as rien dit, tu as souri au couple derrière nous qui avançait vers toi et je me suis retrouvé à serrer la main de ton mari.
Une taille haute et des cheveux bien trop gris pour le soleil de ta chevelure, de l'embonpoint, de la suffisance et un regard froid, voilà ce que j'ai pensé de lui alors qu'il me souhaitait de passer une bonne soirée.
Par le diable, c'était bien la dernière chose qui risquait de m'arriver !
Hortense a retrouvé une de ses amies devant le buffet des rafraîchissements, je me suis éclipsé pour boire quelque chose de fort.
J'ai passé la soirée à guetter l'instant où tu ne serais pas accaparée par tes invités. Un instant je t'ai crue seule, mais tu étais occupée à consoler une fillette égarée dans la foule. Nous sommes repartis vers 3 heures du matin. Félicitations, il paraît que la réception était formidable.
Je suis à Trouville encore cinq jours.
Villa Mary sur la plage. Je souhaite te voir. Où ? Quand ?
Sinon tu connais toujours l'adresse du cabinet. Je pense que tu me dois une explication.
Antoine

Samedi 1er septembre 1877

Antoine,
Quelle imprudence de m'avoir écrit au château !! Ta lettre aurait pu être interceptée, je te laisse imaginer les représailles auxquelles j'aurais eu droit. Heureusement

qu'elle était noyée parmi les mots de remerciements qui ont suivi la réception du 15 août. J'ai préféré attendre septembre pour te répondre au cabinet.

Si j'en crois tes mots, tu n'as jamais reçu la lettre que je t'ai envoyée quelques jours après Sedan*, juste avant le siège de Paris. Comment as-tu passé la guerre ? J'étais folle d'inquiétude à ton sujet et j'espérais que tu avais pu quitter la capitale à temps avec ta famille. Les terribles nouvelles nous arrivaient au compte-gouttes. Mariette, mon amie du temps de Mlle Adèle, m'écrivait des choses affreuses. Les gens mangeaient des rats, certains avaient fait rôtir leur chien et leur chat et même, certains grands bourgeois se seraient procuré la viande des pauvres animaux du Jardin des Plantes ! Pendant ces jours terribles, mon cœur battait pour les Parisiens qui ont si courageusement résisté à l'ennemi. À toi je peux le dire, je soutenais les communards en secret alors que mon époux et ses amis les traitaient de vermine. Quand Mariette m'a écrit que les Versaillais avaient fusillé 147 héros parisiens devant le mur du Père Lachaise, j'ai eu le cœur brisé pendant des jours.

Le baron est rentré de Sedan totalement abattu, après avoir fait ses adieux à Napoléon III avant son départ pour Wilhelmshöhe, en Westphalie. Voir l'Empereur malade, vaincu et fait prisonnier lui a été d'une douleur sans nom. Il a vieilli d'un coup. Pour lui, c'en est fini de la grandeur de la France, même s'il préfère infiniment la République au retour de la monarchie.

Ici, la guerre s'est fait discrète. Les Prussiens ont pris Rouen mais pas Le Havre et nous sommes restés au-dessus de la ligne de démarcation qui allait d'Étretat à Saint-Romain-de-Colbosc. Le domaine n'a pas souffert.

* La bataille de Sedan a eu lieu le 1er septembre 1870, durant la guerre franco-prussienne. La défaite de Napoléon III à Sedan marque la chute du Second Empire. Les Prussiens ont envahi la France.

Huit ans ont passé depuis notre dernier matin ensemble. Huit ans sans te voir, en pensant à toi chaque jour. Et puis soudain, j'ai appris que tu avais loué la villa Mary à Trouville. Dans nos contrées, tout se sait très vite, les propriétaires sont des amis. J'ai tout de suite ajouté votre nom à la liste d'invités du 15 août. Mon époux, qui connaît évidemment la puissance des Beaulieu-Rougeard, a approuvé votre présence d'un trait de plume. Et j'ai commencé à t'attendre. Allais-tu venir ? Pourrais-je te revoir enfin ? Mon émotion a été telle ce soir-là que je n'aurais pu m'adresser à toi sans me trahir. Tu me demandes des explications. Par quoi commencer après tout ce temps ? Assez tergiversé, j'irai maintenant à l'essentiel.

Je voudrais te parler de cette enfant que tu as aperçue. C'est ma fille. L'être que j'aime le plus au monde, ma raison de vivre.

Elle s'appelle Antoinette Dauzat et est née le 11 mars 1869.

Un joli prénom, n'est-ce pas ?

Peut-être as-tu déjà fait le calcul. Oui, elle est née environ neuf mois après notre séjour chez Élie et Clara Blum. Ces jours de bonheur parfait, d'amitié et de simplicité champêtre, dont je garde le précieux souvenir bien plié au fond de mon cœur. Nous avions été tellement heureux pendant cette quinzaine, nous nous étions aimés avec plus d'intensité qu'à l'accoutumée… en oubliant les mesures de sécurité que nous avions appliquées des années durant.

Antoinette est née d'une de ces nuits d'amour. Je lui ai donné ton prénom en ultime gage de ma passion pour toi.

Je t'entends déjà te fâcher rouge, un père a le droit de savoir que son enfant va naître. Oui mais attends voir… que pouvais-je faire ?

Je suis rentrée à Deauville, tu es parti pour Biarritz, rejoindre ta femme, tes fils, tes parents, toute cette famille à laquelle tu ne peux échapper bien longtemps.

Très rapidement je me suis sentie différente, nauséeuse, à la fois fatiguée et infiniment puissante. Je suis allée trouver ma grand-mère que certains traitent de sorcière, mais c'est juste parce qu'elle connaît bien la nature du corps humain, surtout celui des femmes. Elle m'a regardée, palpée et m'a rapidement confirmé ce que je pressentais déjà : j'étais enceinte. Elle m'a proposé le service de ses aiguilles à tricoter, mais la petite personne qui était en train de pousser au fond de mon ventre m'a fait savoir qu'elle voulait venir au monde.
Que faire ? Vers qui me tourner ? J'ai songé à t'écrire en urgence à Biarritz mais j'ai vite saisi l'inutilité de la démarche. Tu n'allais pas m'épouser, n'est-ce pas ? Je ne doute pas que tu aurais proposé de veiller aux besoins du bébé à naître, mais je ne souhaitais pas que mon futur enfant grandisse avec la marque noire de la bâtardise attachée à ses pas. Quant à moi, devenant fille-mère, c'en était fini de ma position à Deauville. Plus personne n'aurait fréquenté mon magasin et je me serais vite retrouvée chez les indigents ou à l'asile, si ce n'est sur le trottoir, pour subvenir à nos besoins.
Alors je suis allée trouver le baron Dauzat. Peut-être t'ai-je déjà parlé de lui ? Il a été mon premier client et mon plus fidèle soutien à Deauville. Il était tellement toqué de moi qu'il avait fini par me proposer le mariage, ce que j'avais toujours refusé. Ce jour-là, je lui ai exposé ma situation et lui ai annoncé que s'il me voulait, c'était maintenant ou jamais, avec mon bébé.
Il a accepté, en posant ses conditions :
1. Ne plus jamais revoir le père de l'enfant et lui taire mon nouveau nom d'épouse afin que jamais il ne me retrouve.
2. Fermer mon magasin et cesser toute activité commerciale.
Il m'ôtait d'un coup mes deux raisons de vivre, mais offrait en échange un nom, un toit, et un bel avenir pour mon enfant. J'ai accepté le marché.
La Grisette de Paris a été vendue en deux jours à une modiste – la maîtresse d'un ami du baron qui la zieutait

depuis des mois. Nous nous sommes mariés le 15 août à l'église Saint-Augustin.
Devine qui était aux premières loges pour la noce ? Mon affreux papa ! Maintenant que j'épousais un baron d'empire, il me jugeait à nouveau digne d'exister. Dame ! Le père de mon époux avait combattu à Austerlitz (comme mon grand-père le grognard) et ses exploits au sein de la Grande Armée lui avaient valu son titre de noblesse et sa fortune. Rien ne pouvait plus l'impressionner.
Mon père et le baron s'entendent d'ailleurs comme larrons en foire dans leur passion commune pour l'oncle sanguinaire de notre ancien Empereur. Mon nouvel époux a proposé de faire venir mes parents sur le domaine et les a logés dans une de ses fermes. J'ai d'abord trouvé que c'était très généreux, puis j'ai compris que c'était un moyen d'empêcher quiconque de retrouver ma trace. Ma mémé chérie a fait partie du voyage. Je l'ai installée seule dans une petite chaumière, à l'abri des vociférations de mon père.
C'est elle qui m'a accouchée. Mon époux souhaitait faire venir un de ses amis, médecin à Caen, mais je ne voulais que ma grand-mère, qui elle seule connaît les mystères de la naissance et m'a donné les herbes qu'il fallait pour faciliter le travail et endormir la douleur. Pendant tout l'accouchement, ma petite Grisette me léchait le front pour me soutenir de toute sa tendresse. Les animaux sont des êtres d'amour. Il me vient des frissons quand je songe que Dieu les a pourvus comme nous du plus noble de tous les sentiments.

Antoinette a vu le jour à midi pile, sous un soleil glorieux, mon soleil d'Austerlitz. Elle est vite devenue le centre de mon existence, ma joie et ma raison de vivre.
Arsène, mon époux, n'est pas un mauvais homme, mais il aime que tout soit fait à sa façon et se montre envers moi d'une grande jalousie. J'ai beau lui jurer le contraire, il se plaît à m'imaginer un passé de lorette qu'il cherche furieusement à effacer. Pour se rassurer, il éprouve le

besoin de savoir ce que je fais et où je me trouve à toute heure du jour. Toi qui connais ma manie d'indépendance, tu imagines combien cela m'est pénible.
Il y a deux ans, j'ai connu coup sur coup deux gros chagrins. Ma Grisette et ma grand-mère sont parties rejoindre les anges à un mois d'intervalle.
Ma petite chatte s'était faite bien vieille, mais jusqu'au bout nous sommes restées unies et complices. Les derniers temps, elle n'avait plus guère besoin de son petit grelot car elle ne s'éloignait pas de moi à plus d'un mètre. Elle se posait dans un rayon de soleil ou sur son fauteuil au coin du feu et n'en bougeait plus pendant des heures.
Jusqu'à la fin, elle a su me faire comprendre son amour par des petits roucoulements brefs et sa façon particulière de plisser les yeux pour moi seule. Tu sais combien elle était gentille et bavarde. Elle a été la meilleure amie qui soit. Heureusement, quand nous nous sommes installées au château, elle m'avait fait un ultime cadeau : me voyant grosse, elle avait accepté les avances d'un beau matou des environs et nous nous sommes devenues mère la même année.
De sa portée de trois chatons, nous avons gardé une petite chatte orange à laquelle j'ai donné le nom de Roussette. Elle a le même regard d'or que Grisette et parfois, quand je la regarde suffisamment longtemps, il me semble voir les yeux de ma chère petite disparue. Un mois après ce gros chagrin, c'est ma mémé qui est partie, dans son sommeil. Elle m'avait prévenue que c'était la fin, mais le choc a été terrible.

Ces deuils ont ravivé le sentiment de perte que j'avais ressenti au moment de mon mariage, quand j'avais été dépouillée de tout ce qui comptait pour moi. Je restais des heures, les yeux dans le vague et une boule coincée au fond de la gorge. Seule ma fille parvenait à m'arracher quelques sourires.
Mon époux m'incitait à me changer les idées en fréquentant les dames de la bonne société normande (qui

ne m'ont évidemment jamais acceptée, tu connais leur esprit...). Il rêvait que je me consacre avec elles aux bonnes œuvres de l'Église mais ce n'est pas mon tempérament. Je trouve que les curés ont une façon insupportable de se mêler de nos vies. En vérité, ils me courent sur le haricot.

Ma maman m'a sauvée de cette profonde tristesse en me demandant de lui apprendre à lire. De fil en aiguille, les fermières du domaine et leurs filles se sont jointes à elle et c'est ainsi que j'ai trouvé un moyen de me sentir utile. Comme au temps de mon atelier, tu te souviens ? J'ai organisé une véritable classe de lecture dans la grande cuisine du château (mon époux ne souffre pas que ses gens entrent au salon) et peu à peu, le groupe s'est élargi. Certaines de mes anciennes ouvrières sont revenues, j'en aurais pleuré d'émotion. Si M. Jules Ferry*, notre ministre de l'Enseignement, promet d'envoyer les filles à l'école, comme à Paris pendant la Commune, rien n'a encore été fait dans ce sens dans nos régions et le nombre de femmes qui ne savent toujours pas lire est effarant.

Et puis, je pense que cela t'amusera de savoir que j'ai rejoint la Société protectrice des animaux**, qui se bat pour protéger les chevaux d'attelage contre les abus. Comme l'a dit mon cher Lamartine, « On n'a pas deux cœurs, un pour les animaux et un pour les humains. On a un cœur ou on n'en a pas ». Mon époux me soutient dans ce combat. Il a vu tant de chevaux souffrir le martyre sur

* Les lois Jules Ferry sur l'école primaire, qui rendront l'école gratuite, laïque et obligatoire pour les garçons comme pour les filles, ne seront votées qu'en 1881-1882 sous la Troisième République. On enseignera également les travaux manuels aux garçons et les travaux ménagers aux petites filles.

** La SPA a été créée en 1845 par les docteurs Pierre Dumont de Monteux et Étienne Pariset. Elle a été reconnue d'utilité publique par décret impérial de Napoléon III, le 22 décembre 1860.

les champs de bataille qu'il ne supporte plus de les voir maltraités.
J'ai donc écrit au siège de la SPA, rue de Lille à Paris pour demander au président Auguste Valette comment je pouvais me rendre utile du fond de ma Normandie. Il m'a répondu d'expliquer et de parler sans relâche aux paysans et aux éleveurs. Nous sommes maintenant près de trois mille adhérents à nous mobiliser à ses côtés pour adoucir le martyre des bêtes de somme. Sais-tu qu'il y a à Paris trois surveillants de la SPA qui verbalisent les conducteurs sur la voie publique et tentent de les éduquer en leur démontrant que la cruauté envers les animaux, c'est la ruine ?
Pour ma part, je pratique le même discours sur nos terres et me rends régulièrement chez nos fermiers pour les inciter à bien traiter les chevaux de labour comme le bétail. Certains me regardent d'un mauvais œil mais d'autres comprennent l'utilité de ma démarche : un animal bien traité est un animal utile plus longtemps.
C'est ainsi que, petit à petit, j'ai retrouvé le sourire.
Voilà que je m'égare à te raconter comme autrefois les détails de ma vie. Nos lettres et nos échanges m'ont cruellement manqué. Je comprendrais que tu restes fâché, mais si jamais tu voulais bien me répondre, adresse ta lettre à ma mère : Mme Bertille Gallais, Domaine Dauzat, Pays d'Auge 14800 – qui me la transmettra discrètement.
Ta grisette

Mercredi 26 septembre 1877

Joséphine,
Non, je n'ai jamais reçu ta lettre de 1870, elle a dû se perdre dans les méandres de cette période affreuse et troublée. Pour répondre à ta question, nous avons pu quitter Paris à temps pour nous réfugier dans notre domaine en Saône-et-Loire.
La Bourgogne a connu l'occupation prussienne et la vue de leurs horribles casques à pointe a laissé là-bas de bien

mauvais souvenirs. Mon père et mon beau-père se sont retirés des affaires peu après la chute de l'Empire, mais tu ne seras pas surprise d'apprendre que mon beau-frère, le nouveau président de la Banque Générale, est au mieux avec les huiles de la Troisième République. Une fois la dette de guerre payée et les Prussiens décampés, les affaires ont repris de plus belle. Quant à moi, je suis désormais au conseil d'administration de la Banque et je continue, avec le vieux Jouve, à rédiger les actes au fur et à mesure de ses acquisitions. La Banque Générale est devenue une entreprise tentaculaire qui prend sa part dans toutes sortes d'affaires, des mines de houille aux chemins de fer, du textile aux grands magasins et toutes les industries possibles.

Je suis passé par toutes les couleurs de l'arc-en-ciel à la lecture de ta lettre, ne sachant si je devais être en colère, inquiet, ou heureux. C'est un peu tout cela qui se mêle dans mon cœur, comme ces sorbets de chez Tortoni que nous nous amusions à superposer autrefois et dont les différents parfums coulaient sur nos doigts que nous léchions en riant. T'en souviens-tu ?

Huit ans sans te voir ! Mon Dieu comme ce fut long !
Parfois quand je sortais sur le boulevard avec mon ami Detaille et que je me surprenais à soupirer après quelque souvenir, il s'emportait contre moi :
« Allons, tu ne vas tout de même pas te laisser chagriner parce qu'une grisette a trouvé un pigeon à épouser !
— Ce n'est pas n'importe quelle grisette, c'est Joséphine.
— Certes ! » me répondait-il et la nostalgie le prenait lui aussi.
Les plus peinés ont été Élie et Clara, qui ne pouvaient croire à ce mauvais tour que tu nous avais joué en disparaissant.

Les premiers jours qui ont suivi la lecture de ta longue lettre, c'est la colère qui l'emportait. Je mesurais à quel point tu t'étais moquée de moi. Passe encore ton mariage avec ce baron habilement sorti de ton chapeau (tu ne m'avais jamais parlé de ses demandes en mariage par exemple !). Puis-je t'en vouloir d'avoir choisi, comme tant d'autres, de faire une fin honorable ? Baronne, ce n'est pas rien et le luxe te va si bien ! On est loin des trente sous par jour que tu gagnais péniblement chez Mlle Adèle. Mais pourquoi ne m'avoir rien dit ? Pourquoi m'avoir fait disparaître de ta vie comme un moustique importun… Moi qui avais la naïveté de croire que nous étions unis par un pacte, que nous étions associés, mariés même, selon les lois du boulevard ! Ah, j'en aurais mangé mon chapeau de rage.

J'ai laissé la colère se dégonfler peu à peu. Après tout, tu es vivante, c'est tout ce qui compte. Au fil des jours, c'est l'inquiétude qui est venue me ronger le cœur. À petits mots couverts, tu as dressé le portrait d'un époux jaloux qui semble avoir très à cœur de surveiller tes faits et gestes. J'ai deviné bien des tristesses à travers les lignes, et pas seulement à cause des deuils que tu as subis. Dauzat te traite-t-il bien ? Est-il de ces époux violents qui se croient tous les droits sur leur femme ? Dis-m'en plus à ce sujet, je te prie.

Et puis Antoinette…
Ce serait donc elle, la raison de notre malheur.
Tu dis que c'est ma fille… elle peut tout aussi bien être celle du baron. Tu aurais juste inventé cette fable pour que je ne te déteste pas trop.
Ai-je d'autre choix que te croire ?
Certes, j'ai le souvenir vague que nous avions perdu le fil des calculs que t'avait enseignés ta grand-mère. Oui, les dates semblent correspondre. Mais avoue que c'est bien mince !
Alors je serais père d'une petite fille que je ne verrai pas grandir ? Avec les précautions que nous prenions, je me pensais à l'abri de ce genre de désastre.
Parfois, à la fin de quelque dîner, quand nous nous retrouvions entre hommes dans la fumée des cigares, entre

deux gorgées de cognac, certains de mes amis évoquaient à mi-voix l'existence d'une progéniture illégitime. Certains les assument, et entretiennent quasiment deux ménages, d'autres ne veulent pas en entendre parler, forçant de malheureuses désespérées à abandonner leur nourrisson en pleine nuit sur les marches d'une église. C'est ainsi que nos hospices débordent d'orphelins*. Tu as raison, je n'aurais pas été de ceux qui les abandonnent, mais aurais-je pu légitimer cette enfant ? Non.
Malgré le chagrin que cela me procure, je ne peux qu'approuver le choix de Dauzat. Il offre les meilleures garanties d'avenir pour cette petite Antoinette, qui recevra la meilleure éducation et pourra plus tard prétendre à un beau mariage. Parle-moi un peu d'elle, si tu peux.

Je te disais que plusieurs sentiments se disputaient mon cœur. Finalement, c'est le bonheur qui l'emporte, mais un bonheur douloureux.
Bonheur de t'avoir retrouvée, douleur de savoir que tu appartiens à un autre.
Bonheur de cette petite fille tombée du ciel, douleur de savoir qu'elle sera à jamais une étrangère pour moi.
Tout cela me renvoie encore plus cruellement à ma propre faiblesse. Cet homme, tout baron qu'il est, a eu le courage d'enfreindre les lois de sa caste et de t'épouser. Et moi, simple bourgeois, je n'ai même pas su dire « non » à mon propre père…

Mon premier plaisir est de retrouver, par le truchement du papier, ta vivacité et tes idées saugrenues (les

* Selon Jean-Pierre Bardet, historien et universitaire français, spécialiste de démographie historique, environ 3 millions d'enfants illégitimes (bâtards) furent abandonnés en France entre la seconde moitié du XVIIIe siècle et la fin du XIXe, soit un enfant illégitime sur deux. On distinguait les « enfants trouvés », exposés dans les lieux publics, recueillis et transportés dans une institution, des « enfants abandonnés » que leurs parents confiaient à un proche, à une autorité locale ou à une institution.

communards, vraiment !! je ne suis pas loin de partager l'opinion de ton mari ! Même si je reconnais qu'ils ont combattu vaillamment et ont sauvé l'honneur de la France, ils ont quand même brûlé les Tuileries, que Diable !)
Nous reverrons-nous un jour ?
Antoine

Jeudi 11 octobre 1877

Antoine,
Malgré tous tes reproches, je reprends ma plume pour t'écrire.
Je te trouve bien cruel de douter de ma parole concernant Antoinette et j'espère qu'avec le temps tu admettras que je ne t'ai jamais menti.
Tu es le seul être humain auquel j'ai toujours livré librement mon cœur et mes pensées. Quand je vois le chagrin que je t'ai causé, je te demande bien pardon. J'aurais dû t'écrire au cabinet, mais je ne pouvais briser la promesse faite à mon époux de ne point chercher à te revoir, de peur que sa fureur ne rejaillisse sur Antoinette. Il m'a demandé de faire une croix sur mon passé et attend fermement que je m'y tienne. Il est néanmoins pour elle un père aimant. Dès qu'elle est née, il a développé pour elle un attachement puissant et elle l'enroule sans difficulté autour de son petit doigt. Mais rien ne doit venir lui rappeler qu'elle n'est pas de lui.

Peut-être ma première lettre t'a-t-elle inutilement inquiété. Mon époux n'est pas brutal ou bête à mâcher du foin comme mon père. J'ai même du respect pour sa droiture, sa loyauté et son sens de la justice. Mais nos cœurs ne s'accordent pas.
Arsène estime, comme la loi le précise, qu'un homme a toute autorité sur sa famille, son domaine et ses gens. Tant que je ne m'oppose pas à ses vues, nous vivons dans une relative harmonie. Il ne jure que par l'ordre et la discipline,

ce qui peut avoir du bon pour faire marcher un domaine agricole avec ses fermes et ses champs, mais qui est le chemin inverse pour atteindre mon cœur.

Tu as demandé que je te parle d'Antoinette. C'est une toute petite personne qui prend énormément de place et qui réussit à se faire aimer de tous les êtres vivants de ce domaine. Ma mère en raffole, mon père la vénère, mon époux en est fou, les domestiques sont à ses petits soins, les fermiers l'adorent, Roussette la suit comme son ombre, les chevaux se font agneaux devant elle, les vaches accourent... quant à moi il y a bien longtemps qu'elle occupe tout l'espace de mon cœur. Arsène veut en faire une sorte de petite princesse et lui inculque la conscience aiguë de sa classe.
Il va sans dire que je désapprouve le développement de ce sentiment de supériorité. Je lui ai déjà conté mon histoire par le menu, je lui parle des ouvrières payées 2 francs par jour, des enfants de son âge qui travaillent aux champs ou à l'usine, je lui parle de ceux qui ont froid et faim juste à côté de nous. Je lui raconte les nuits glacées de ma mansarde, les journées passées à tirer l'aiguille, penchée sur l'ouvrage à la lueur d'une bougie. Et puis comment j'ai commencé à fabriquer des bijoux qui ont peu à peu été distribués dans tous les grands magasins de Paris... sauf au Printemps, afin qu'elle comprenne qu'on peut décider de sa destinée.
Sais-tu que j'ai encore le regret cuisant de n'avoir pu tenir jusqu'au Printemps ? Un hiver encore et je suis sûre que je l'aurais eu !

Chaque matin, je prends Antoinette avec moi sur ma jument Kitty (oui j'ai appris à monter ! Ah j'aurais fière allure aujourd'hui si je pouvais aller au Bois) et nous faisons un grand tour à travers champs. Et là, à l'abri des oreilles indiscrètes, je lui fais MON éducation ! Le dimanche, elle suit ma classe dans la cuisine, comme toutes les filles et les femmes qui le souhaitent, et à sept

ans, elle sait déjà lire et écrire, ce qui nous rend tous fous de fierté. C'est déjà une petite raisonneuse qui sait argumenter et obtenir ce qu'elle veut. Son nouvel objectif est un cheval pour elle seule, mais pour l'instant ni Arsène ni moi ne sommes prêts à céder.
En revanche, il est d'accord pour lui prendre une préceptrice dès l'an prochain, et je peux déjà te dire que je choisirai celle-ci avec un grand soin. Je veux qu'elle ait des idées modernes et qu'elle évite de farcir le crâne de ma fille avec des préceptes religieux qui cantonnent les femmes dans leur rôle d'objets décoratifs, de servantes et de juments poulinières. Oui, je suis résolument passée dans le camp des laïcs !
Mlle Antoinette est fine et déjà grande pour son âge. Ses cheveux sont blonds comme les blés de Normandie et ses yeux ont une étonnante couleur de café brûlé qui me rappelle son père. Elle a plus de robes, jupes, paletots, chaussures et jouets que je n'en ai jamais eu et développe un sens aigu de son allure. Nous recevons *Le Moniteur de la Mode* chaque semaine et c'est elle qui s'en empare avant moi pour le consulter des heures durant, couchée à plat ventre sur le tapis de sa chambre.
Quand elle met ses petits bras câlins autour de mon cou et me murmure ses petits mots sucrés d'enfant aimante, je suis au paradis.
Es-tu satisfait de ce portrait ?
Réponds-moi par le même biais
Joséphine

Mercredi 31 octobre 1877

Chère Joséphine,
Merci pour ce portrait d'Antoinette qui, grâce à tes mots, a acquis une réalité troublante.
J'ai su, à la seconde où j'ai posé les yeux sur lui, que l'homme que tu as épousé avait quelque chose

d'inquiétant et d'implacable. J'enrage que tu aies à souffrir son autorité. Toi, mon petit trottin parisien qui as tant besoin de courir où bon te semble ! Du fond de mon impuissance, je te livre le secret que m'avait confié ma chère maman un jour que je lui demandais comment elle faisait pour mener sa vie malgré le fort caractère de mon père : toutes les épouses apprennent à s'accommoder de leur mari et s'arrangent, par la grâce de toutes sortes d'artifices, pour les manipuler mieux que des marionnettes. Je ne doute pas qu'avec ta vivacité et l'immensité de ton charme, tu ne parviennes au même résultat avec ce vieux barbon.

Écris-moi.

J'ai toujours aimé recevoir tes lettres.

Antoine

Vendredi 23 novembre 1877

Cher Antoine,

Merci pour ton conseil.

À mon tour de t'en donner un… et même deux !

Je t'ai trouvé bien sévère avec toi-même. Il y a bien longtemps que je t'ai pardonné. Tu n'étais qu'un tout jeune homme, encore sous l'emprise de ton père et des conventions de votre classe. Au moment de notre mariage, le baron était un homme fait, un veuf de quarante-sept ans, ne dépendant que de lui-même. Il avait perdu ses parents depuis bien longtemps, mais n'aie crainte qu'il obéissait à son colonel de père au doigt et à l'œil, et s'était laissé imposer sa première épouse sans mot dire.

Il est temps de te pardonner à toi-même, ne trouves-tu pas ?

D'après ce que je comprends, tu ne t'es pas encore décidé à devenir un véritable avocat et à défendre les sans-logis, les sans famille, les sans voix, les pauvres, en un mot, que l'on accuse encore et toujours de tous les maux sans jamais personne pour prendre leur défense. Quand ?

Voilà les conseils d'une personne qui n'a jamais voulu que ton bien. Tu en feras ce que tu voudras.

Toutes mes pensées

Joséphine

Vendredi 21 décembre 1877

Chère Joséphine,

J'espère que tu recevras cette lettre à temps pour Noël. Je sais combien tu aimes cette période de l'année qui me fait toujours penser à toi. Pendant toutes ces années, j'ai prié pour que tu ne passes pas cette fête en solitaire. Aujourd'hui, mon plus beau cadeau serait de t'avoir un jour à nouveau près de moi, en chair et en os, ne serait-ce que pour quelques heures.

Hortense est en effervescence. Depuis trois ans, la grande réception de Noël a lieu chez nous. Cette gourmande a commandé une pleine caisse d'oranges d'Hyères. Le salon embaume et me rappelle notre voyage en Italie. Tu vois, tout me ramène toujours à toi.

Joyeux Noël !

Antoine

Mardi 25 décembre 1877

Antoine,

Mes plus beaux Noëls ont longtemps été ceux que j'ai passés en rêve avec toi.

Mais depuis sept ans que j'ai le bonheur d'avoir une certaine petite merveille auprès de moi, le 25 décembre a acquis une douceur nouvelle.

Des oranges, quelle bonne idée. J'ai demandé à Arsène de nous en trouver. Il a fait venir une caisse du port du Havre ! Hortense a bien raison, c'est délicieux !

Je te souhaite une très belle année 1878.
Mon vœu est aussi de pouvoir te voir et te parler, ne serait-ce que pour quelques heures.
Joséphine

Dimanche 27 janvier 1878

Joséphine,
J'ai fait une folie. Te souviens-tu de la compagnie d'assurances « Les Ménages avisés » qui occupait le cabinet en dessous du nôtre ? Ils ont résilié leur bail et je l'ai repris ! Des ouvriers viendront la semaine prochaine pour y commencer des travaux. Je vais y installer Jouve et toutes nos équipes (nous sommes plus de vingt maintenant). Quant à moi, je me garde notre cinquième. J'y conserverai une pièce pour travailler, et transformerai tout le reste en appartement, notre appartement. Parce que je sais qu'un jour tu reviendras sur le boulevard.
À toi pour toujours
Antoine

Mercredi 6 février 1878

Antoine,
Ta lettre m'a bouleversée au-delà des mots.
Parle-moi de Paris, je me languis tellement de notre boulevard.
Tortoni prépare-t-il toujours les meilleurs sorbets de Paris ?
Es-tu allé au nouvel Opéra ? Les travaux du boulevard Haussmann sont-ils enfin terminés ?
Et ceux pour la prochaine Exposition universelle ont-ils commencé ?
Est-ce qu'on danse toujours au bal Mabille ?
Ta grisette,
Joséphine

Samedi 16 février 1878

Antoine !
Surtout ne m'écris plus ! Mon père a intercepté ta dernière lettre avec ton histoire d'appartement ! Il menace de me dénoncer au baron !
Prends patience, je trouverai un moyen de te contacter.
À toi de tout mon cœur,
Joséphine

Samedi 11 mai 1878

Antoine chéri !
Je viens à Paris après-demain ! Auguste Valette, le président de la SPA, est décédé hier. Il était malade depuis longtemps (maladie des intestins). *Le Figaro* du jour annonce que ses obsèques seront célébrées le 13 mai à l'église Saint-Étienne-du-Mont. J'ai annoncé à Arsène que je devais m'y rendre. Il ne s'y est pas opposé ! Je prendrai le premier train du matin et rentrerai le lendemain. J'ai dit à Arsène que je passerai la nuit chez Mlle Adèle. J'ai le cœur qui bat tellement fort à l'idée d'être enfin seule avec toi. J'en tremble.
Joséphine

Lundi 20 mai 1878

Mon chéri !
Quand je t'ai vu sur le quai de la gare Saint-Lazare, campé sur ta canne avec cette élégance qui n'appartient qu'à toi et qui me bouleverse toujours, mes jambes ont couru vers toi sans que je puisse les contrôler. Nos regards se sont trouvés, un sourire a tremblé sous ta moustache et tu t'es mis à courir aussi.

J'ai oublié de vivre loin de toi. Je n'ai pas respiré pendant huit ans. Je ne m'en suis aperçue que quand j'ai repris mon souffle, au moment où tu as refermé tes bras sur moi. Le train déversait sur le quai son flot de voyageurs, mais noyés dans la vapeur qui se dissipait peu à peu, nous ne bougions pas, serrés l'un contre l'autre comme si notre vie en dépendait. Oh mon Antoine ! Je voudrais passer le reste de mes jours blottie contre toi, le nez sur ta chemise éblouissante, mes narines respirant ton parfum de linge frais, de cuir et de tabac.
Que dire de ma joie quand j'ai vu tous les changements apportés à « notre » intérieur. Le temps d'une après-midi, j'ai été la maîtresse d'un appartement du dernier chic dont je me suis fait une joie de découvrir chaque détail ! Ta bibliothèque où s'entassent les ouvrages de droit des plus grands avocats de notre temps m'a émue, le grand sabre ottoman qui orne le mur du salon, et les incroyables défenses d'éléphants posées sur la cheminée m'ont fascinée ! Je sais que les gens deviennent fous avec ce nouvel hôtel des ventes qui vient de s'ouvrir rue Drouot. Sais-tu que des brocanteurs viennent jusqu'au fond de nos campagnes pour acquérir les vieux meubles de ferme, bahuts, armoires, ou tables de ferme, que les gens des villes s'arrachent comme des petits pains ! La vie est parfois si drôle !
Quant à moi, plus que tout, j'ai préféré tes sofas chatoyants qui nous ont attirés vers leurs coussins… Tout de suite, nous nous sommes aimés, comme avant. Nos corps se sont reconnus, nous avons retrouvé d'un coup les gestes de l'amour et nos huit ans de séparation ont été abolis dans le feu de nos baisers. Oserais-je te dire comme c'est bon d'être aimée par toi, toi qui prends soin de mon plaisir autant que du tien ?

Pendant un jour et une nuit, nous avons joué au jeu du « comme si » qui nous divertissait tant autrefois. Merci d'avoir donné un décor réel à ce monde parallèle où nous vivons unis chaque jour de notre vie. Je m'y rendrai

désormais par la pensée à chaque fois que je me langui-rai trop de toi.
Je ne sais dans combien de temps je te reverrai.
Je t'embrasse comme je t'aime
Joséphine

Vendredi 14 juin 1878

Antoine chéri,
J'ai convaincu mon mari qu'il était nécessaire d'assister aux réunions de la SPA qui ont lieu environ une fois par mois ! Lui comme moi souhaitons lutter au côté du nouveau président Hippolyte Larrey contre la vivisection, cette pratique barbare qu'affectionnent nos savants modernes et qui entraîne des souffrances abominables sur les animaux.
Je ne peux m'empêcher de comparer leurs pratiques barbares à celles de ma grand-mère qui n'a jamais eu besoin de découper un animal vivant pour guérir un être humain. Ses médecines, qualifiées de remèdes de bonnes femmes, viennent pourtant d'une science très ancienne que se sont transmises au fil des siècles, les femmes qui savaient soulager et guérir dans nos campagnes.
Comme les séances de la Société se déroulent dans la matinée, je suis obligée de venir la veille au soir ! Arsène voulait me louer un appartement dans le quartier mais je lui ai dit que je préférais loger chez Mlle Adèle. Il a bien grogné un peu mais je lui ai dit qu'un appartement nous causerait beaucoup de tracas pour pas grand-chose.
Tu avais raison, mon chéri, je ne suis pas plus mauvaise qu'une autre dans l'art de la manipulation masculine !
Abonne-toi à la revue de la société, ainsi tu connaîtras les dates de mes visites sans que j'aie besoin de t'écrire.
C'est plus prudent.

Pour l'heure, je te donne rendez-vous le 27 juin.

Je t'aime

Joséphine

32.

La peau chaude qui avait le pouvoir magique de la rassurer

Vendredi 21 février 2020

AMANDA SE RÉVEILLA après une nuit de dix heures avec une seule pensée en tête : *Je suis libre.* Encore blottie sous sa grosse couette moelleuse, dans cette chambre qu'elle ne pensait pas revoir de sitôt, elle laissa cette pensée heureuse voleter autour d'elle comme un oiseau léger. Comme un bonheur n'arrivait jamais seul, Violette était venue et avait apporté avec elle le soleil de Californie qui luisait sur sa peau et brillait dans ses yeux. Après les heures sombres de la veille, c'était un bonheur presque trop fort. Amanda avait vraiment cru rester coincée dans l'univers terrifiant de la capitaine Cordeix. Elle s'étira voluptueusement, laissant ses bras et ses jambes prendre leurs aises, s'étaler sur toute la surface du lit. Un petit jour grisâtre tentait de s'immiscer par les persiennes et traverser ses rideaux de lin clair, mais elle ne voulait pas se lever, elle voulait dormir encore, se noyer dans le sommeil pour reprendre des forces. Elle tendit l'oreille.

À part le léger brouhaha du boulevard Montmartre tamisé par les hautes fenêtres à double vitrage, il n'y avait pas un bruit dans l'appartement. Elle songea avec délice que Violette dormait juste à côté, dans l'ancienne chambre de Cheyenne, qui était devenue son bureau. Sylvie s'était installée dans la chambre d'amis, l'ancien domaine d'Ulysse. Elles étaient réunies toutes les trois sous son toit, grâce à sa sœur.

Après leur conversation téléphonique, Violette avait pris le premier avion de San Francisco pour Paris. Elle avait débarqué à la PJ directement de l'aéroport et s'était installée dans le hall pour camper près de la machine à café en attendant que sa petite sœur soit libérée. Dans l'intervalle, Violette avait longuement discuté au téléphone avec Catherine Ganancia-Cohen et avait contacté Sylvie pour l'informer de la situation d'Amanda. Pour Violette, il allait de soi que Sylvie devait venir dans l'heure en laissant tomber tout ce qu'elle était en train de faire pour voler au secours de sa fille. Et aussi étonnant que cela puisse paraître, Sylvie s'était exécutée sans discuter. Elle avait pris le premier train de Saint-Malo pour s'installer dans le hall de la PJ avec Violette. Elles l'avaient attendue ensemble pendant de longues heures et s'étaient levées d'un même mouvement en la voyant apparaître à la fin de cette interminable journée, hagarde, choquée, mais soulagée et affamée comme après le jeûne de Kippour. Leurs quatre bras aimants s'étaient refermés sur elle.

En revanche, Amanda ne se souvenait plus de la manière dont elle s'était séparée de Jonathan et de Félix. Ils étaient sortis du bureau de Madeleine Cordeix comme trois zombies, les yeux rouges et la bouche desséchée. Jonathan et son avocat marquant l'inspecteur Ferri à la culotte pour obtenir des informations sur l'argent et la meilleure façon de le récupérer, ce qui semblait encore être une affaire complexe. Peut-être s'étaient-ils salués d'un geste de la main avant de retrouver chacun sa vie, son appartement et… sa douche !

Amanda avait dîné au Delaville café, sur le boulevard Bonne-Nouvelle, avec Sylvie et Violette. Là aussi sa mémoire était floue. Seul persistait le souvenir d'un soulagement intense qui la remplissait tout entière. Elle avait échappé à un malheur qui aurait pu lui faire perdre tout ce qui comptait pour elle et se sentait simplement et intensément heureuse. Rien d'autre n'avait d'importance. Entourée de sa mère et de sa sœur, elle s'était contentée de se laisser porter par leur attention. Elles n'avaient pas beaucoup parlé, ou peut-être l'avaient-elles fait. Pour Amanda, les paroles échangées ne comptaient pas vraiment, le sentiment de plénitude dominait tout. En rentrant, Violette, qui connaissait parfaitement son ancienne maison, avait organisé leur couchage. Amanda s'était enfoncée dans un sommeil merveilleux à peine sa tête posée sur l'oreiller.

Et voilà, elle était dans son lit ce matin, libre, et c'était un miracle. Sa sœur était là, c'en était un autre. Sa mère était venue, la soirée s'était déroulée sans tension, cela en faisait un troisième. Pouvait-elle être plus heureuse ? Amanda se retourna entre ses draps, les yeux toujours fermés. Elle savait bien ce qui la chiffonnait encore : la déception causée par la trahison de Jonathan. Mais elle ne voulait pas gâcher la perfection de ce petit matin par des pensées chagrines et chassa Jonathan de son esprit. Tant pis pour lui. Elle y penserait plus tard… ou pas. Pour bien démarrer cette première journée de liberté retrouvée, elle s'offrit une de ces longues douches chaudes et parfumées comme un hammam qui la mettaient toujours d'aplomb.

Dans la cuisine, Sylvie s'affairait à préparer le petit déjeuner pour trois. Voyant que les placards et le réfrigérateur étaient plus déserts qu'un TGV un jour de grève, elle était descendue acheter du pain, du beurre, des croissants, de la confiture et des fruits et disposait le tout sur la table blanche de la cuisine blanche.

— Ma chérie ! lança-t-elle en apercevant sa fille, tu as bien dormi ?

— Super ! Merci, Maman, d'être venue hier. Ça compte beaucoup pour moi.

— C'est Violette qui m'a appelée ! chuchota Sylvie ébahie. Comme si c'était complètement normal, alors qu'on ne s'est pas adressé la parole depuis des siècles.

— Elle a eu une vie un peu compliquée. Pendant quelques années, elle n'a quasiment vu personne.

— Ah bon ? Mais pourquoi ?

— C'est une longue histoire… que je te raconterai un jour ! ajouta-t-elle en voyant la mine froissée de sa mère.

Sylvie mit de l'eau à chauffer dans la bouilloire et remplit la réserve de la cafetière.

— Elle prend du thé ou du café ? demanda-t-elle.

— Du thé… à moins qu'elle n'ait changé depuis la Californie.

— Où sont les tasses ?

— Dans le placard de droite.

— Moi, tant que je n'ai pas bu de café, je ne suis pas opérationnelle. Je m'en suis fait un avant de descendre. Je vais vous accompagner pour le thé maintenant. Tu sais qu'on a passé des heures à discuter hier. Elle n'avait pas l'air très au courant de nos… frictions.

— Je ne lui en parle pas trop. Avec Violette, on n'a pas le droit de se plaindre de sa mère… C'est tellement une chance d'en avoir une.

— C'est vrai, pauvre petite… C'est sans doute pour ça qu'elle était si ombrageuse quand elle était ado. J'avais tendance à l'oublier…

Amanda attrapa doucement un croissant. Sa mère faisant une sorte de *mea culpa,* c'était un moment à graver dans les annales. Sylvie but une gorgée de thé Earl Grey.

— Je suppose que tu m'en as voulu…

— Un peu…

— Nous avons parlé de votre père. Elle avait l'air de trouver tout à fait normal que je l'aie quitté. Pourtant je me souviens qu'à l'époque, elle avait très mal vécu notre divorce.

— Parce que nous avons été séparées, elle et moi. Elle en a beaucoup souffert. Mais oui, clairement, tu as bien fait de quitter un type qui te trompait. On est toutes d'accord là-dessus.

Sylvie mordit rêveusement dans sa tartine de confiture.

— Oui, elle m'a dit ça hier. Je comprends enfin pourquoi tu voulais toujours passer du temps avec eux. Je pensais que tu les préférais à moi. Ça m'a fait du mal.

— Oh Maman ! s'écria Amanda la gorge nouée.

Sylvie se leva pour la prendre dans ses bras. Elles en avaient perdu l'habitude depuis si longtemps que l'étreinte fut un peu gauche, l'élan se mêlant à la gêne. Amanda se retrouva le nez dans le cou de sa mère et inspira profondément la peau chaude qui avait le pouvoir magique de la rassurer et de la calmer quand elle était petite. C'était toujours aussi bon, finalement. Elle serra sa mère un peu plus fort contre elle et se souvint combien elle l'idolâtrait quand elle était enfant.

— Il faudrait qu'on essaie de se parler un peu plus franchement, à l'avenir.

— Oui Maman ! répondit Amanda avec une voix de petite fille sage.

Sylvie éclata de rire et se dégagea pour ranger ses couverts dans le lave-vaisselle pendant qu'Amanda se préparait une nouvelle tartine. Violette pénétra dans la cuisine, sa chevelure brune en bataille, vêtue d'un grand tee-shirt de l'université UCLA qui flottait au-dessus de ses fines jambes bronzées.

— Bonjour, Violette ! Bien dormi ?

— Super, mais j'avoue que je suis un peu jet laggée. Mmmm, des croissants, ajouta-t-elle en mordant dans une viennoiserie fondante et croustillante à souhait. Je me souviens que cette boulangerie était délicieuse. On n'a pas ça à San Francisco !

— Merci de m'avoir prévenue hier, et de m'avoir quasiment forcée à venir !

— Mais c'est la moindre des choses ! Tu es sa mère ! J'aurais détesté ne pas être présente pour mes enfants dans une situation aussi grave !

Elles se turent car la sonnette de la porte d'entrée avait retenti. Amanda ouvrit la porte, escortée par Sylvie et Violette. C'était Mira la gardienne, accompagnée de ses yeux bleus, ses boucles brunes et tous ses bijoux, qui lui apportait le courrier et surtout venait aux nouvelles.

— Oh là là, Violette ! Je ne savais pas que tu étais là ! dit-elle en l'embrassant.

— Entre, tu veux un café ? proposa Amanda.

— Je préfère le thé, si tu as.

— Mais bien sûr !

— Ça me fait plaisir de te voir, Mira, tu es super en forme ! dit Violette en souriant.

— Elle a un nouvel amoureux, glissa Amanda.

— Mais c'est génial !

— C'est vrai qu'il est génial, mon Dimitri. Alors ça y est, c'est réglé cette affreuse histoire ? demanda-t-elle en se tournant vers Amanda.

— J'espère !

Violette lui servit une tasse de Earl Grey pendant que Mira fouillait dans sa pile de courrier en faisant cliqueter ses bracelets.

— Regarde ce que j'ai lu dans le *Figaro* de ce matin, ça pourrait t'intéresser, dit-elle en tendant un article à Amanda. Attention, ne le touche pas avec tes doigts pleins de beurre ! C'est celui de M. Chevalier du cinquième, escalier B, il est abonné.

Amanda croisa les mains dans son dos et commença à lire à haute voix :

Une messe à la mémoire de Maître Alexandre Maréchal, suite à la mort accidentelle de l'avocat survenue le 14 février dernier, sera célébrée samedi 22 février à 11 heures en l'église Saint-Honoré-d'Eylau, Paris seizième. Son associé Maître Bernard Andrieux prononcera l'éloge funèbre. De nombreuses personnalités sont attendues pour rendre un dernier hommage à l'avocat d'affaires.

Maître Maréchal sera ensuite enterré dans la plus stricte intimité dimanche à Deauville.

— Ça alors ! Andrieux aura protégé le secret d'Alexandre jusqu'au bout. Il lui offre l'enterrement dont il aurait rêvé.

— Ce qu'on peut faire par amour, quand même ! murmura Sylvie.

— Tu vas y aller ? demanda Violette.

— Pour voir Andrieux jouer à la veuve et le Tout-Paris pleurer un personnage de fiction, non merci. Cette mascarade a failli me coûter trop cher. Je ne vais pas valider.

— Je peux reprendre mon *Figaro* ? demanda Mira en se levant. Je dois continuer ma tournée. Merci pour le thé, il est délicieux.

— De rien, c'est du Earl Grey !

33.

Vous prendrez bien un dessert ?

Dimanche 23 février 2020

Le ciel était couvert mais l'air très doux pour la saison. Un vent chargé de sel soufflait entre les allées du grand cimetière minéral de Deauville. Amanda se tenait légèrement à l'écart et observait la modeste mise en terre de Jérôme Tabournet. Les journaux de la veille avaient fait le compte rendu de la luxueuse messe organisée à la mémoire d'Alexandre Maréchal. Elle avait vu l'église croulant sous les couronnes de fleurs, les élégantes relations du Racing, de Megève et de Saint-Tropez, les confrères, les magistrats, les faux amis et les vraies ex, affichant des têtes d'enterrement autour du cercueil ouvert dans lequel le faux avocat reposait en majesté, sa mèche blond foncé soyeuse comme dans une pub pour shampoing.

Aujourd'hui, il y avait six personnes réunies autour de la tombe fraîchement creusée dans laquelle les employés des pompes funèbres venaient de déposer le luxueux cercueil en acajou verni : Mme Tabournet, triste et élégante dans un manteau noir, gantée, chapeautée, le visage figé par le chagrin, le curé, trois hommes en doudoune, baskets et bas de survêtement qu'Amanda identifia comme les amis d'enfance du défunt, et Bernard Andrieux, dévasté par le chagrin, un grand mouchoir gris à la main pour essuyer ses yeux bouffis de chagrin.

Le prêtre dessina un grand signe de croix dans l'air et prononça une courte prière que le vent emporta loin des oreilles d'Amanda. Puis les croque-morts recouvrirent la tombe de terre et les six personnages s'éloignèrent lentement. Mme Tabournet lui adressa un bref signe de tête, Bernard Andrieux se dirigea vers elle et lui serra les deux mains.

— Merci d'être venue malgré tout…

— Je voulais être sûre qu'il était bien mort et enterré.

— Pour moi, il sera toujours vivant, là, ajouta-t-il en touchant son cœur. Quel personnage, n'est-ce pas ? Vous avez vu la messe hier ? C'était grandiose. Il aurait adoré.

— C'est exactement l'enterrement dont il aurait rêvé, confirma Amanda.

— Merci, répondit Andrieux en se séchant les yeux.

Il se ressaisit et tenta de sourire à Amanda.

— Je me suis renseigné sur votre Antoine Beaulieu…

Le cœur d'Amanda se serra.

— Vous avez trouvé quelque chose ?

— C'était un très grand avocat, dites donc ! Un sacré personnage.

— Ah bon ! s'exclama Amanda, surprise, tant ce portrait ne correspondait pas au charmant et léger Antoine des lettres du coffret.

— Très impliqué dans la défense des pauvres, des indigents, des ouvriers. Souvent commis d'office dans de tristes affaires de misère. Il a été député socialiste de Saône-et-Loire.

— Socialiste, Antoine ?

— Mais oui ! Vous savez que la Troisième est souvent appelée « la République des avocats », il y en avait plein la chambre. Votre Beaulieu s'est battu pour les droits des enfants illégitimes, c'était aussi un ardent défenseur du divorce, sympathisant de la cause des femmes et, plus tard, dreyfusard convaincu.

— Incroyable ! murmura Amanda, émue aux larmes.

Ainsi, Antoine avait finalement écouté les conseils de Joséphine. Il était devenu un « vrai », un grand avocat qui s'était consacré aux causes chères à celle qu'il aimait. Elle avait une boule dans la gorge et une envie de serrer cet homme mort depuis longtemps contre son cœur et de le remercier.

— Il est mort très vieux vous savez, et a exercé jusqu'à la fin. Alexandre n'aura pas eu cette chance.

— Il a eu beaucoup de chance d'avoir été autant aimé par vous, murmura-t-elle.

— Oh ! il ne l'a jamais vraiment su… ou alors, il s'en fichait, prononça simplement l'avocat avant de s'éloigner.

Amanda laissa le cortège s'éloigner avant de se diriger à son tour vers la sortie. Devant la grille du cimetière, Jonathan Auslender l'attendait.

— Ta sœur m'a dit que je te trouverais ici.

— Où tu l'as vue ?

— J'ai sonné à la porte de ton appartement ce matin.

— Je comprends mieux.

— On marche un peu ?

Elle hésita avant de répondre qu'elle était à pied et qu'il était libre de se promener à côté d'elle s'il le souhaitait. Il sourit sans rien ajouter. Elle l'observa, du coin de l'œil, allonger le pas pour la rejoindre. Ils marchèrent silencieusement, laissant l'air marin rosir leurs joues et nettoyer les mauvaises ondes autour d'eux.

— Tu t'es remis de ta gardav ? demanda-t-elle.

— J'avoue que j'en fais encore des cauchemars ! J'ai quand même passé deux jours et une nuit atroces.

— Moi aussi ! J'ai cru qu'on ne sortirait jamais. On l'a échappé belle.

— Ouais… Heureusement que tu as parlé de cette histoire de briquet. Ça m'était complètement sorti de la tête.

Leurs pas les avaient menés près de la mer et ils marchaient silencieusement sur les planches, chacun perdu dans ses pensées.

— Tu as faim ? demanda Jonathan. J'ai réservé aux Vapeurs… au cas où.

Il souriait à moitié en la regardant de ses yeux de turquoise claire. Elle était toujours énervée contre lui mais pensa que ce déjeuner serait l'occasion de lui en parler en face.

— J'ai très faim !

— Comme toujours !

— Moque-toi !

Le restaurant Les Vapeurs était une institution à Trouville et à Deauville « depuis 1927 », comme l'indiquait la carte. La brasserie offrait un cadre tout en charme, avec ses banquettes en moleskine rouge, ses luminaires en néon, ses vieilles pubs accrochées aux murs et son armada de serveurs en grands tabliers immaculés. Ils s'installèrent au bar, un authentique zinc à l'ancienne, pour boire un verre de vin blanc en attendant que leur table soit prête. Elle le regarda piocher dans le petit bol d'olives vertes que le barman avait posé devant eux. Elle connaissait ses gestes, son parfum, la façon dont ses cheveux bouclaient légèrement sur son front, l'alignement régulier de ses dents blanches, ses longues jambes gainées de jean qui tressautaient quand il était énervé. En un temps si court, il lui était devenu infiniment familier. Elle vida son verre d'un trait pour changer l'orientation de ses pensées. Un garçon arriva pour les installer à leur table. Ils commandèrent des moules marinières et du vin blanc, parce que c'était ce qu'il fallait prendre aux Vapeurs.

— Pourquoi manges-tu des fruits de mer, si tu es végétarien ? lui demanda-t-elle.

— Des coquillages uniquement. Parce que les mollusques ne ressentent ni peur ni douleur. Je suis contre la souffrance animale, et dans ce cas précis, il n'y en a pas.

Elle croqua pensivement dans une minuscule crevette grise.

— Et les crustacés ?

— Je ne sais pas. Je préfère m'abstenir.

— Je comprends.

Un serveur arriva avec leurs deux chaudrons de moules marinières, accompagnées de grosses frites maison qui firent saliver Amanda. En ce dimanche de février, où toute la région normande était en vacances scolaires, le restaurant était bondé. Un brouhaha permanent couvrait toute tentative de conversation. Jonathan se pencha vers elle.

— J'ai voulu ce déjeuner pour te présenter mes excuses. Je sais que je me suis mal comporté en ne te disant pas que je savais qui tu étais.

Le cœur d'Amanda se contracta sous le coup de l'émotion. Elle était soulagée qu'il aborde le sujet avant elle.

— Cela m'a mise très en colère, et surtout, ça m'a fait de la peine.

Se servant d'une coquille de moule vide comme d'une pince, il attrapa la chair orangée d'un coquillage et la porta à sa bouche.

— Je sais, et je m'en veux énormément. Je n'ai pas osé te le dire lors de notre première rencontre pour ne pas t'effrayer. J'avais peur que tu me prennes pour un psychopathe, un type chelou, voire dangereux, et que tu refuses de me revoir. Ce qui aurait été, pour moi, une catastrophe nucléaire !

— Au moins !

— C'est la stricte vérité ! Et puis ensuite tout est allé tellement vite entre nous, c'était tellement intense et tellement beau, je n'ai pas eu envie de briser cette magie.

Elle but une gorgée de vin pour s'empêcher de sourire.

— Tu aurais dû me le dire quand même. C'était affreux de l'apprendre en plein interrogatoire.

— Je sais, c'était horrible. Est-ce que tu voudras bien me pardonner… un jour ?

Amanda aimait décortiquer toutes ses moules d'un coup pour ensuite les déguster à la cuillère avec la bonne sauce marinière. Elle se concentra sur l'opération d'extraction avant de lui répondre.

— Peut-être un jour fort fort lointain.

— Fort fort lointain comme... demain ?

Sa fossette au menton acheva de la faire fondre.

— Il faut que j'y réfléchisse sérieusement.

Ils étaient tellement concentrés l'un sur l'autre qu'ils ne remarquèrent pas le serveur qui venait débarrasser.

— Vous prendrez un dessert ?

— Pardon ? demanda Jonathan.

— Vous prendrez bien un dessert ?

— Euh...

Amanda n'avait pas envie que s'achève déjà ce moment doux, aussi commanda-t-elle une tarte tatin. Il demanda un sorbet, peut-être pour la même raison.

— J'ai peut-être quelque chose pour que le jour fort fort lointain de demain se transforme en moment très très proche.

— Ça m'étonnerait beaucoup, dit-elle en souriant.

Il plongea son regard lagon dans le sien. Si près qu'elle pouvait distinguer un à un chacun de ses longs cils noirs.

— On parie ? demanda-t-il.

— Tout ce que tu veux, répondit-elle le cœur battant.

Au moment où le serveur déposait sa tarte tatin devant Amanda, Jonathan se leva, enfonça sa main droite dans sa poche. Leurs voisins de table l'observèrent, étonnés. Il se rassit, visiblement très ému.

— Je suis sûr de gagner, déclara-t-il en posant un petit objet à côté de son assiette.

La gorge serrée, elle observa sans mot dire l'écrin de velours gris. Il était tout petit, doux et usé par le temps. Il lui racontait une histoire qu'elle connaissait par cœur. Amanda l'ouvrit de ses doigts tremblants. Le Rayon de lune reposait là sur son carré de satin pâle. Son opale mystérieuse, ronde et laiteuse comme l'astre des nuits, projetait ses éclats irisés sur les brillants aux facettes irrégulières. Il était encore plus beau que dans son souvenir. Jonathan attrapa doucement sa main et glissa la bague à son doigt.

Elle faillit se mettre à pleurer, mais une petite brise légère, douce et parfumée, la consola inexplicablement. Jonathan la regardait en souriant alors que tout autour d'eux, la salle des Vapeurs éclatait en applaudissements. Les clients tapaient dans leurs mains, leur souriant avec bienveillance. Jonathan, très à l'aise, remerciait avec des petits mots polis.

— Mais comment ? balbutia-t-elle.

— Je suis allé voir Mme Tabournet hier pour lui proposer d'acheter le Rayon de lune. Elle a commencé par refuser.

— Mais alors...

— Elle m'a ordonné de m'asseoir, m'a fourré de force une tasse de thé Earl Grey entre les mains et m'a demandé pourquoi je voulais cette bague. Je lui ai expliqué que je la voulais pour toi. Parce que tu l'avais trouvé très belle, que tu en rêvais la nuit et que je voulais te faire une surprise.

— Et elle a accepté ?

— Toujours pas ! Elle m'a regardé droit dans les yeux : « Dites-moi la vraie vérité, jeune homme, même si elle n'est pas agréable à entendre... » Alors je lui ai dit que cette bague t'appartenait et qu'Alexandre te l'avait volée.

— Et alors ?

— Elle a retiré le Rayon de lune de son doigt et me l'a donné, sans accepter un seul centime. Puis elle est allée chercher l'écrin et m'a conseillé de courir te l'offrir.

Le maître d'hôtel approcha de leur table avec un plateau sur lequel pétillaient deux flûtes de breuvage doré.

— Permettez-nous de vous offrir le champagne pour féliciter les futurs mariés.

Il s'apprêtait à poser les coupes sur la table, mais voyant Amanda toujours assise, comme hébétée, il interrompit son geste, de peur de faire une terrible gaffe.

— Enfin, si madame a dit oui !

Elle éclata de rire.

— Oui !!! s'écria-t-elle.

Puis se jetant dans les bras de Jonathan, elle murmura au bord de ses lèvres : « Tu as gagné ! » Il referma les bras sur elle et l'embrassa de toute sa passion et toute sa tendresse, en se disant qu'il aurait pu faire n'importe quoi pour cette femme… même tuer son ancien compagnon (enfin non, peut-être pas !). La petite brise qui les enveloppait s'éloigna doucement, comme une chandelle que l'on souffle.

— Et si on allait fêter ma victoire au Normandy ? chuchota-t-il.

LES LETTRES DU COFFRET

Mercredi 13 avril 1887

Mon chéri,
J'ai bien vu combien tu t'inquiétais pour moi lors de ma dernière visite, alors que je toussais au point d'en avoir mal à la poitrine. Deux jours plus tard, prise d'une forte fièvre, j'ai suivi ton conseil et fait appeler le médecin. Son diagnostic est tombé brutalement : tuberculose.
J'ai eu du mal à l'admettre. Nous ne sommes pas poitrinaires dans la famille et il nous a toujours été dit que la tuberculose était une affection héréditaire qui est présente dans les gènes. Le docteur Kahn, qui est jeune et au fait des avancées les plus modernes de la médecine, m'a expliqué qu'il n'en était rien. Des découvertes récentes ont permis d'établir que la tuberculose est une maladie terriblement contagieuse qui se transmet essentiellement par la salive, via des gouttelettes émises lorsque le patient tousse, éternue, bâille ou tout simplement parle ! Ce serait un chercheur allemand, M. Koch, qui aurait découvert ces minuscules bestioles, invisibles à l'œil nu, responsables de la maladie, qu'il a nommées « bacilles ». Je pense que je l'ai attrapée d'une de mes

élèves qui toussait à fendre l'âme et qui n'a même plus la force d'assister à ma classe du dimanche après-midi. J'espère du fond du cœur que je ne te l'ai pas transmise. Il n'existe pas encore de cure à la tuberculose, mais on peut vivre avec pendant longtemps. Le médecin me recommande du repos, du soleil, de l'air pur et beaucoup de propreté. En revanche, il m'a interdit les déplacements. Quand il m'a vue pleurer, il a cru que c'était l'annonce de la maladie, mais c'était parce que j'ai réalisé que je ne pourrais pas venir te retrouver boulevard Montmartre comme je le fais chaque mois depuis bientôt dix ans.

Ma vieille maman n'a laissé personne s'occuper de moi et a chassé tous mes domestiques. Elle a nettoyé mes appartements de fond en comble au savon de Marseille, a fait bouillir mon linge et mes draps et s'est fait installer un lit à côté du mien. Avec sa présence aimante et forte à mes côtés, je me sens déjà mieux ! Je t'écris de ma méridienne, la fenêtre grande ouverte sur la campagne normande, le soleil vient caresser mon visage et mon chat est roulé en boule à mes pieds.

Par peur de la contagion, ma mère ne laisse personne m'approcher, même pas mon époux qui ne peut plus désormais partager ma couche, ce qui m'est d'un grand soulagement. Antoinette vient chaque jour me voir. Elle s'installe dans un fauteuil sur le pas de ma porte et nous discutons vivement de tout et de rien comme nous en avons l'habitude.

J'espère qu'avec les beaux jours, je me sentirai tout à fait guérie et que je pourrai reprendre le train pour te voir.

J'ai confié cette lettre à ma chère maman qui ira la poster dès que possible.

Je t'embrasse comme je t'aime,

Ta Joséphine

Mardi 16 août 1887

M. et Mme Antoine Beaulieu,
Ont été navrés d'apprendre que Mme la baronne Arsène Dauzat n'était pas suffisamment bien portante pour assister à la réception annuelle du 15 août et lui envoient leurs vœux de prompt rétablissement ainsi que toute leur sympathie.

Dimanche 4 septembre 1887

Mon Antoine chéri,
Je pense qu'il est temps maintenant de me faire une raison. Je ne pourrai plus venir te voir, je suis désormais au plus mal et je sais que je ne me remettrai pas.
Je suis si heureuse de ta visite impromptue dans ma chambre le soir de la réception ! Comme un vieux jeune homme de cinquante ans, tu as réussi à te faufiler dans les étages pour me voir ! Te parler, te toucher m'a causé une joie céleste. Oh ! Je sais bien que tu as retenu tes larmes en me voyant si pâle et si amaigrie. Je suis bien changée depuis notre dernière rencontre, moi qui étais devenue presque grasse avec le temps ! Mais à te voir à mon chevet, je me sentais comme si j'avais encore vingt ans et que je m'endormais en rêvant du bel avocat du cinquième étage. Jusqu'au bout, tu auras mis de la joie et du roman dans ma vie !
Au seuil de la mort, j'ai révélé la vérité sur sa naissance à Antoinette. Il ne faudrait pas que par un malheureux hasard elle se mette en tête d'épouser un de tes fils. Hier, elle m'a raconté qu'elle les fréquentait avec toute une compagnie trouvillaise. La peur m'a pris ! Ne sachant par quel bout commencer je lui ai dit :
« Armand et Samuel Beaulieu sont tes demi-frères » et voyant que ça lui en bouchait un coin, j'ai pu dérouler l'histoire jusqu'au bout. Je ne sais pas si elle est fâchée, car depuis que je suis malade, elle ne fait rien qui puisse

me causer la moindre contrariété. Au contraire, malgré le choc elle a trouvé le moyen de plaisanter. Elle aura été la grande consolation de ma vie.
Je sais que, par fidélité à ma mémoire, notre fille aura à cœur d'accomplir la mission que je lui ai confiée : te remettre toutes tes lettres. Elles m'ont suivie partout depuis ma petite mansarde, je les ai gardées précieusement dans un coffret. Je me doute que tu ne sauras que faire de ces vieux papiers dont certains ont plus de trente ans, mais c'est un prétexte pour que vous vous rencontriez. Ma dernière volonté est que tu fasses la connaissance de notre fille et que vous entreteniez des relations cordiales. Raconte-lui qui nous étions et combien notre amour a été beau. Peut-être que si ce jour-là, vous sentez une douce brise vous frôler, ce sera mon fantôme qui vous bénira de là-haut.
Tâche de veiller sur elle. J'ai fait promettre à Arsène de ne pas lui imposer un mariage qui ne lui conviendrait pas, mais il a déjà plusieurs partis en vue et s'inquiète qu'à 18 ans, elle n'ait point en tête de se marier.
Tu verras que notre Antoinette est une jeune femme dotée d'une intelligence vive et animée par un grand désir d'indépendance. Je souhaite que l'argent de la compagnie Beaulieu & Gallais, que tu as brillamment fait fructifier, lui serve à aller au bout de ses projets quels qu'ils soient. Je te prie de la conseiller et de la soutenir en tout, ainsi que tu m'as soutenue.
Ne sois pas triste, mon Antoine, ne regrette rien. Notre histoire a été parfaite jusque dans les chagrins qu'elle nous a procurés. Tu m'as tout donné, mon chéri, j'ai tout reçu de toi. Tu m'as ouvert les portes d'un monde que je ne connaissais pas, tu m'as aidée, tu m'as donné des ailes et je me suis envolée. Grâce à toi, j'ai connu toute la gaieté des boulevards, les parties de campagne, un grand voyage en Italie, j'ai eu mon magasin de fantaisies à Deauville, une affaire que j'ai pu développer, notre foyer parallèle du 19 bis, boulevard Montmartre et enfin, la plus merveilleuse des enfants.

Je t'aime jusqu'à mon dernier souffle. Sache que ton nom est sans cesse sur mes lèvres pour qu'il soit le dernier mot que je prononce.
J'ai rassemblé mes dernières forces pour t'écrire cette missive. Je meurs heureuse de t'avoir aimé.
Joséphine

Dimanche 23 novembre 1890

Joséphine,
Pour la dernière fois, j'essaie de m'inventer encore un peu de toi. Je t'écris assis à ce cabinet où tu aimais rédiger des comptes rendus de réunion ou des missives de première importance pour la SPA. J'entends le bruissement soyeux de ta robe, je sens ton doux parfum qui vole autour de moi. Tout à l'heure, un ouvrier va venir pour un dernier travail et puis ce sera fini. Trois ans après ton départ, je me décide à rendre les clés de notre foyer.
Ne m'en veux pas. Ce n'est pas de gaieté de cœur que je quitte le 19 bis, boulevard Montmartre, mais passer du temps dans ces lieux chargés de souvenirs, où je sais que tu ne reviendras plus, m'est insupportable.
Les premiers temps, je n'ai touché à rien, j'ai fait « comme si », j'ai vécu pour nous deux, j'ai inventé tes mots, tes gestes. J'ai dormi dans notre lit, j'ai imaginé les petits messages pleins d'esprit que tu me laissais sur l'oreiller.
Après la visite d'Antoinette, j'ai relu toutes tes lettres, et puis comme un explorateur du passé, je me suis appliqué à classer l'ensemble de nos échanges dans l'ordre chronologique, de ton premier billet daté du 12 novembre 1860 à ta dernière lettre du 4 septembre 1887, j'ai tout revécu une seconde fois, j'ai beaucoup ri, et beaucoup pleuré.
Je regrette que nous n'ayons pu poursuivre notre correspondance au cours de ces dix dernières années. Je fais appel à ma mémoire pour me souvenir de nos moments. Je me souviens de notre visite à l'Exposition universelle de

1878 qui se tenait sur le Champ-de-Mars, et ton enthousiasme devant la première voiture à vapeur qui allait peut-être « libérer les chevaux de leur esclavage », de ton émerveillement devant la splendeur du nouvel opéra de Paris et ses grands escaliers de marbre, je me rappelle nos nombreux déjeuners au café de la Paix avec les Blum, de la fois où nous sommes allés nous faire tirer le portrait chez Nadar, boulevard des Capucines, de nos promenades au jardin des Tuileries, de nos flâneries sur les boulevards avant de rentrer vers notre appartement. Je me souviens que tu avais même réussi à me traîner à quelques réunions de la SPA rue de Grenelle ! Je me souviens de tes visites au grand magasin du Printemps, que tu ne te lassais jamais d'admirer, et des babioles que tu y choisissais avec amour pour Antoinette et pour ta mère.

Laisse-moi te raconter notre fille ! Comme tu me l'avais annoncé, j'ai reçu sa visite par un bel après-midi de juin. Un vent léger entrait par la fenêtre ouverte et faisait trembler les feuilles des platanes du boulevard. Antoinette tournoyait nerveusement dans la pièce, je lui ai proposé de s'asseoir. D'instinct, elle a choisi le sofa sur lequel tu aimais t'allonger pour lire, s'est enfoncée dans tes coussins de manière un peu brusque et dans son mouvement a renversé le vase et les fleurs fraîches que j'avais achetées pour sa visite ! Elle s'est relevée tout aussi vivement et a bousculé la lampe à pétrole en verre de Murano qui s'est cassée sur le tapis. Confuse, elle est devenue aussi rouge que les pivoines étalées sur le sol, je n'ai pu m'empêcher de pouffer un peu nerveusement, elle s'est contenue un instant puis est partie d'un éclat de rire sonore irrépressible, et c'est ainsi que la glace a été rompue entre nous. Nous avons beaucoup ri ce jour-là, tant pour vaincre notre timidité que pour surmonter notre tristesse. Nous avons un peu discuté, j'ai reconnu dans certains de ses avis les tournures de ton esprit, mais elle possède cette assurance qui s'acquiert dès l'enfance quand on grandit dans un milieu privilégié. Je t'ai vue dans son sourire et ma gorge s'est serrée plus d'une fois en réalisant que ton charme était passé dans ses veines. Soudain, elle a bondi hors du sofa, a farfouillé dans son sac de voyage et m'a tendu ton coffret de lettres. Nous sommes redevenus graves, comme frappés par la douleur de ta disparition.

Elle m'a promis de revenir me voir et a tenu parole. Elle impose au baron de se déplacer aussi souvent qu'elle le désire sans aucun chaperon. Petit à petit, nous avons appris à tisser une relation d'une liberté de ton étonnante. Elle s'intéresse à l'art, à la science, au sort des animaux, au droit, aux inégalités sociales, à la condition de son sexe et à bien d'autres sujets sur lesquels elle est très savante. Quand je lui ai conseillé de ne pas étaler ce savoir auprès des jeunes hommes de son âge pour ne point les effrayer, elle m'a ri au nez ! Il est vrai que certains hommes n'apprécient pas une compagne plus instruite ou plus intelligente qu'eux. Cela peut nuire à l'estime qu'ils ont d'eux-mêmes et entraîner des problèmes dans le couple. Mademoiselle affirme que se faire plus bête pour qu'un homme se sente plus intelligent ne fait pas partie de ses projets et m'a fait part de son refus de se marier, pour conserver sa liberté.

Voilà maintenant la partie la plus amusante de l'histoire. Nos chers Élie et Clara Blum, qui sont les témoins privilégiés de nos amours, sont les seules personnes que j'ai mises dans la confidence de mes relations avec Antoinette. Évidemment, ils ont souhaité la rencontrer et nous avons déjeuné tous les quatre au café de la Paix. Elle s'est immédiatement prise d'une affection passionnée pour eux et s'est mise à les fréquenter parfois même hors de ma présence. C'est ainsi qu'elle a fait connaissance de leur fils Paul, oui, notre petit Paul qui est devenu un grand gaillard de vingt et un ans. Ces deux-là étaient faits pour s'entendre comme larrons en foire et, de dîners en soirées, les voilà devenus inséparables. Peu à peu le discours sur le célibat éternel de Mlle Antoinette s'est fait de moins en moins convaincu. Je te la fais courte : ils se sont mariés l'été dernier et mènent une vie follement bohème, entourés de journalistes, de peintres et d'écrivains dans la maison familiale de L'Isle-Adam… celle-là même où notre Antoinette a été conçue ! Ah, la vie a parfois de fort jolies façons de boucler la boucle.

Le baron n'était pas totalement ravi que sa fille épouse un israélite, mais il a respecté sa parole et ne s'est pas opposé au mariage. La fortune familiale du marié ayant bien aidé la pilule à passer. Sois donc rassurée, ma Joséphine chérie, j'ai veillé sur notre fille ainsi que tu me l'as demandé. Elle a reçu de notre part à tous deux la coquette somme de 200 000 francs issue de la dissolution de la compagnie Beaulieu & Gallais. J'ai pris soin d'arranger une clause bien retorse d'avocat d'affaires afin que son mari ne puisse pas y avoir accès.

Je pense que tu seras également heureuse de savoir que je suis depuis peu devenu un « vrai avocat ». L'avantage d'avoir veillé toute ma carrière sur les affaires de la Banque Générale est que je n'ai plus à me soucier des honoraires de mes nouveaux clients… pour lesquels je travaille quasi gratuitement.

La condition des classes populaires de notre République ne s'est pas arrangée depuis l'Empire. Les inégalités persistent et créent douleurs, injustices et violences. J'ai fort à faire avec les veuves, les orphelins, les bons à rien, les indigents et les brigands. Malheureusement, je ne me préoccupe pas encore des animaux, mais comme tu le sais, ils n'ont aucune réalité juridique, étant considérés tout simplement comme les biens mobiliers de leurs propriétaires*.

Le vieux Jouve a passé la main à son fils qui lui ressemble comme deux gouttes d'eau, goitre compris.

Les boulevards ont perdu de leur superbe. C'est maintenant vers les Champs-Élysées que s'est déplacé le cœur du Tout-Paris. Tortoni n'est plus que l'ombre de lui-même.

---

* Il faudra attendre la loi du 16 février 2015 « relative à la modernisation et à la simplification du droit et des procédures » pour que l'animal soit enfin considéré dans le Code civil comme un « être vivant doué de sensibilité » (nouvel art. 515-14) et non plus comme un « bien meuble » (art. 528) voire comme un « immeuble par destination » (art. 524).

Mlle Adèle a quitté son commerce du fond de la cour. Elle a été remplacée par un artisan menuisier qui répand de la sciure sur le pavé en veux-tu en voilà, c'est insupportable. Elle est venue me faire ses adieux et j'avoue que je suis inquiet pour elle. Après des années à travailler, elle se retire sans même un petit pécule. Ces dernières années, les affaires n'étaient pas fameuses et son gros Maurice s'est tant appliqué à prendre le surplus de la caisse qu'il ne lui est rien resté. Je lui ai laissé ma carte en cas de besoin, car j'ai bien peur qu'elle finisse chez les indigents.
Le fils Berthomier tient toujours la Petite Pinte.
J'écris encore car je tremble à l'idée de te quitter...
L'ouvrier est arrivé. Je lui ai demandé de creuser une niche dans le conduit de la cheminée du salon. Dans quelques instants, je vais y déposer ton coffret avec toutes nos lettres. Une dernière histoire avant de te quitter.
Il y a quelques jours je suis allé trouver Hortense. Mon épouse, dont la gourmandise n'est un secret pour personne, est devenue si empâtée que ses doigts ne supportent plus les bagues qu'elle aimait tant. Nous entretenons elle et moi des relations de bon voisinage et une certaine affection née de tant d'années vécues côte à côte sans heurts. Pour la première fois, j'ai eu la curiosité de lui demander comment elle avait pris notre mariage forcé. Avait-elle eu l'idée de se révolter ? J'ai ainsi eu la surprise de découvrir qu'elle s'était enfuie en Bourgogne pour ne point m'épouser. Elle s'était promis de ne pas se laisser vendre comme une marchandise. Mais son père était venu la rechercher et s'était brutalement chargé de lui faire entendre raison.
Ainsi, presque trente ans plus tard, j'ai découvert que ni elle ni moi n'étions disposés à ce mariage qui avait été manigancé par nos pères comme une autre de leurs sociétés anonymes. Hortense a ajouté avec un sourire ironique qu'elle avait par la suite largement profité de sa liberté de femme mariée, ce qui ne lui avait pas été difficile car, selon ses dires, j'avais souvent le dos tourné ! Nous nous sommes accordés sur le fait que nos fils étaient

la réussite de cette affaire. Je lui ai ensuite demandé si elle pouvait avoir l'obligeance de me remettre le Rayon de lune. Elle ne savait plus de quelle bague je parlais et m'a laissé le loisir de la chercher dans son coffre à bijoux comme dans un bocal de bonbons. Je l'ai retrouvée perdue au milieu de ses perles, ses émeraudes et ses diamants. J'ai baisé sa main blanche et dodue comme un chapelet de saucisses et je me suis retiré.

Le Rayon de lune va rejoindre nos lettres et sera à toi pour l'éternité, à l'abri dans la niche que vient de creuser l'ouvrier. Il a ensuite pour ordre de condamner la cheminée. Les temps modernes préfèrent l'usage du poêle à charbon et les cheminées deviennent peu à peu inutiles. Les générations futures ne connaîtront plus le bonheur de s'aimer à la lueur des flammes comme nous le faisions.

Il est temps de te quitter. Cette lettre que tu ne liras pas va bientôt rejoindre toutes les autres. Elle sera la dernière page de notre histoire. Adieu ma Joséphine. Adieu mon cœur. Adieu ma vie. Merci pour tout cet amour.

À toi pour toujours.

Antoine

UN MOIS PLUS TARD

MARS 2020

Lundi 16 mars 2020

La nuit était lentement tombée sur le boulevard Bonne-Nouvelle. Amanda s'étira voluptueusement. Les opales étaient alignées en ordre croissant sur sa table de travail. Depuis le Rayon de lune, elle était absolument fascinée par ces pierres étonnantes qui devaient leurs reflets multicolores à la présence d'eau dans leur composition. On les appelait « Pandora », « Lumière du Monde » ou encore « Impératrice » en l'honneur de l'opale de feu surnommée « Incendie de Troie » que Napoléon Ier avait offerte à l'Impératrice Joséphine de Beauharnais.

Les Romains considéraient l'opale comme la plus précieuse des gemmes car elle possédait en elle toutes les couleurs, les Bédouins disaient qu'elle contenait les éclairs et tombait du ciel pendant les orages, les Grecs croyaient qu'elle offrait à son porteur des dons de prophétie et l'immunisait contre la maladie. Amanda en attrapa une entre les dents de sa pince et la plaça sous la lumière douce de sa lampe de bureau pour en admirer les reflets. Quelle merveille ! La pierre laiteuse et polie comme une perle laissa éclater ses rayons arc-en-ciel. Elle la reposa délicatement et se saisit d'une sublime opale mexicaine, une petite boule de feu orangée où semblaient danser des flammes de joie. Puis elle sélectionna son dernier coup de cœur, une grosse opale noire aux flamboyances bleutées qu'elle imaginait montée sur or blanc avec trois brillants taille navette de chaque côté, comme les feuilles d'une tulipe noire. Elle avait choisi l'opale comme fil conducteur de sa prochaine collection, en hommage à Joséphine, à Antoine et au Rayon de lune qui brillait désormais à son doigt.

Cette fois, c'était parti ! La première collection de joaillerie *Bettine et Amandine* verrait le jour, une collection resserrée autour de quelques modèles sélectionnés avec soin. Les pierres avaient été achetées, opales, diamants et brillants, pierres fines, quelques saphirs et émeraudes. Les deux associées avaient adoré cette plongée exaltante dans le monde fou des pierres précieuses. Dans le contexte du coronavirus qui menaçait le monde et la perspective d'un confinement possible, elles avaient longuement brainstormé et prévu plusieurs étapes pour la communication. Amanda avait choisi de présenter la collection en exclusivité au Printemps, ce grand magasin dont Joséphine avait tant rêvé sans pouvoir l'atteindre. Un corner éphémère à la décoration onirique était prévu et l'événement serait largement relayé dans la presse et les réseaux sociaux. Leur collection capsule aurait la puissance de lancement d'une fusée !

Amanda consulta sa montre, il était 19 heures, l'heure de partir. Max Dahan les attendait pour dîner. L'apéro serait pris devant le poste de télévision. Le président Macron devait parler à 20 heures précises et la France entière se préparait à l'écouter pour savoir si le confinement annoncé aurait bien lieu, pendant combien de temps, si les restaurants, les cinémas, les théâtres, les magasins devraient vraiment fermer leurs portes, et comment on allait faire pour manger, travailler, aimer, vivre ! Amanda rangea les précieuses opales dans le coffre-fort, traversa les grandes pièces en enfilade, arrangea les fleurs de la table basse du show-room et ferma la porte.

Chez Max, le feu flambait et la télé était allumée mais son verbiage était couvert par le brouhaha des conversations. Simon, le petit-fils de Max, qui avait longtemps été son colocataire, entretenait le feu avec une nonchalance d'habitué. Karim, le patron du Broadway Boulevard, promenait son angoisse et sa mine catastrophée entre la cuisine et le salon. Incapable de s'asseoir, il passait son temps à déboucher des bouteilles et remplir des bols de pistaches et de biscuits apéritifs. Lui ne buvait pas d'alcool mais il s'était allumé un énorme pétard dans le but de gérer son stress. D'après les rumeurs, tous les restaurants devraient fermer leur porte pour une durée de quarante-cinq jours minimum. Il se voyait déjà ruiné, obligé de mettre la clé sous la porte et d'aller dormir dans la rue. Doria se demandait ce qu'il adviendrait du Grand Rex dont elle était la directrice de communication. Max, qui était marchand d'art à Drouot depuis près de cinquante ans, tentait de rassurer tout le monde avec sa bonhomie et son optimiste habituels et versait de larges rasades de whisky dans les verres où tintaient les glaçons. Léo Klein se laissait ébouriffer son épaisse tignasse noire par les mains légèrement poisseuses de son fils Elias en riant aux éclats. Mira, superbement moulée dans son top fétiche (qui aurait appartenu à Mariah Carey), était à la vodka. Bettina tentait sans succès d'empêcher Martin, son fils de six ans, de s'asseoir sur un précieux siège éthiopien.

— Laisse-le ! C'est fait pour ça ! s'exclama Max.

Amanda consulta sa montre. Elle n'avait pas de nouvelles de Jonathan et se demandait s'il avait pu prendre son avion. Après avoir enfin réussi à rapatrier l'argent de la vente de sa société sur son propre compte à la Banque Générale, il était reparti au Canada veiller à la santé de ses juments. Il lui avait envoyé des vidéos où elle avait pu constater que, avec l'aide des soigneurs, elles avaient repris du poil de la bête. Le plein air, l'eau à profusion et l'amour les avaient aidées à se remettre. On attendait maintenant le poulinage qui devait avoir lieu en mai, mais il avait décidé de rentrer passer quelques mois en France avant de repartir assister à la naissance des poulains. Elle entendit sonner à la porte et courut ouvrir… à Félix Baltimore. Il l'embrassa joyeusement, sans se soucier des microparticules du virus, et se dirigea vers le maître de maison.

— Max, je suis le propriétaire de l'immeuble, je suis un double héros qui a sauvé par deux fois vos misérables existences et tu ne comptais toujours pas m'inviter ! Mais qu'est-ce que je dois faire pour qu'on m'accorde enfin un peu de considération dans cet immeuble !

— Je ne sais pas, répondit Max. Être un peu moins prétentieux ? Et puis de quoi te plains-tu ? Je t'ai invité !

— C'est vrai, mon Max ! Même si c'est à la dernière seconde, j'apprécie. Dans mes bras, s'écria Félix avant de suspendre son geste : Ah non ! il ne faut pas s'approcher des personnes âgées !!

— Et moins désagréable aussi, grinça Max, vexé.

Il avait beau avoir soixante-quinze ans, il se considérait toujours comme le plus jeune de la bande. Après tout, qui tenait le whisky mieux que lui, qui jouait encore au poker jusqu'au bout de la nuit, qui écoutait toujours du rock and roll à fond la caisse ? C'était Max Dahan le plus beau, le plus brillant.

— Taisez-vous ! cria Doria ! Macron va parler !!!

Ils se calèrent tant bien que mal dans les canapés et les fauteuils, certains par terre et le petit Martin toujours sur son trône. L'image du palais de l'Élysée apparut sur l'écran en même temps que retentirent les premières notes de la *Marseillaise.*

— Putain, ça me fout la chair de poule ! s'exclama Félix.

— Tais-toi, laisse-le parler ! gronda Karim en tirant sur son pétard.

Françaises, Français, mes chers compatriotes, jeudi soir…

C'est alors qu'on sonna à la porte.

Tout le monde se mit à râler en même temps en disant *que c'était quand même pas possible, un peu de respect merde et c'était qui à la fin !* Amanda courut ouvrir, le cœur battant à cent mille. Personnellement, elle n'en avait plus rien à faire du président de la République : Jonathan Auslender était là.

Elle retrouva d'un coup ses yeux lagon, ses cheveux châtains, ses bras câlins, le goût de sa bouche. Il baragouina une histoire d'aéroport, de taxi, de téléphone déchargé, elle l'attira vers le salon où Emmanuel Macron continuait à parler. Max lui mit un verre de whisky entre les mains, Karim lui proposa une taffe de son pétard, le petit Elias lui colla ses mains poisseuses dans les cheveux. Amanda ne lui lâchait pas la main. Ils s'assirent par terre. Elle se cala entre ses jambes, il enroula ses bras autour d'elle et colla sa bouche dans le soleil de ses cheveux blonds.

Je vous le redis avec force ce soir : respectons les gestes barrières, les consignes sanitaires. C'est le seul moyen de protéger les personnes vulnérables, d'avoir moins de concitoyens infectés et ainsi de réduire la pression sur les services de réanimation pour qu'ils puissent mieux accueillir, mieux soigner.

— On se confine ou on se confine pas ? On n'y comprend rien ! râla Bettina.

— On se confine à moitié ! répondit Doria.

— Mais taisez-vous !! Il va le dire, cria Mira.

— Je ne reste pas confinée avec Julien ! C'est mort ! On va s'entre-tuer devant les enfants ! paniqua Bettina.

— Mira, il faudrait peut-être demander aux Italiens de l'escalier B s'ils ne pourraient pas prêter leur appart à Bettina le temps du confinement, suggéra Max.

— Pourquoi tu demandes à Mira ? C'est moi le propriétaire de l'immeuble.

— Félix, tu nous saoules ! gronda Karim.

— OK ! je me tais.

— Merci !

— Mais je n'en pense pas moins...

— Tu crois que c'est possible pour les Italiens ? Ce serait génial !

— Je leur ai déjà envoyé un texto, répondit Mira.

En restant chez vous, occupez-vous des proches qui sont dans votre appartement, dans votre maison. Donnez des nouvelles, prenez des nouvelles. Lisez, retrouvez aussi ce sens de l'essentiel. Je pense que c'est important dans les moments que nous vivons. La culture, l'éducation, le sens des choses est important.

— Non mais là, c'est clair, on se confine ! s'exclama Max !

— Nous sommes en guerre ! Oui c'est ça mon pote ! grinça Simon. T'as fait le Vietnam ?

— C'est bon pour les Italiens ! De toute façon, là-bas, ils sont déjà confinés depuis un mois. Ils ne viendront pas cette année, les informa Mira.

— Génial ! Merci, répondit Bettina, soulagée.

Mes chers compatriotes, la France vit un moment très difficile. Nul ne peut en prévoir précisément la durée.

— On se confine chez toi ou chez moi ? murmura Jonathan à l'oreille d'Amanda.

Elle se cala encore plus douillettement entre ses bras, émue par tout ce qu'elle entendait dans ces quelques mots : *je n'ai pas envie d'être séparé de toi, j'ai envie de vivre cette expérience avec toi, tu m'as manqué, je tiens à toi.* C'était terriblement égoïste, elle le savait, mais la perspective de rester au minimum quinze longs jours enfermée avec lui n'était pas du tout désagréable. Elle sourit tout bas en chuchotant sa réponse.

— 19 bis, boulevard Montmartre, bien sûr !

REMERCIEMENTS

Voilà, vous venez de lire la dernière ligne et de tourner la dernière page de *La Chanson du Rayon de lune.* Avant de quitter le 19 bis, boulevard Montmartre, je vous garde encore un instant avec moi, le temps de remercier les personnes qui m'ont aidée et accompagnée dans l'écriture de ce roman.

Tout d'abord, merci Karine Bailly de Robien, directrice des éditions Charleston, de m'avoir renouvelé sa confiance, Danaé Tourrand-Viciana, mon éditrice, pour son soutien dans la publication de ce roman, Alice Bercker pour son merveilleux travail éditorial et Stéphanie Pèlerin avec qui j'ai une nouvelle fois travaillé en profondeur sur la réécriture ! Merci également à toute l'équipe Charleston, Pierre-Benoît de Veron, Virginie Lancia, ainsi que la super équipe de communication Caroline Obringer, Laure Paradis, Valentine Baud, Stefania Zuin et Emeline Loysier. Je suis heureuse de faire partie de cette maison innovante et chaleureuse.

Quand j'écris, j'ai besoin que tout soit parfaitement véridique et vérifiable, parce que sait-on jamais… mes personnages ont peut-être vraiment vécu ce que j'ai raconté ! (Ne me jugez pas !) C'est pourquoi, en bonne ex-journaliste, je fais toujours un gros travail de recherche. Oui, il peut même m'arriver de vérifier la météo du jour. Pour l'écriture de ce roman, j'ai contacté et interrogé pas mal de monde.

Parmi les personnes qui m'ont inspirée, je remercie mon neveu Raphaël Seitz, *aka Raph50King*, de m'avoir donné envie d'cxplorer le monde effervescent des jeux vidéo et de m'avoir guidée pour le parcours de pro-gamer de Jonathan Auslender.

Je remercie chaleureusement mon amie Pascale Monvoisin, créatrice de bijoux, dont le parcours exemplaire et le talent m'ont servi de modèle pour la vie professionnelle d'Amanda. Merci pour tes conseils, ta vision et tous les précieux détails qui ont enrichi mon texte.

Merci également à Jérôme Fustec, brigadier de police de la BAC nuit 94, grâce à qui j'ai pu retranscrire les différentes étapes d'une enquête avec le maximum de véracité. Merci pour ta disponibilité, tes réponses toujours détaillées et les idées que tu m'as données. C'était ma première affaire policière et je me suis régalée !

Je tiens à remercier aussi mon amie maître Isabelle Buffard, avocate, qui m'a beaucoup aidée pour les informations concernant Alexandre Maréchal ainsi que toutes les scènes d'interrogatoire et de garde à vue (et les conseils que l'avocate d'Amanda donne à sa cliente) !

Merci à Maurice Ephrati et à Anne Lanoux pour leurs conseils et informations concernant le monde de la finance et les montages imaginés par Alexandre Maréchal.

Merci à Aurélie Gibaru, ma turbo machine hollywoodienne, pour m'accompagner dans mes aventures de romancière avec tes idées brillantes et ta créativité.

Merci à ma TeamRomCom, en particulier à Marie Vareille pour ta lecture enthousiaste qui me fait chaud au cœur et tes conseils toujours justes, à Sophie Henrionnet pour ton écoute, et bien sûr à Adèle Bréau d'avoir bien voulu partager le bien que tu penses de mon texte sur la couverture.

Merci à mes rayons de soleil pour m'avoir soutenue pendant l'écriture de ce rayon de lune ! Charlotte, Ilana,

Benjamin, sans vous je n'aurais pas envie d'écrire, je n'aurais envie de rien. Merci à mon Laurent pour ton amour. Merci à mes parents d'être les meilleurs du monde. À ma sœur, mon soutien de la première heure.

Merci à ma petite Natova d'avoir parfois regardé les mots s'écrire sur l'écran. Oui, j'avoue, c'est bien toi qui m'a inspirée Grisette !

Merci à mes lectrices et mes lecteurs qui m'accompagnent, à celles et ceux qui me suivent sur les réseaux sociaux depuis des années et sont toujours prêts à me donner des idées pour trouver les prénoms de mes personnages, répondre à mes questions les plus farfelues et rire de mes humeurs au jour le jour !

Merci aux journalistes, bloggeuses et bloggeurs qui prennent le temps de lire mes livres et de donner leur avis sur Facebook, Instagram et partout ailleurs sur la toile.

Un merci tout particulier à Vanessa Ganancia et Sandra Cohen, mes deux lectrices test (je dirais même crash-test), qui m'ont accompagnée, soutenue, encouragée et poussée tout au long de l'écriture de ce roman. Merci pour votre disponibilité, nos conversations téléphoniques et votre façon toujours bienveillante de me dire que je pouvais faire mieux !

Enfin, le plus grand MERCI va à mes lectrices et lecteurs, qui me suivent parfois depuis mon tout premier roman. J'espère que vous aurez pris autant de plaisir à lire ce roman que j'en ai eu à l'écrire. Je vous embrasse et vous dis à très bientôt, dans les livres, sur les réseaux ou dans la vie.

Tonie Behar

Pétition « Opération Jonathan »

La fiction influence parfois la réalité ! Pour sauver les juments des fermes de l'horreur, vous pouvez signer la pétition « Stop au Premarin » sur Change.org ou en copiant le lien suivant : https://www.change.org/StopPremarin.

Un immense MERCI pour votre soutien. Ensemble, on peut y arriver.

Bibliographie

Comme vous avez pu le constater, j'ai interrogé de nombreuses personnes pour la partie qui se déroule en 2020, mais cela n'a évidemment pas pu être le cas pour les lettres du coffret. Heureusement, pour cela, j'ai pu me tourner vers ceux qui nous ont laissé des témoignages de cette époque, et en particulier les grands auteurs que j'adore lire et relire :

Honoré de Balzac, *Les Deux Amis* et *Splendeurs et misères des courtisanes*

Guy de Maupassant, *Bel-Ami ; Contes parisiens ; Contes de la Bécasse* et *La chanson du rayon de lune*

Henry Murger, *Scènes de la vie de bohème*

Alfred de Musset, *Mademoiselle Mimi Pinson, profil de grisette*

Émile Zola, *Au Bonheur des Dames ; Nana* et *La Curée*

J'ai également consulté les ouvrages suivants lors de mes recherches :

Georges Fleury, *La belle histoire de la S.P.A. de 1845 à nos jours*, éd. Grasset, 1995

Louis Huart, *Physiologie de la grisette*, éd. Slatkine,1979

Lazare Sainéan, *Le langage parisien au XIXe siècle : facteurs sociaux, contingents linguistiques, faits sémantiques*, éd. de Boccard, 1920

J'ai aussi déniché sur le net quelques pépites sur les grisettes que vous pouvez consulter en suivant les liens suivants :

La modiste : http://francescax8.unblog.fr/2013/03/20/la-modiste-du-19eme-siecle/

Les grisettes à Paris, Ernest Desprez : https://fr.wikisource.org/wiki/Les_Grisettes_%C3%A0_Paris

À la découverte d'un personnage méconnu, la Grisette à la Maison de Balzac : https://www.francetvinfo.fr/culture/mode/a-la-decouverte-d-039-un-personnage-meconnu-quot-la-grisettequot-a-la-maison-de-balzac_3367179.html

Le 19 bis, boulevard Montmartre

Le 19 bis est un immeuble imaginaire situé quelque part entre le 19 et le 21, boulevard Montmartre sur les Grands Boulevards parisiens. Construit vers 1855 sous le Second Empire par Étienne Rougeard, fondateur de la Banque Générale, il est le théâtre de plusieurs de mes romans et nouvelles :

Grands boulevards (JC Lattès, 2013), dont les héros sont Doria et Max Dahan.

Si tu m'oublies (Charleston, 2019) qui met en scène les aventures de Violette.

Noël Actually (Charleston, 2020) avec ma nouvelle « Sept jours et une vie » qui met en lumière Mira, la gardienne de l'immeuble.

La Chanson du Rayon de lune (Charleston, 2021) qui présente deux héroïnes : Joséphine la grisette et Amanda.

VOUS AVEZ AIMÉ CE ROMAN ?

Retrouvons-nous sur les réseaux sociaux pour échanger
et discuter ensemble !

Facebook : Tonie Behar / @tonie.behar
Instagram : @TonieBehar
Twitter @TonieBehar
Site : www.toniebehar.com
Blog : www.comedieromantique.com

Et pour continuer à explorer le monde
de *La Chanson du Rayon de lune,*
découvrez la playlist du roman sur Deezer !

Certifié PEFC

Ce produit est issu de forêts gérées durablement et de sources contrôlées.

PEFC 10-31-3068

pefc-france.org

Cet ouvrage est composé de matériaux issus de forêts gérées durablement certifiées PEFC™. Le Programme de reconnaissance des certifications forestières (PEFC™) est le plus grand organisme mondial indépendant de contrôle pour une gestion durable des forêts. Pour en savoir plus, consultez le site www.pefc-france.org

Achevé d'imprimer en décembre 2020
par CPI Bussière
À Saint-Amand-Montrond (18)
Dépôt légal : janvier 2021
N° d'impression : 2054328
Imprimé en France